Tod auf der Unterbühne

KONSTANZE BREITEBNER

Tod auf der Unterbühne

Ein Sommertheater-Krimi

Servus

FSC
www.fsc.org
MIX
Papier | Fördert gute Waldnutzung
FSC® C083411

Diese Geschichte ist frei erfunden. Tatsächlich existierende Personen und Firmen wurden verändert und/oder von der Autorin ausgedacht, Geschehnisse anderen und/oder fiktiven Personen zugeordnet. Verbleibende Übereinstimmungen mit etwaigen realen Personen wären somit rein zufällig und sind nicht gewollt.

1. Auflage 2024

Medieninhaber, Verleger und Herausgeber:
Red Bull Media House GmbH
Oberst-Lepperdinger-Straße 11–15
5071 Wals bei Salzburg, Österreich

Satz: MEDIA DESIGN: RIZNER.AT
Gesetzt aus der Palatino, FenwayParkJF, Brother1816, Creato Display
Umschlaggestaltung: zero-media.net, München
Umschlagmotive: © FinePic®, München
Autorinnenillustration: Claudia Meitert / carolineseidler.com

Printed by CPI Books GmbH, Deutschland

ISBN: 978-3-7104-0374-3

Nach sintflutartigen Regengüssen und Hagelstürmen ist es innerhalb weniger Stunden heiß geworden. Der Wald rund um das Theater dampft. Die flirrende Luft tanzt über die Zuschauertribünen, die warmen Strahlen der untergehenden Sonne treffen auf die aufgestaute Hitze, die den Bühnenraum nicht verlassen kann. Sie ist bis zur Decke unter dem Glasspitz hochgestiegen und brütet jetzt von dort oben auf die Zuschauer herunter, die schwitzend ihre Plätze suchen. So viele wie heute waren noch nie bei einer Generalprobe.

Ein Blick hinter die Bühne: Kurz vor Vorstellungsbeginn sind Theaterleute in Hochspannung. Sie trällern die Stimmbänder wach, springen auf und ab, klopfen auf Beine und Arme zum Aufwärmen, ziehen Grimassen und sind bereits jetzt schweißgebadet.

Äni, die Regieassi, bleibt auf dem Weg in den Zuschauerraum kurz stehen und ruft:

»Drei Minuten! Ich wünsche euch eine super verpatzte Generale!«

Ja genau, lass uns die Generalprobe schlecht spielen, denkt Liane Blau, *damit die Premiere gut wird. Was heißt gut? Fulminant soll sie werden!*

Liane steht noch fast nackt in ihrer Garderobe. Sie hat bis zum letzten Moment gewartet und schlüpft erst jetzt in das leichte, seidig fließende Kleid. Zumindest beim ersten Auftritt soll es frisch und leicht flatternd ihren Körper umschmeicheln, sie königlich schweben lassen. Aber Liane spürt einen Schweißtropfen vom Haaransatz über den Nacken den Rücken hinunterlaufen und in ihrer Seidenspitzenunterwäsche verschwinden.

Das Kleid wird an mir kleben. Ich werde aussehen wie ein wanderndes Stanitzel und nicht wie eine Königin!

Liane geht hinaus zu den Kollegen. Da wartet bereits die junge Julie, die Anele spielt, und der fliegende Ignaz, wie Liane den jungen Hauptdarsteller in der Rolle des Leander nennt. Er tänzelt, springt und macht ein paar Klimmzüge an der Treppe zur Bühne, ehe er sie umarmt und ihr »toi, toi, toi« ins Ohr flüstert.

»Vor der Generale? Bist du verrückt? Junger Mann, das bringt Unglück!«

Vom Zuschauerraum klingt Tanzmusik herüber, man hört die Leute lachen und tratschen.

Es brodelt dort drin.

Liane atmet tief durch. *Ich bin nervös, das gibt's doch nicht. Nach den vielen Premieren, die ich gespielt hab. Ich bin hier die Doyenne, die Erfahrendste, nun ja, zum ersten Mal im Leben die älteste Schauspielerin der Truppe, und trotzdem zittern mir die Knie. Mimimimamamatruuuutraaatriiii, hilft überhaupt nicht.*

»So, Herrschaften, jetzt gilt: Vergesst Mateo Ander, der Regisseur ist ab heute unwichtig. Die Show gehört euch, macht es schön …«

»… scheußlich!«, antworten alle im Chor.

Mateo ballt die Fäuste und schaut seinen »Gladiatoren« ein letztes Mal in die Augen: »Zum Angriff, überrollt sie, ich will sie lachen sehen.«

Knapp bevor er Liane ansehen würde, wendet sich Mateo ab und eilt in den Zuschauerraum zu seinem Regiepult. Nur noch heute Abend wird er dort sitzen oder fast immer stehen und ein letztes Mal »Kritik machen«, dann ist sein Job vorbei, Ende und aus.

Liane schaut ihm nach und seufzt.

Produktionsleiter Alfred schleppt alle Klappstühle weg. »Fünfzig Prozent sind das neue Ausverkauft? Ha!

Bei uns sind hundertfünfzig Prozent das neue Ausverkauft. Spielt schön ...«

»... scheusssslich!!!«, antworten alle im Chor.

Die Musiker spielen eine Fanfare, über die Tonanlage werden Grußworte vom Produktionsleiter Alfred Militsch eingespielt.

Die Generalprobe gehört den Leuten aus der Gegend, den Einheimischen. Jeder hier kennt den Mann zur Stimme, er ist ja einer von hier, auch ein Hiesiger, alle applaudieren, so wie jedes Jahr. Das gehört zur Generalprobentradition.

Diesmal spielt eine Fidel den Auftakt, jetzt wird's ernst, die Schauspielerinnen gehen auf Position. Liane spürt eine stachelige Kugel durch den Magen rollen – Lampenfieber.

Was mache ich hier? Ich gehe einfach. Wer die Generalprobe erfunden hat, gehört gevierteilt.

Die große Trommel, der dunkle Herzschlag des Theaters, ertönt. Die Fideln und Flöten setzen ein wie zu Shakespeares Zeiten. Die Schauspielertruppe stürmt mit Gesang und bunte Fahnen schwingend von allen Seiten auf die Bühne. Die Generalprobe von *Sommernachtstraum reloaded* beginnt.

Die Leute begrüßen die Spieler mit Auftrittsapplaus, oft wird eine Kopfbewegung genügen, um sie zum Lachen zu bringen. Das Theater verwandelt sich in ein Raumschiff, in dem alle gemeinsam davonfliegen. Waren es zu Beginn einzelne Reaktionen, so werden die Zuschauer bald zu einem Ganzen, sie atmen gemeinsam und das Lachen bricht aus ihnen heraus, als ob sie eine einzige Stimme besäßen.

Mateo sitzt schmunzelnd auf Tribüne A hinter dem Regiepult und schaut triumphierend zu Äni, seiner »besten Regieassistentin der Welt«.

Na bitte! Jede Pointe zündet. Warum glauben sie mir das nie?

Äni kennt ihn so gut. Die angespannte Körperhaltung, zusammengekniffene Augen, leichtes Grinsen, hochgehobene Augenbrauen: Ihr Chef schwelgt gerade im Selbstgefallen.

Die Eröffnung übernehmen Hans Haberle und Gerry Falk, zwei altgediente, erfahrene Haudegen der Bühne. Sie reißen die Geschichte des guten William Shakespeare über die vierhundert Jahre ins Heute. Auf die beiden Kapazunder ist Verlass: Hans Haberle gibt den störrischen, seine Macht genießenden König Oberon und Gerry Falk den kugelrunden Troll, der alle mit Zaubertränken und Hexerei, heißt mit Ecstasy und K.-o.-Tropfen manipuliert. Er ist der bösartig kichernde, heißliebende und manchmal verzweifelte Puck. Die Zuschauer lieben ihn. Liane kommt als Königin Titania in eine aufgeheizte Stimmung: Schon die erste, elegant abgefeuerte Spitze der Titania gegen Oberon wird mit einem glucksenden, leisen Lachen der Zuschauer belohnt.

»Klick«, das Korsett aus Hohn und Spott, in das der Regisseur die erfahrene Schauspielerin eingeschnürt hat, zerbricht. Der Horrortrip aus Ängsten und Verunsicherung ist überwunden, Lianes Titania schwebt und mit ihr alle Kollegen. Sie fliegen dahin, vor allem bei den Handwerkerszenen lachen die Zuschauer aus vollem Halse.

Atemlos läuft Liane zu den Auftritten, sie schaut nie Richtung Regiepult. *Bald ist er weg, der Tyrann.*

Die blaue Stunde beginnt und hüllt das Verwirrspiel in schummriges Zwielicht.

Lianes letzter Abgang vor der Pause führt sie auf die Unterbühne, sie läuft sofort wieder hinaus für ihren nächsten Auftritt. Kann das sein? Ist der erste Teil wirklich schon fast zu Ende?

Sie spürt die Leidenschaft wieder: *Ich liebe das Theater! Ich liebe die Bühne!*

Hans tobt in dieser Szene als vor Sehnsucht rasender Oberon über die Bühne, da öffnet sich plötzlich ein tiefes, schwarzes Loch in der Bühnenmitte, ein beängstigender Schlund, der alle verschlingen könnte. Die Zuschauer halten den Atem an. Titania schickt ihr glockenhelles Lachen voraus, geht auf den Abgrund zu, die Zuschauer sehen die Gefahr, das Licht wird immer fahler, die Spieler sind nur mehr schemenhaft zu erkennen, alle scheinen sich ineinander aufzulösen. Plötzlich strahlt grelles Scheinwerferlicht senkrecht auf das Bühnenrund, die Spieler sind fast vollzählig im Kreis versammelt.

Oberon steht allein gegen alle, Titania ruft ihm zu: »Ich bin da! Liebster! Schau mich an!«

Die anderen im Kreis unterstützen sie. »Schau hin! Schau hin!«

Tausendmal hat Liane trainiert, einfach weiterzugehen, im gleißenden Licht schwebt Titania über den Abgrund. Alle staunen. In Wahrheit geht sie auf einem gläsernen Steg, der auf einer durchsichtigen Säule gerade rechtzeitig unter Lianes Füße aus der Unterbühne hochfährt. Sie wird nicht abstürzen, sondern zu Oberon gehen, ihn umarmen und alle werden lachen und applaudieren. Musik setzt ein, die Luft kocht, so endet der erste Teil.

Doch an diesem Abend verfallen neunhundert Menschen in eisige Stille. Titania zieht den Fuß zurück, starrt vor sich auf den Boden, dieser Moment dehnt sich aus, die Gesichter, die längst nicht mehr lachen, finden keinen passenden Ausdruck. Niemand kann den Blick abwenden: Mitten auf der Bühne liegt ein bleichgesichtiger Mann auf dem Rücken. Er liegt auf dem durchsichtigen Steg, unter ihm quillt Blut hervor, seine Augen starren in das gleißende Licht. Nur langsam begreifen alle, dass diese Augen tot sind. Da liegt ein Toter mitten auf der Bühne.

Plötzlich surrt die Hebebühne leise, Titania springt von dem absinkenden Steg zurück auf den festen Bühnenboden, das Geräusch ist viel zu normal für den verstörenden Anblick: Der leblose Mann schwebt nach unten. Fast scheint es, als würde dieses Surren aus dem Toten heraustönen, ein lächerliches Fiepsen.

Mit einem Knall gehen die Scheinwerfer aus und die grüne Notbeleuchtung springt an.

Die Zuschauer bewegen sich wieder, stolpern die Holztreppen hinunter, strömen dem Ausgang zu. Aber noch immer hört man kaum ein Wort. So als ob nicht wahr sein kann, was man nicht ausspricht. Die Schauspieler flüchten zu den Garderoben.

Eine zarte, mädchenhafte Frau bewegt sich gegen diese Ströme zur Bühne hin. Sie steigt die drei Stufen hoch, geht zu dem Loch, blickt auf die Unterbühne: Ein langer, schmerzerfüllter Klagelaut rinnt aus ihr heraus.

»Ein Toter auf der Bühne? War das echt?«, fragen sich einige Zuschauer leise, fast flüsternd.

Draußen vor dem Theater muss plötzlich jeder reden, aussprechen, was er gerade erlebt hat.

»Wer ist dieser Mann?«

»War der wirklich tot?«

»Gehört das zum Stück?«

»Der Mann hatte kein Kostüm, keine Perücke, keine Schminke, wie die anderen. Das passt doch gar nicht ins Stück.«

»Das war bis jetzt lustig, wir haben so gelacht. Über einen Blutüberströmten kann man nicht lachen.«

»Ist das so was Modernes, wie in Wiener Theatern, wo alle nur schreien, sterben und sich pudelnackert ausziehen?«

»Also echt, mir ist schlecht.«

Hinter der Bühne sind die Schauspieler auch nur Menschen: Liane, die gerade noch als Titania zur Musik getanzt hat, steht alleine in der Garderobe. Der Holzcontainer riecht wie jede anständige Theatergarderobe nach verschwitzten Kleidern, oftmals getragenen Schuhen, Parfüm und Haarspray. Liane steht da, als ob sie vergessen hätte, wie man sich setzt. Sie sollte sich umziehen. Sie könnte aber auch einfach davonlaufen: im Kostüm, stark geschminkt, mit Goldglitzer auf Wangen und Augenlidern, mit goldenen Klimperwimpern.

Stimmen wehen von draußen herein, die Kollegen unterhalten sich unangenehm leise. Liane kann sich nun doch setzen.

Ich muss weg. Aber wohin? Die nächste Staatsgrenze ist nur wenige Kilometer entfernt. Ja, genau, ich muss das Land verlassen. Es ist so heiß, aber ich spüre eine Kälte, die mich einhüllt, ich bin eingefroren.

Sie hört die junge Julie, die schluchzend direkt vor der offenen Klappe von Lianes Garderobe steht:

»Was hat er da unten gemacht?«, fragt Julie immer wieder. »Was hat er da unten gemacht?«

Liane sieht ihr Gesicht im Spiegel: *Vor acht Wochen hat es anders ausgesehen. Bilde ich mir das ein? Der Trugschluss des Moments?*

»Lindschal! Was machst du wieder für ein Drama?«, hört sie die Stimme des Regisseurs höhnisch fragen. Noch gestern Abend wollte sie hinschmeißen. Warum hat sie den kleinen Monolog, den sie dafür vorbereitet hatte, nicht gehalten?

Weil ich mich so gefreut habe. Weil ich die Rolle super fand. Und das Stück. Eine leichte, bezaubernde Sommerkomödie, eine herrliche Geschichte über unerfüllte Liebe.

Das Stimmengewirr vor ihrer Garderobe wird lauter, sie sollte zu den anderen hinausgehen. Sie ist nicht davongelaufen, sie ist noch da, sie bleibt.

»Die Schlägerei hat grad begonnen, der Wirt wartet auf euch. Danke, Kollege.«

»Sind gleich dort. Ende.«

Bezirksinspektorin Antonia Ranik hängt das Funkgerät ein, rast die Straße am alten Stadtwall hinunter, vor der roten Ampel gehen Blaulicht und Folgetonhorn an, die Bremslichter leuchten nur kurz auf. Antonia biegt mit quietschenden Reifen in die Straße zum Hauptplatz. Chefinspektor Peter Hufnagl richtet sich am Nebensitz wieder auf. Das rasante Manöver hat ihn gegen das Seitenfenster gedonnert.

»Hallo, Kollegin, samma auf der Flucht?«

Antonia nimmt den Fuß vom Gas.

»Es hat geheißen rasch und vielleicht …«

»Vielleicht dawisch ma den Martin noch, bevor er ins Krankenhaus muss. Ja eh.«

Das Polizeiauto fährt wieder schneller.

»Martin?«

»Amtsbekannt, der trinkt a paar Bier, fangt mit irgendwem über Politik zum Diskutieren an, wird zornig, weil ›die alle so depat san‹, und dann kommt er dem anderen immer näher, dann wird er wegstoßen und die Schlägerei geht los. Da links!« Das zweite Abbiegemanöver mit quietschenden Reifen.

»Der Martin is so ein Schmalpickter, der immer verliert. Meistens hol ma ihn aus'm Spital und dann kriegt er was wegen Körperverletzung, schwer oder leicht, je nachdem.«

Antonia hält unmittelbar vor dem *Gasthaus zum Hausknecht* mitten auf dem Gehsteig an.

Die beiden steigen aus und gehen zum Gasthaus. Ein dünner, ziemlich großer junger Mann mit blutender Nase und einem Cut auf der Lippe brüllt: »Er hat ang'fangt, er, net i!«

Er verliert die Orientierung, lehnt sich gegen die Wand, seine Knie knicken ein, und er rutscht zu Boden. Die Leute um ihn herum zögern, ihn anzufassen, und schauen zu Hufnagl und Ranik.

»'N Abend, Herr Chefinspektor.«

Antonia Ranik versucht, ins Lokal zu spähen.

»Wo ist der andere?«

Der Chef zuckt nur mit den Schultern und beugt sich zu Martin hinunter.

»Was hast'n schon wieder g'macht? Heast mi? Hallo, Martin, dableim, schau mi an!«

Er wendet sich zu Ranik. »Der andere ist sicher schon weg. Rufens die ... na gut, ruf ich halt die Rettung.«

Antonia verschwindet gerade in einer schmalen Gasse. Hufnagl brummt verärgert.

»Was spün wir da? Sie äs ai Hollabrunn? Den derwischt'S net. Z'vü Ehrgeiz, vü z'vü Ehrgeiz.«

Antonia läuft die schmale Gasse entlang, dreimal die Woche Sport lohnt sich für die Vierunddreißigjährige. Sie läuft weiter in die Parallelstraße zum Hinterausgang des Gasthauses. Ein junger, kräftiger Bursche mit blutender Nase tritt ins Freie. Ranik geht plötzlich langsam, wischt lässig den Schweiß von der Stirn, kommt näher und verwandelt sich in die junge Naive:

»Was ist Ihnen denn passiert? Jössas. Das schaut ja furchtbar aus«, entsetzt sich Ranik mit großen Rehaugen. Der Bursche sieht die attraktive Frau so nah vor sich und gleich ist der Schmerz verschwunden.

»Den anderen müssaten'S sehen. Den hab i g'haut, der schaut furchtbar aus!«

Antonia ist beeindruckt. »Echt jetzt?«

Der Bursch grinst: »Eh kloa.«

Und dann ist die schöne, junge Frau gar nicht mehr naiv: »Bezirksinspektorin Antonia Ranik, Kripo Sankt Pölten, beschreiben Sie den Vorgang der Schlägerei.«

Der Bursch lacht: »Geh, net wirklich, oder?«

Antonia zeigt den Dienstausweis.

»Polizei? Echt jetzt?«

»Kriminalpolizei.«

Der überraschte Bursch will sie wegstoßen und davonlaufen. Antonia ist zwei Köpfe kleiner als er, weicht ihm aus, greift sich von hinten seine rechte Hand und tackert sie im schmerzenden Sicherungsgriff auf seinen Rücken.

Die Zuschauer haben inzwischen das Theater verlassen. Sie stehen vor der Arena herum. Der Bäcker vom Hauptplatz meint aufgeregt:

»Das ist der Regisseur! Der ist jeden Tag frühstücken bei uns im Café.«

Eine junge Frau bestätigt, sie vermietet eine Wohnung an den Regisseur und seine Frau.

»War das nicht die mit dem grünen Gesicht, die so schrecklich geschrien hat?«

»Das ist die Notbeleuchtung, die ist grün!«

Die Diskussion um den Toten und seine Frau wird von einer Durchsage unterbrochen.

»Meine Damen und Herren, wir können nicht weiterspielen und brechen die Generalprobe jetzt ab. Wir wünschen eine sichere Heimfahrt.«

Ein Mann hat die Durchsage mit angekratzter Stimme gemacht. Man hat sein inneres Zittern förmlich über die Lautsprecher gespürt.

Die dunkle Herde der Zuschauer trabt Richtung Parkplatz. Die ersten Autos werden gestartet und fahren los.

Der Zuschauerraum ist leer, nur die schlanke Frau steht immer noch auf der Bühne und starrt hinunter.

Dort strahlt jetzt helles Licht, als wäre ein Raumschiff im Bühnenrund gelandet.

Niemand hat es lange hinter der Bühne ausgehalten: Schauspieler, Maskendame, Garderoberin, Regieassi, Bühnenarbeiter, Lichttechniker, Tonmann, Produktionsleiter – einfach alle gehen durch den schmalen Gang hinunter in das Labyrinth aus Requisiten und Bühnenbild auf der Unterbühne. Das grelle Arbeitslicht lässt die Gesichter fahl aussehen. Sie starren auf den Toten, aus dessen Brust jetzt eine blutverschmierte Eisenstange ragt. *Was ist hier passiert?* Bis jetzt hat niemand diesen Mechanismus bewusst wahrgenommen.

Nur Alfred, der Produktionsleiter, kennt die Vorrichtung: Er wird sie vor jeder Vorstellung überprüfen. Diese Eisenstange war ihm sofort suspekt gewesen. *Zu gefährlich!*, hat er schon bei der Bauprobe gedacht. *Du lieber Gott, hätte ich nur nicht geschwiegen!*, denkt Alfred jetzt.

Hier unten ist es so eng, jeder könnte den Toten berühren, die Luft steht. Mateo ist doch gerade noch die Treppe heruntergelaufen. Was wollte er da unten? Wie kann da nur so viel Blut sein? Obwohl alle schweigen, ist es, als ob diese Fragen laut gestellt würden.

Schritte nähern sich: »Bitte durchlassen!«

Die Arzttasche vor sich her schwenkend, wie zum Beweis, hier zutrittsberechtigt zu sein, bahnt sich Dr. Hedi Langer ihren Weg. Sie macht seit Beginn des Sommertheater-Festivals vor fünf Jahren hier Abenddienst. Noch nie wurde sie während der Generalprobe gebraucht. Sie kniet sich neben den Mann und fühlt dessen Halsschlagader. »Er ist tot.«

Die Ärztin bedeutet den anderen, zu gehen. »Die Polizei muss kommen und außer mir sollte keiner hier unten sein!«

Alfred wählt den Notruf, fast sofort fragt eine Frauenstimme laut und deutlich, was man melden will.

»Also, da liegt ein Mann, also, weil er ja tot ist, die Frau Doktor sagt, da muss die Polizei kommen.«

Er hört der Notrufstimme angestrengt zu, so als ob er sie schlecht verstehen könnte.

»Was? Ah so, er, das heißt Mateo Ander, der liegt da wie aufgespießt, ich meine, also auf der Eisenstange.«

Alfred presst sein Telefon fester ans Ohr, kann sich jedoch nicht auf die Fragen konzentrieren. Vor ihm liegt ein Toter.

»Können Sie ihm nicht die Augen zumachen? Bitte!«, meint er zur Ärztin. Aus seinem Telefon ertönt sofort der Befehl: »Die Leiche greifen Sie mir nur ja nicht an! Ja?«

»Hab ich nicht, ich meine, mach ich nicht, entschuldigen Sie.«

»Der Mann ist tot, ja?«

»Sagt unsere Ärztin, ja.«

»Wir brauchen also keinen Arzt? Und auch keine Rettung?«

Ein Polizeistreifenwagen und ein Rettungswagen mit Blaulicht halten vor dem *Gasthaus zum Hausknecht*. Zwei junge Sanitäterinnen springen heraus, greifen nach den Notfalltaschen und laufen zu Chefinspektor

Hufnagl, der den verletzten Martin stützt: »Sag, was passiert ist. Was hast g'macht?«

»Nix!«, würgt Martin hervor. Er schaut hoch. »*Der* hat mich g'haut!«

Martin deutet zu Antonia Ranik, die den Burschen mit der blutenden Nase heranführt.

»Ich bin des Opfer, mich hat er g'haut, nicht ich ihn, bitte, Herr Chefinspektor, bitte!«

Martin ist sehr laut geworden, Blut fließt aus seiner zerschlagenen Oberlippe, er kippt in die Hände der Sanitäterinnen.

Chefinspektor Hufnagl mustert den zweiten Burschen, der wieder versucht, sich aus Raniks eisernem Griff zu befreien.

»Wannst ruhig bleibst, lasst sie dich los, ganz einfach.«

Antonia sieht ihren Chef erwartungsvoll an, doch dieser sagt nur nebenbei zu ihr: »Hams halt recht g'habt. Und wen hamma da? Name, junger Mann?«

Hufnagls Handy vibriert in seiner Jacke, er nimmt den Anruf an. »Noch a Notruf?« Und geht ein paar Schritte beiseite. »Is heut Vollmond, oder was?«

Der Bursche windet sich.

»Was ist an *ruhig bleiben* nicht zu verstehen?«, fragt Antonia und fixiert ihn weiterhin mühelos. Er antwortet nicht.

Hufnagl kehrt zurück und informiert seine Kollegin: »Da ist ein Toter im Arena-Theater im Wald. Das machen Sie. Fahren'S mit dem Kollegen von der Streife hin, nehmen'S alles auf und ich komm dann später nach. Wenn's unbedingt nötig ist, ja?«

Antonia lässt den Burschen los. Er hält jammernd seinen schmerzenden Arm. Sie geht zum Polizeiauto.

»Ranik! Soll ich zu Fuß gehen?«

Antonia dreht um, übergibt Hufnagl den Autoschlüssel, läuft zum Polizeiauto und steigt ein.

Kollege Ferdinand Berger im Streifenwagen hat schon sehr lange Dienst, er ist müde.

»Ein Notruf vom Theater. Fahr ma.«

Berger sieht Antonia überrascht an.

»Sie sind no net lang beim Hufnagl, stimmt's? Ferdl Berger, Grüß Ihnen.«

»Antonia Ranik. Stimmt, erst seit drei Wochen. Sie sind jetzt in meinem Ermittlungsteam, ja? Fahr ma! Sie wissen, wie man zum Theater kommt. Rasch.«

Berger befolgt die Anweisung. Hufnagl sieht dem davonrasenden Polizeiauto nach und schüttelt den Kopf. Die eifrige Neue nimmt alles so ernst!

Nur Alfred und die Ärztin sind noch bei dem Toten. Keiner, wirklich niemand darf ihn berühren, seine Augen starren nach oben. Alfred hat das Gefühl, ein leiser Windhauch würde ihn streifen.

»Ich schau mal, ob mich wer braucht, hier hab ich nix mehr zu tun«, beschließt die Ärztin, schnappt den Arztkoffer und geht. Alfred kann den Blick nicht von dem Toten lösen. Einige Momente später hört er die Ärztin oben auf der Bühne beruhigend auf Elisabeth einreden.

Müdigkeit überfällt Alfred. Er denkt: *Menschen, also Tote, also tote Menschen haben doch auch eine Privatsphäre, die respektiert werden muss. Aber wenn sie tot sind, merken sie nicht mehr, dass sie angestarrt werden, oder?*

Er spürt diesen eigenartigen Windhauch wieder. Was fühlt er da? Es ist doch so, dass die Seele den Körper nach dem Tod verlässt. Drei Gramm wiegt sie, diese Seele, das hat irgendjemand mal festgestellt. Alfred fröstelt. *Erlebe ich das jetzt gerade? Kommt dieser kühle Windhauch von der Seele, die ihren Körper nun endgültig verlässt? Wann ist ein Mensch tot? Wie lange bleibt die Seele, bevor sie endgültig davonfliegt? Und wenn, wohin fliegt sie dann? Oder löst sie sich auf?*

Alfred ist nicht gläubig und esoterisch schon gar nicht. Er hatte nur immer das Gefühl: Irgendwie geht es nach dem Tod weiter. Eine Art Reise könnte beginnen. Das, was den Menschen ausgemacht hat, besteht in der nächsten Welt weiter.

Alfred starrt wieder auf die toten Augen des Regisseurs. *Was wird von diesem Mann auf die Reise gehen? Seine Ungeduld? Sein arroganter Ton Mitarbeitern gegenüber? Die Art, wie er die Augen zusammenkneift, wenn ihm etwas missfällt?*

Angenehm oder nett oder positiv war nichts an diesem Mann, höchstens, dass er spätnachts einen Kasten Bier mitgebracht hat, um Alfred und seine Mannschaft beim Bühnenaufbau zum Weiterarbeiten bis in die frühen Morgenstunden zu motivieren. Der Regisseur selbst trank nie Bier. Das war für die Arbeiter, die schwere Bühnenbildteile schleppen. *Eigentlich auch unsympathisch,* stellt Alfred fest.

Als Abenddienst ist Alfred offizieller Vertreter des Theaters, er kann den toten Regisseur nicht allein lassen. Dieser Mann ist wichtig. Also, er war wichtig, er hat sich das alles ausgedacht und mit der Truppe einstudiert. Wie ein Dompteur.

Alfred mag den Regisseur nicht, aber er bewundert, wie der Befehle gab. Bis zur Pause ist die Generalprobe fast zu gut gelaufen. Kann die Premiere nun ohne diesen eitlen Anschaffer stattfinden? Die Antwort würde Alfred leichter fallen, wenn er ihn, also die Leiche, zudecken dürfte.

Plötzlich hat Alfred den Impuls, den Toten anzufassen. *Ist der schon kalt? Wie fühlt sich eine Leiche an?*

Da ist wieder dieser Windhauch in Alfreds Nacken. Will die Seele ihm etwas mitteilen? Gar in ihn hineinschlüpfen?

In diesem Moment legt sich eine Hand auf Alfreds Schulter. Ohne nachzudenken, schnellt er hoch und schlägt mit der Faust hinter sich. *Wie dumm! Eine Seele kann man doch nicht niederschlagen!* Eine Seele nicht, aber sehr wohl eine junge Frau, die nun vor Alfred auf dem Boden sitzt und sich das Kinn reibt.

»Sin'S wahnsinnig?«

Alfred braucht einige Sekunden, um zu verstehen: Das hat nichts mit der Seele oder dem Windhauch zu tun, er hat gerade diese Frau niedergestreckt.

»Das tut mir … tschuldigung … das wollt ich nicht … ich bin, das ist … was machen Sie da?«

Die beiden sehen einander erstaunt, ungläubig an. Einen langen, stillen Moment lang.

»Und Sie? Was machen Sie da?«

Antonia versucht angestrengt, souverän zu wirken, obwohl ihr Kopf brummt.

In der Ausbildung hat Antonia das gelernt und oft trainiert: Wenn du diesen Punkt am Ende des Unterkiefers triffst, zieht es dem größten, schwersten Kerl einfach die Füße weg und er verliert für Augenblicke das Bewusstsein. Lange genug, um ihn zu verhaften. Jetzt hat sie den praktischen Beweis zur Theorie am eigenen Körper erfahren.

Ferdl Berger, der uniformierte Streifenpolizist, kommt hinzu.

»Jössas, Frau Bezirksinspektor!«

Antonia deutet mit den Augen zu Alfred, Berger schreit ihn an: »Was soll das? Alfi?«

Alfred streckt Antonia die Hand hin und hilft ihr wieder hoch.

»Der Tote ... i hab einen Hauch g'spürt ... Es tut mir sehr leid.«

Antonias Kopf dröhnt immer noch.

»Bezirksinspektorin Antonia Ranik, Kripo St. Pölten. Wo ist er?«

Da Alfred nicht sofort reagiert, fügt sie überdeutlich hinzu: »Es gab einen Notruf – ist hier jemand gestorben? Wenn ja, wo ist der Tote?«

Alfred tritt beiseite, sodass Ranik die Leiche sieht.

Oh, oh, die schaut nicht gut aus.

Offener Mund, aufgerissene Augen und die hochgestreckte Hand erzählen ihr, dass der Mann versucht haben muss, hochzukommen.

Wen hat er kurz vor seinem Tod so angeschaut? Er muss starke Schmerzen gehabt haben, bevor er das Bewusstsein verlor. Einfach »g'storben« ist der nicht.

Antonia blickt kurz hoch.

Wenn der Tote die zwei Meter von der Bühne heruntergestürzt wäre, sähe er anders aus. Er muss hier unten gestorben sein. Wer ist das überhaupt?

»Das ist Mateo Ander«, sagt Alfred, als ob er ihre Gedanken hören könnte. »Unser Regisseur.«

Ein Spielführer also, derjenige, der im dunklen Zuschauerraum sitzt, die da unten im Licht auf der Bühne beobachtet, sie inszeniert. Will heißen, er bestimmt, wie und wohin sie sich bewegen, wie sie den Text bringen, welche Gefühle sie zeigen. Ein Regisseur bestimmt alles. Während der Probenzeit ist er der »Bestimmer«, dem sich die Schauspieltruppe fügen muss. Oder sie nehmen auf, was er anregt. Proben können auch Spaß machen.

Antonia Ranik betrachtet den Toten mit dem Gefühl, dass sie »etwas« verstehen soll und dass hier kein Unfall passiert ist. Sie hat keine Erklärung für dieses Gefühl, aber es ist da.

Ehe er gefragt wird, erklärt Alfred, er sei oben im Zuschauerraum gewesen, als es passiert ist. Er kann deshalb gar nichts sagen. Antonia ist irritiert, weil dieser junge Mann schon wieder eine Frage beantwortet, die sie noch gar nicht gestellt hat.

»Sichern'S Auffindungsort und Leiche. Und davor, also jetzt gleich, rufen Sie mir die Komantschen.«

Ferdl Berger schaut sie skeptisch an, die Spurensicherung am Freitag spätabends?

»Das ist ein Unfall.«

»Sagt wer? Machen Sie's einfach. Zur Sicherheit.«

Antonia nimmt den Raum rund um die Leiche auf, die schmale Treppe, die direkt zur Bühne führt, die Holzbalken der Bühnenkonstruktion, durch die man von hier aus in den Zuschauerraum sehen kann, der schmale Gang hinauf zur Hinterbühne, wo das Schaltpult steht, eine kleine Bank aus dem Granitstein, in den diese Unterbühnenkonstruktion eingefügt worden ist.

Da sitzt doch während der Vorstellung jemand. Oder sind alle oben gewesen, wie der Schläger?

Sie sieht in Alfreds Augen. Sie würde ihm diesen perfekten Faustschlag gar nicht zutrauen, aber ihr Kinn schmerzt.

»Soll ich die Anzeige auch gleich aufnehmen?«, tönt Kollege Berger durch Antonias Gedanken.

Was meint er?

»Na, Körperverletzung einer Amtsperson! Macht schwere Körperverletzung.«

Antonia grinst. »Nein, ich hätt ihn ansprechen müssen. Der Herr … Alfi?«

»Alfred Militsch.«

»… ist erschrocken, er hat einfach reagiert und er hat sich entschuldigt, das genügt.«

Antonia hat jetzt keine Zeit für Anzeigen.

»Eine Ärztin hat den Tod festgestellt?«

Alfred erzählt erleichtert und übergenau von der Theaterärztin. Dass die Polizistin ihn hätte anzeigen können, ist ihm sehr unangenehm.

»Können Sie mir die Dr. Langer herholen?«

Alfred nickt.

»Zur Freigabe der Leiche«, beantwortet Antonia Bergers fragenden Blick.

»Was ist hier passiert? Irgendwer muss doch gesehen haben, was der Regisseur hier gemacht hat, wie und warum er gestorben ist. Die Zuschauer! Die haben doch was mitgekriegt!«

»Achthundert Zeugen befragen und zusätzlich die Theaterleute? Ist nicht Ihr Ernst.«

Schon bei der Vorstellung muss Berger gähnen. Alfred ist stehen geblieben und hat zugehört. »Neunhundert, wir waren überausverkauft, es waren neunhundert Zuschauer.«

Antonia muss wieder grinsen. *Das ist doch schwer illegal, Süßer, man kann nicht einfach zusätzlich Stühle reinstellen ohne Ende. Was ist, wenn was passiert? Dann gehen die einfach raus, so wie heute Abend. Was soll Schlimmeres passieren als ein Toter auf der Bühne?*

Berger beginnt schnaufend, weil gebückt, das Sicherungsband um die Leiche zu spannen. Antonia greift zum Handy.

Chefinspektor Hufnagl beugt sich zu Martin, der, noch am Hauptplatz, auf der Laderampe des Rettungsautos sitzt und die Versorgung seiner Platzwunde auf der Oberlippe mit lautem Stöhnen quittiert.

Er stößt die Sanitäterin weg und schreit Hufnagl entgegen: »Schauen'S mei Lippe! Desmal bin ich das Opfer und der Scheißer der Täter, so isses!«

»Und ich bin der Osterhase und das Christkind, ja eh«, meint Hufnagl.

Sein Handy vibriert, er geht zur Seite, bellt eine unfreundliche Begrüßung ins Telefon, hört kurz zu und antwortet dann lachend: »Na, wenn Sie's machen müssen, Sie kennen ja die Abläufe, tun'S a bisserl vorarbeiten, wir kommen frühestens morgen Mittag, na, sagen wir Nachmittag dazu.«

Nachdem er Antonias Frage gehört hat, muss er wieder lachen. »Tatort sichern ist immer gut, aber wissen'S eh, meistens isses harmlos!«

Das Gespräch verärgert Antonia. Der alte Knacker behandelt sie immer noch so wie am ersten Tag, als er sie die »Frischg'fangte mit null Ahnung« genannt hat.

Alfred kehrt mit Dr. Langer zurück, Antonia nickt ihr zu. »Frau Dr. Langer?«

Die zieht ein verknittertes Formular aus ihrer glitzernden Abendhandtasche.

»Freigabe hab ich schon lang keine mehr g'macht.« Sie trägt die Daten ein.

»Ich muss so bald wie möglich mit der Frau Stein telefonieren.«

Antonia Ranik zieht die Augenbrauen hoch. Mit wem muss die Frau Doktor reden?

»Sophie Stein, die Frau Intendantin. Während der Vorstellung ist es hier viel zu dunkel. Man sieht nichts, rutscht aus und dann … So ein Unglück.«

Antonia kommt näher. »Das heißt, sie können Fremdeinwirken zu hundert Prozent ausschließen?«

Dr. Langer hält irritiert inne, schaut sich um, betrachtet den Toten.

»Nein, ja, na ja, nein. Hundertprozentig kann ich das nicht.«

Das heißt, Antonia wird ermitteln.

Immer wenn Liane Blau ihre junge Kollegin Julie ansieht, muss sie an Grimms Märchen denken: Haut so weiß wie Schnee, Lippen so rot wie Blut, Haare so schwarz wie Ebenholz. Das klassische Schneewittchen, Julie, erzählt gerade, dass der Regisseur während der Generalprobe plötzlich hinter seinem Regiepult vor der Technikerkabine im Zuschauerraum hochgesprungen und dann die Treppe hinuntergeeilt ist, ja, er ist fast gesprungen.

Und dann? Dann sei ihr Stichwort gefallen und sie musste sich umdrehen. Eine Männerstimme stellt spöttisch fest: »Die Kollegin war ja wahnsinnig auf die Szene konzentriert!«

Der Kommentar kommt von Gerry Falk, unverkennbar, er bleibt immer höflich und lächelt, auch wenn er eine Kritik anbringt. Julie wendet sich mit hochgezogener Augenbraue zu ihm.

»Was willst du damit sagen?«

»Wenn du den Regisseur im Zuschauerraum beobachten konntest, war das, was auf der Bühne vor sich ging, wohl nicht so interessant für dich, oder?«

»Stichwortgeber« war nämlich an dieser Stelle Puck, also Gerry selbst. »Ich weiß ja, dass die Jungen heutzutage die Tradition des Zuhörens und Antwortens verlernt haben …«

Er verstummt, weil eine junge Frau, die »Ermittlerin«, wie der Polizist Berger erklärt hat, von der Unterbühne heraufkommt. Hinter ihr taucht auch Alfred aus dem schmalen Gang auf.

»Ich muss meine Chefin anrufen, die Intendantin. Hab ich bis jetzt vergessen.«

Gut, wird sie sich eben selbst vorstellen. Antonia Ranik schaut in die Runde. Die Schauspieler tragen ihre Kostüme, sind noch geschminkt, sehr grell, sehr bunt mit viel Glitzer, die Perücken der Shakespeare-Zeit sind schon ein bisschen verrutscht. Die eigenen Haare kleben ihnen verschwitzt auf den Köpfen. Sie sehen dadurch wie Puppen aus. Milliarden Mücken umschwirren die nach Schweiß duftenden Menschen. Antonia zerdrückt gerade eine auf ihrer Stirn.

»Bezirksinspektorin Antonia Ranik, Kriminalpolizei, guten Abend. Sie sind verständlicherweise alle sehr betroffen, hier ist etwas Verstörendes passiert. Trotzdem muss ich herausfinden, wie es dazu gekommen ist.«

Antonia spürt die Blicke der Menschen, die um sie herumstehen wie lauernde Wildtiere. Sie fragt sich, wer dem Toten nahestand. Sie kann sich keine eindeutige Antwort geben. Um die erschreckend ruhige Anspannung aufzulösen, fragt sie in die Runde, ob der Tote der Regisseur der Produktion *Sommernachtstraum reloaded* war. Dieses letzte Wort, dieses kleine »war« treibt einigen Tränen in die Augen. Sie haben die letzten Wochen mit ihm verbracht, er hat ihr Leben in dieser Zeit bestimmt, er war das Zentrum.

Antonia wartet ab. Sie ist eine begnadete Warterin. Die Kollegen meinen, dass die Ranik mit ihrem konzentrierten Zuhören früher oder später jeden dazu bringt, etwas zu erzählen. Auch wenn er oder sie das gar nicht will. Die Ranik hat immer die stärkeren Nerven und die längere Geduld als ihr Gegenüber. Sie stellt eine Frage und wartet. Und dann redest du. Das funktioniert immer. Doch hier, hinter der Bühne im Kreis der Kasperln, wie die Schauspieler einander nennen, hier bleiben alle still, hier kann die Ranik schauen und warten, so lange sie will. *Okay, dann gehen wir's anders an.*

»Ich kenne natürlich nur das Stück von Shakespeare, aber dieses *reloaded* hat mich neugierig gemacht, ich hätte es mir gern angeschaut. Hat jemand beobachtet, wie das passiert ist?«

Keine Antwort. Wenn eine der Anwesenden etwas gesehen hat, ist er oder sie nicht bereit, es hier zu erzählen, so viel ist klar. Antonia schüttelt leicht den Kopf. Soll sie noch mal fragen? *Vielleicht stehen die so unter Schock, dass sie die Frage gar nicht verstanden haben. Vielleicht brauchen die Schauspieler Regieanweisungen, ehe sie sprechen?*

Hans Haberle stellt dann doch relativ trocken fest:

»Er ist früh gegangen, extrem früh, ich meine, Mateo ist mein Jahrgang. Er war zu jung.«

Julie weint, Tränen rollen über ihre Wangen, sie lässt sie einfach laufen. Sie ist offensichtlich sehr betroffen, mehr als die Kollegen. Man spürt, dass sich alle die Erschütterung von der Seele reden wollen. Antonia Ranik hingegen will verhindern, dass sie gleichzeitig damit beginnen.

»Hat irgendjemand eine Beobachtung im Zusammenhang mit dem Tod auf der Unterbühne gemacht?«

Keine einzige spontane Antwort, erst nach einer gefühlten Ewigkeit stellt Hans klar: »Wir waren alle oben, auf der Bühne oder im Zuschauerraum. Wie hätten wir sehen sollen, was sich auf der Unterbühne abspielt?«

Aha, das ist der Papa der Truppe, denkt Antonia. Hans ist groß, breitschultrig, hat immer ein Lächeln im zerfurchten Gesicht und verschmitzt blickende Augen, die sehr blau leuchten. *Mitte Sechzig würde ich sagen, neben Liane Blau der Senior der Truppe.* Die anderen schätzen ihn, das spürt man. Antonia kann nicht verhindern, dass jetzt alle durcheinanderreden. Sie geht etwas zur Seite, kann unmöglich jedem zuhören, also beobachtet sie die Theaterleute lieber. Hans scheint zu versuchen, die anderen zu beruhigen, einmal spricht er laut von einem Unfall!

War es ein Unfall?, fragt sich Antonia irritiert. Sie hat diese Möglichkeit gar nicht in Betracht gezogen, weil der Tote so dalag, als ob er nach jemandem gegriffen hätte, als ob er noch kurz vor seinem Tod, im Sterben, jemand angesehen hätte, also folglich nicht allein dort unten war und möglicherweise gestoßen wurde. *Bin ich zu voreilig? Kann ich mich auf meinen Instinkt verlassen? Viele Morde werden einfach übersehen. Aber ich darf einen simplen Unfall auch nicht zu einem Kapitalverbrechen machen. Ist der Regisseur ein Mordopfer? Oder war er einfach nur ungeschickt?*

Chefinspektor Hufnagl hat ihr die erste, eigenständige Ermittlung überraschend schnell zugeteilt. Antonia kann ihn noch nicht einschätzen. Er arbeitet lieber mit Männern, das hat er ihr zur Begrüßung gesagt. Ihr Karrieresprung zur Bezirksinspektorin ist etwas Besonderes, weil sie mit vierunddreißig sehr jung für diesen Job ist. Aber die Personalknappheit zwingt die Vorgesetzten, der Ranik eine Chance zu geben. Hufnagl hingegen hat schon viele Dienstjahre, er hat »alles gesehen« und er zeigt seine Verachtung für die, die irgendwann ins Land gekommen und einfach geblieben sind, ganz offen. Antonia muss ihm noch klarmachen, dass sie ja auch »so eine« mit Migrationshintergrund ist. Das wird unangenehm, aber sie hat den Job trotzdem angenommen, weil sie damit genau dorthin kommt, wo sie immer sein wollte. Sie stürzt sich mit voller Konzentration in diese Arbeit, es gibt nichts mehr, was sie ablenkt. Sie ist wieder Single, lebt allein und unabhängig. Ihr Ziel ist, möglichst bald ohne diesen Migrationshintergrundsmenschenhasser Chefinspektor Hufnagl zu arbeiten. Sie wird ihren ersten Fall schnell und professionell lösen. Das jedenfalls nimmt sie sich jetzt fest vor.

Sie beschließt, bei diesem Toten auf der Unterbühne ihrem ersten Instinkt zu vertrauen. Sie hat so einige Fragen: Wie stehen diese Theaterleute zueinander? Wie gut kennen sie den Regisseur? Schätzen sie ihn? Wie lange kennen sie ihn? Wollte jemand den Tod des Regisseurs? Wenn ja, warum?

Ranik hört viel Aufgeregtheit, Unruhe, Angst und Ratlosigkeit in den Stimmen der Theaterleute. Sie beobachtet, wie Julie immer wieder Tränen wegwischt und ununterbrochen redet, ihre Stimme zittert. Das nimmt Antonia wahr, obwohl sie Julies einzelne Worte nicht hören kann. Menschen reden nicht nur mit Worten.

»Können Sie mir sagen, was der Regisseur da unten wollte? Das war doch heute die Generalprobe, oder?«, fragt Antonia so laut, dass alle sie hören.

Die Ratlosigkeit in den meisten Gesichtern ist eine ehrliche, es bleibt still, bis eine junge Frau sagt: »Das war wegen dem Puckflug.« Sie hält ein dickes Buch umklammert. *Das Regiebuch!*, schießt es Antonia durch den Kopf.

»Ich bin die Regieassistentin.« Äni tritt einen Schritt vor, Antonia hat recht, das, woran Äni sich klammert, ist tatsächlich das Regiebuch. Die »heilige« Schrift jeder Theaterproduktion. Da sind alle Positionen und Gänge, die Schauspieler auf der Bühne zurücklegen müssen, eingetragen, alle Requisiten, alle Bühnenbildteile, alle Textänderungen und alle Auftritte sowie Abgänge, einfach alle Regieanweisungen.

Äni beginnt leise zu erklären: »Es geht um den Puckflug! Er hat leider bei der zweiten Hauptprobe nicht funktioniert. Mateo war plötzlich sicher, also, er hat sich eingebildet, dass der Puckflug wieder nicht funktionieren wird! Da ist er wütend aufgesprungen und auf die Unterbühne gerannt, um selbst das Zeichen für den Puckflug zu geben. Ich hab ihn nicht aufhalten können und bin hinter dem Regiepult stehen geblieben, weil irgendjemand den Überblick behalten muss.«

Jetzt bleibt es erst mal still. Antonia Ranik fragt höflich und möglichst neutral, was, *ähm*, ein »Puckflug« denn eigentlich sei. Irritiert sieht sie ein Lächeln auf den Gesichtern. Hat sie das Wort falsch ausgesprochen? Gerry Falk sitzt vor seiner Garderobe und liefert eine Erklärung für die Polizistin. Er muss nicht laut reden, alle hören ihm zu.

»Wissen Sie, jeder Regisseur hat so seine Spezialitäten. Auch Mateo Ander. Für *Sommernachtstraum reloaded* hatte er einen besonderen Wunsch: Er wollte den Raum über den Zuschauertribünen und der Bühne nützen. Da muss man fliegen!«

Nachdem Mateo Ander in den ersten Jahren mit einer Bretterbühne und klapprigen Bänken in diesem Sommertheater-Festival angefangen hat, sind mit der Zeit nach und nach feste Zuschauertribünen, ordentliche Garderoben, ein eigener Container für die Technik, Nebenräume für die Kulissen, ein Schminkobil und dann sogar eine Unterbühne hinzugekommen. Die hat er ausgraben und bauen lassen, damit die Schauspieler daraus lautlos, wie von Zauberhand gehoben, mittels einer Hebebühne hervorschweben können. Ganze Bühnenteile tauchen da scheinbar aus dem Nichts auf, dann wieder öffnen sich Abgründe, die einen Schauspieler verschlingen können. Dieses Jahr war nur noch der Luftraum als Dimension übrig.

»Ja, meine Lieben, diesmal isses so weit. Wir haben eine Flugmaschine für den ›Puckflug‹, für unseren magischen Puck, damit er seine Zauberkräfte entfalten kann, direkt aus der Luft, wie eine menschgewordene Drohne!«, zitiert Gerry Falk den Regisseur und erklärt: »Die Bühnenbildnerin hat es uns bei der ersten Probe an einem Modell demonstriert: Ahs und Ohs und Applaus! Nur einer hat nicht applaudiert. Ich!«

Gerry Falk ist kugelrund, mehr breit als hoch. Er hat eine dicke Nase und wirr vom Kopf abstehende Haare. Er ist komisch, bevor er auch nur ein Wort gesagt hat. Wer ihn ansieht, muss schmunzeln. Der Komiker, der dicke, schwere Gerry, starrte also vor acht Wochen auf das Bühnenbildmodell und machte sich wirklich Sorgen. *Der Flugapparat ist also für den Puck. Aha! Wer spielt den Puck? Ha?*, fragte er sich. *Wie soll ich denn um Himmels willen über diese Bühne fliegen?* Er wandte sich zum Regisseur:

»Du weißt aber schon, dass du mich als Puck engagiert hast?«

Mateo antwortete spontan und ohne nachzudenken, der Flugapparat sei für mindestens eine Tonne ausgelegt und Gerry müsse sich überhaupt keine Sorgen machen.

Jetzt berichtet Gerry ganz entspannt, was ihn damals schockiert hat: »Eine Tonne! Eine Tonne! Ich muss wohl in meiner Verzweiflung einen dermaßen komischen Gesichtsausdruck gemacht haben, dass alle zu lachen begannen. Alle lachten, bis ich schließlich mitlachte und mir Tränen über die Wange liefen.«

Gerry Falk lächelt die Bezirksinspektorin Ranik an. »In unserer Truppe ist der ›Puckflug‹ seither Stichwort für Heiterkeit oder jedenfalls für ein Lächeln, wie vorhin. Man hat gerade eben noch einen grässlich, erbärmlich zugrunde gegangenen Mann, aufgespießt auf einer Eisenstange, auf der Unterbühne gesehen und muss trotzdem lachen.«

Während Berger die Personaldaten der einzelnen Theaterleute aufnimmt, lässt sich Antonia Ranik von der Regieassi den Flugapparat zeigen, der an diesem Abend noch unbenützt in seiner Verankerung hängt. Gerry ist dort oben bereits fix angeseilt gewesen und hat auf das Zeichen zum Losfliegen gewartet. Äni erklärt: »Das Zeichen wird mit einer Taschenlampe von der Unterbühne hochgeblinkt.«

»Und heute? Bei der Generalprobe?«

Äni gibt sich einen Ruck: »… hat es nicht geblinkt, obwohl Mateo hinuntergestürmt ist, um das Lichtzeichen selbst zu geben.«

Als dieses Lichtzeichen nicht kam, hat Gerry abgewartet und beschlossen, der Bühnenarbeiterin, die neben ihm stand, nicht eigenmächtig das Zeichen zum Starten des Puckflugs zu geben. Es war nicht seine Verantwortung.

»Ohne Zeichen darf er nicht losfliegen, auch wenn er genau weiß, wann es losgehen soll«, klärt Äni auf. Sie weiß, dass Gerry sich immer ärgert, wenn er nicht selbstständig agieren darf, und hört förmlich seinen zynischen Unterton, wenn er dann jammert:

»Ach ja, ich bin ja nur ein dummer Schauspieler, der sich auf Befehl lächerlich machen wird, als fliegender Kugelkäfer, der Oberon Wasser über den Kopf gießen und ihn so zur Vernunft bringen wird, damit er endlich seine Titania erkennt. Ich zapple nur da oben herum. Ob und wann ich fliege, entscheidet die Taschenlampe.«

Am Tag vor der Generalprobe hat er der Regieassi in einigermaßen angetrunkenem Zustand anvertraut: »Weißu, die Suschaua lachen nich über mich oder, ich korrgiriere, meinetwegen, neinneinnein … die lachen mich aus! Jawohl! Das tut weh, Schmerzen, jawohl, große Schmerzen, mein Änikind! Aber davon verschtehssu nix. Sei ffroh.«

Äni hat Gerry gut beobachtet, sie weiß, was er da schwer alkoholisiert preisgegeben hat. Der Spezialist für die verschiedenen Arten des Lachens erkennt das verhasste Ausgelachtwerden sofort. Die Zuschauer werden zwar zu Lachstürmen hingerissen, aber auf seine Kosten. Seit er die Flugmaschine benützen muss, kippt Gerry davor immer ein Schnäpschen: »Um den Seelenkratzer nicht spüren zu müssen!« Viel lieber würde er mehrere Tortenstücke verschlingen. Aber das geht erst nach der Vorstellung, weil er im zweiten Teil noch zwei Mal fliegen muss. Er hat immer wieder gejammert: »Diese schreckliche Flugmaschine muss ja eingesetzt werden, wenn man sie schon für viel Geld gekauft hat.«

»Mit einem Tortenbauch kann Gerry nicht fliegen, da würde sich möglicherweise nicht nur Wasser auf die Mitspieler ergießen, und das will Gerry nicht. Er ist ein Ästhet.«

Äni erzählt das alles sehr schnell und aufgeregt. Währenddessen schaut Antonia zur Flugmaschine und klettert zur Absprungsrampe hoch, das geht so schnell, dass Äni nichts dagegen einwenden kann. Antonia sieht auf die Unterbühne ins Halbdunkel hinunter.

Kollege Berger deckt gerade die Leiche mit einer Folie ab. Antonia erkennt ihn an der Art, sich vorzubeugen. Er ist so groß, er muss sich fast immer vorbeugen und dabei macht er einen kleinen Buckel, unverkennbar, das da unten ist der Berger.

Gut, dass er mitgekommen ist. Er befolgt die Anordnungen einfach, obwohl sie von einer Frau kommen. Das ist angenehm, aber selten.

Antonia lässt den Blick rasch über die Tribünen laufen, die leeren Sitzreihen liegen wie Perlenketten rund um die Arenabühne. Äni redet noch immer: »Schönheit ist Gerrys Leidenschaft, er jagt sie und ist beglückt, wenn er ihr begegnet.« Äni fühlt sich Gerry offensichtlich verbunden, sie kann ihn gut erklären. »Er ist überzeugt: Theater ist, wenn schöne Menschen schöne Dinge tun.« Äni hat ihm geholfen, diese Parole über seine Garderobentür an die Wand zu malen. Er entwickelt Konzepte, sammelt Stücke und träumt vom schönen Theater.

»Sie verstehen diesen Schauspieler sehr gut«, stellt Antonia fest, um Änis Schwärmerei zu unterbrechen. Diesen schrägen Vogel Gerry Falk will sie so bald wie möglich befragen. Sie geht Richtung Hinterbühne.

Von seiner Garderobentür aus hat Gerry gute Sicht in den Zuschauerraum, er beobachtet, wie Äni dieser Polizistin seine Flugmaschine erklärt und immer wieder in seine Richtung deutet. Er muss heute nicht mehr fliegen. Zufrieden lächelt er. Er will nicht mehr an den schrecklichen Vorfall denken, der die Generalprobe so brutal beendet hat, und entwischt lieber in seine Träume, selbst Regie zu machen. Wer soll ihn jetzt noch aufhalten?

Er war dort oben und konnte nicht losfliegen. Der tote Regisseur war ihm wie ein Insekt vorgekommen, als er da auf dem durchsichtigen Steg im grellen Scheinwerferlicht auf der Bühne lag. Erst nachdem der Tote wieder verschwunden und die grüne Notbeleuchtung angegangen war, hatte Gerry die Sicherungsgurte gelöst.

Antonia überlegt laut: »In diesem Moment vor dem ›Puckflug‹, der heute ja nicht mehr stattgefunden hat, wo genau sind da die anderen Schauspieler?«

»Wo genau?«

»Ja, eine Regieassi kennt die Positionen der Einzelnen doch immer.«

Äni klappt das Regiebuch auf und blättert zu der Szene.

Während sie erklärt, wer in diesem Moment wo steht, schaut Antonia über ihre Schulter. »Darf ich?« Schon klickt das Handy, Antonia macht einige Fotos von den Seiten im Regiebuch.

Und jetzt möchte sie zu den anderen zurück und mit den Befragungen beginnen. Sie entdeckt jedoch zwischen zwei Tribünen Dr. Langer, die da mit einer zarten, älteren Frau steht und deren Hände hält. Auf Antonias fragenden Blick antwortet Äni leise: »Das ist Elisabeth, Mateo Anders Ehefrau.«

Antonia geht zu den beiden. »Mein herzliches Beileid, Frau Ander. Ich bin Bezirksinspektorin Ranik, ich werde mich um den Fall kümmern, das verspreche ich Ihnen.«

Antonia fühlt sich verpflichtet, etwas Ermutigendes zu sagen. Scheinbar dringt sie damit zu der Trauernden durch. Elisabeth sieht die Fremde überrascht an. Aber dann schaut sie wieder in die Weite, sie bleibt stumm und Antonia hat das Gefühl, zu stören. Obwohl sie doch gar nichts Unrechtes gesagt hat. Ihr fehlt die Erfahrung. Sie hat noch nie mit einer Frau gesprochen, die gerade ihren Mann verloren hat. Vielleicht tut das so weh, dass das gesamte System heruntergefahren wird, so wie der Körper bei eisiger Kälte in einen *Low-Level-*Zustand schaltet und sich nur mehr auf die Versorgung der wichtigsten Organe konzentriert. Man spürt dann die Kälte nicht. *Es hat sicher keinen Sinn, jetzt mit dieser Frau zu reden. Die hört mich nicht, das dauert noch.*

Antonia kehrt hinter die Bühne zu den Theaterleuten zurück. Seltsam, Menschen reden sich zumeist einen Schock von der Seele, aber hier sind alle still. Von den anderen unbemerkt, lässt Gerry die kleine Freude noch einmal hochkommen. Der selbstzufriedene, aufgeblasene Mateo wird ihm nie wieder sagen, wo er auftreten soll, wann er seine Pointe zu liefern hat oder wie lange er den damit provozierten Lacher »durchlassen« muss, ehe er weiterspielt. Mateo kann Gerry auch nie wieder erpressen. Was für ein angenehmer, erleichternder Gedanke. In dem Moment begegnet Gerry Lianes Blick und Gerry erschrickt. *Weiß die Kollegin, was er sich gerade zu denken gestattet hat? Unmöglich.*

Berger ist mit dem Aufnehmen der Personaldaten fast fertig. Die Schauspieler stellen sich brav in eine

Reihe und beginnen sogar, leise miteinander zu sprechen. Das grausige Bild auf der Kopfleinwand ist erst mal verbannt, die Stimme ist wiedergefunden, jetzt kann die Ranik mit der Befragung starten.

Sie entschließt sich spontan, mit Gerry Falk zu beginnen. Das, was diese junge Frau, die Regieassi Äni, über ihn erzählt hat, macht Antonia neugierig. Vielleicht kann der dicke Schauspieler Licht ins Dunkel der Unterbühne bringen und Antonia kann den Fall bald abschließen. *Na, das wäre natürlich eine Sensation*, denkt sie sich. *Einfach den richtigen Zeugen erwischen und schon ist alles klar? Nein, Toni, so leicht geht das nicht. Weil wenn der dicke Schauspieler etwas Relevantes gesehen hätte, dann hätte er doch nicht bis jetzt geschwiegen. Gut, man redet nicht gerne vor Kollegen. Aber Gerry Falk hätte mir ja irgendetwas anbieten können oder zumindest ein Zeichen geben. Nein, nein … liebe Antonia, konzentriere dich, hör zu und fälle keine vorschnellen Urteile! Toni, meine Toni, pass auf und mach nicht den Kardinalfehler: Ziehe zumindest in Betracht, dass es nicht nur Täter gibt, sondern auch Frauen, die schlimme Sachen machen.*

»Sagen Sie, Herr Falk, was haben Sie von dort oben, von der Abflugrampe aus, auf der Unterbühne gesehen? Ich meine, kurz bevor der Tote auf der Hebebühne aufgetaucht ist?«

Ranik schaut Gerry Falk an und wartet. Er muss seine Gedanken offensichtlich erst ordnen. Oder wird er sich weigern, zu antworten? Antonia würde ihm dieses »ich sage nichts ohne meinen Anwalt« durchaus zutrauen. Wie in den amerikanischen Filmen. Es kommt aber nur ein »Nichts!« von Gerry Falk. Das klingt nicht wie eine Lüge und doch muss es eine sein. Antonia war vor wenigen Augenblicken dort oben, hat auf die Unterbühne hinuntergeschaut und alles gut beobachten können.

»Dieses Blinken mit der Taschenlampe, Ihr Zeichen für den Start des ›Puckflugs‹ sehen Sie aber von dort oben schon, oder?«

Gerry schüttelt den Kopf.

»Das macht Lore, unsere Bühnenarbeiterin, die steht da oben neben mir und klinkt mich auf das Lichtzeichen aus. Und dann fliege ich los.«

Antonia sieht Gerry wieder fragend an. »Vielleicht erinnern Sie sich ja doch noch, was Sie dort unten gesehen haben.«

Er schüttelt ratlos den Kopf und bleibt dabei, er hat nichts gesehen.

»Na gut. Das Zeichen ist ja heute nicht gekommen, aber wer hätte denn eigentlich mit der Taschenlampe blinken sollen?«

Gerry deutet auf Bea, die zweite Bühnenarbeiterin, die für die Unterbühne eingeteilt ist. Bea ist bis jetzt in der Tür zur Requisitenkammer gesessen.

»Ja, ich mach das normalerweise.«

Bea ist eine große, kräftige Frau, ihre prallen, gut definierten Muskelpakete auf ihren Armen und ihrem Oberkörper zeichnen sich deutlich unter dem T-Shirt ab. Für sie ist dieser Job beim Theater eine gute Ergänzung, weil sie Amateurbodybuilderin ist. Sie hat schon an vielen Wettkämpfen teilgenommen und auch schon einiges gewonnen. Mit Mitte dreißig muss sie ans Aufhören denken. Die Arbeit auf der Unterbühne ist perfekt für sie. Es macht einfach Spaß, den trainierten Körper einzusetzen und nicht nur immer im Studio zu malträtieren.

Antonia ist beeindruckt: Bea ist ein Kraftpaket, sie kann sicher schwere Dekorationsteile schieben und heben. Auf der Unterbühne sind Antonia viele dieser Versatzstücke aufgefallen.

»Ich bin für alles da unten zuständig.« Bea lächelt. »Der Shakespeare ist das Schwierigste, was ich bis jetzt gemacht habe, aber es macht Spaß. Mateo ist so wahnsinnig anspruchsvoll … also, er ist es geworden. Jedes Jahr kommt etwas Neues dazu.«

»So wie der Puckflug?«

Bea nickt. Nachdem sie den Namen des Regisseurs gesagt hat, ist ihre Stimme kratzig, und alle spüren ihre Unsicherheit. Jeder sieht wieder den Toten vor sich.

»Aber heute haben Sie das Zeichen nicht gegeben?«

Unglücklich erklärt Bea, was am Abend vor der Generalprobe schiefgegangen ist und die heutige Katastrophe ausgelöst hat: »Alfred, unser Produktionsleiter, wissen Sie, also er macht jeden Abend Direktionsdienst, er hat gesagt, er kann mir helfen, weil ich ziemlich unter Druck stehe. Er meint, Stress ist da unten gefährlich und er hat Zeit. Gut sag ich, super, übernimm den Umbau fünf: Du musst eine Dekowand von der Bühne ziehen und auf die Unterbühne schieben.«

Alfred nickt, als Antonia ihn ansieht. Bea ist erleichtert, dass sie endlich erzählen kann, wie es war. Man spürt, wie wichtig ihr diese Erklärung ist.

»Dieser Umbau hat zweimal perfekt funktioniert. Doch bei der Probe gestern hat Alfred verzögert und die Wand zu spät hinuntergeschoben. Der Blick zu Lore, die neben Gerry wartet, war verstellt. Ich bin also raufgeklettert und hab das Zeichen direkt von der Bühne aus gegeben. Es war zu spät, aber es war gut …«

Bea gerät ins Stocken, sie erinnert sich an Mateos lautes Fluchen, er ist am Vorabend wegen dieses Fehlers komplett ausgerastet. Bis jetzt hat Bea einfach mitgearbeitet, der Regisseur hat sie scheinbar gar nicht wahrgenommen. Aber gestern! Das war heftig, die starke, große Bea hatte sich klein und dumm gefühlt.

»Was war gut?«, will die Polizistin wissen.

»Dass der Fehler vor der Generalprobe passiert ist. Ich hab's korrigiert, das passiert mir nie wieder. Aber Mateo hat mir wohl nicht mehr vertraut.«

Aus dem Hintergrund fügt Äni nun hinzu: »Deswegen hat er ja ›Alles muss man selber machen!‹ gebrüllt, bevor er auf die Unterbühne gestürmt ist. Davon war er leider überzeugt.«

Antonia Ranik lässt absichtlich eine kleine Pause, damit alle hören, was sie sagt:

»Dann waren also doch nicht alle oben auf der Bühne oder im Zuschauerraum.«

Hans kontert rasch: »Ich habe nur von den Schauspielern gesprochen.«

Ranik sieht Bea fragend an.

»Ja stimmt, ich wäre normalerweise zu der Zeit auf der Unterbühne. Aber Mateo hat mir die Taschenlampe aus der Hand gerissen und verlangt, dass ich mich auf die anderen Zeichen konzentriere. Ich bin direkt zum Schaltpult gegangen, um die Hebebühne hochzufahren.«

»Zeigen'S mir das bitte?«

Ranik steht hinter Bea vor ihrem Schaltpult am Ende des schmalen Ganges. Bea muss mit dem Rücken zum Glassteg stehen, um zu starten. Sie erklärt: »Ich fahre die

Hebebühne ungefähr zehn Minuten vor der Pause herunter, gehe hinüber und montiere die Eisenstange in der Mitte, setze die durchsichtige Röhre auf und fixiere den gläsernen Steg. Dann komme ich zum Pult zurück und gebe das ›Achtung‹-Zeichen für die Musik. In dieser Zeit klettert Puck draußen auf die Rampe und sobald er dort oben steht, starten die Musiker mit einer lauten Rocknummer. Ich nehme die Taschenlampe, laufe vor zur Hebebühne, blinke das Zeichen für den Puckflug. Ich komme hierher zurück, setze das Zeichen für die Scheinwerfer und dann starte ich das Hochfahren. Aber heute wollte Mateo das ja unbedingt selbst machen und hat mich nicht vorgelassen. Ich war hier und er vorne bei der Hebebühne. Auch wenn einer direkt hinter mir steht und schreit, bei der Musik höre ich gar nix.«

»Ziemlich kompliziert scheint mir das!«

»Ja. Mateo hat das so eingeteilt. Also … wie ich mich wieder zur Hebebühne umdreh, war's schon passiert, ich mein, der tote Mateo und unter ihm das Blut … Also er ist hinaufgeschwebt und das grelle Licht ist auf ihn runtergestrahlt … Ich war geschockt von dem Anblick, hab die Hydraulik so schnell wie möglich betätigt und den Steg wieder heruntergefahren.«

Ranik schüttelt beinahe unmerklich den Kopf, aber Bea bemerkt dies und fragt aufgebracht: »Hätte ich den Mann dort oben liegen lassen sollen, wie auf dem Präsentierteller?«

»Nein, Sie haben das Richtige getan.«

Bea und Antonia gehen durch den schmalen Gang zurück zu den anderen.

Antonia sieht sich wieder um. Dass die Leiche nun mit Folie abgedeckt ist, verändert den ganzen Raum.

Das grüne Licht der Notbeleuchtung fällt vom Zuschauerraum herunter und wird von der Folie reflektiert. Bea deutet auf die Dekowand, die seitlich zur Hebebühne steht.

»Alfred hat die Wand exakt zur richtigen Zeit hinuntergeschoben.«

»Die Taschenlampe wäre also diesmal nicht verdeckt gewesen?«

»Ich hätt Mateo nicht hereinlassen dürfen, das Lichtzeichen ist meine Aufgabe, das hätte er niemals geben dürfen. Ich hätte mich nicht wegschicken lassen dürfen. Ich war auf dem Weg zum Pult, als es passiert sein muss. Ich hab ihn nicht gesehen. Ich hätte mich umdrehen müssen! Zu der Zeit ist es hier unten noch dazu fast dunkel. Ich verstehe nicht, wie das … Wo ist er abgerutscht? Wie ist er gestürzt? Ich hätte …«

Antonia berührt Beas Oberarm kurz. Mit dem Gefühl, einen Riesenfehler gemacht zu haben, wird Bea noch lange hadern.

»Wie gesagt: Ich glaub, Sie haben das richtig gemacht, jedenfalls so gut Sie konnten.«

Ranik schaut Alfred Militsch fragend an.

»Also, waren Sie auch dort unten, als es passiert ist?«

»Nein, ich habe die Dekowand vom Zuschauerraum aus hinuntergeschoben und bin sofort zwischen die Tribünen weitergelaufen, um den Puckflug zu kontrollieren. Ich hab bei diesen Kunststückerln immer ein schlechtes Gefühl und kann erst entspannen, wenn der Gerry wieder sicher am Boden ist und abschnallt.«

Alle hören Alfreds Erklärungen sehr aufmerksam zu. Sein Pflichtbewusstsein und die Ernsthaftigkeit, mit der er seinen Job macht, rühren Gerry.

»Und ich hab geglaubt, dass alle nur über mich lachen und gar nicht dran denken, wie gefährlich der verdammte Flug jeden Abend für mich ist.«

Der Anblick des toten Mateo hat Gerrys harte Komikerfassade aufgerissen. Er wendet sich zu Alfred um, umarmt ihn kurz, klopft ihm kumpelhaft auf die Schulter und murmelt ein »Dankeschön«. Gerry ist wirklich gerührt und Alfred ist verwirrt. Die beiden haben noch nie mehr als Begrüßungsworte und Sätze wie »wir sehen uns dann morgen« ausgetauscht.

Antonia Ranik sieht diesen Alfred Militsch plötzlich mit anderen Augen, er war bis jetzt nur der grobe Klotz, der sie niedergeschlagen hat. Aber da steht ein Mann mit einem Bubengesicht, der ganz offensichtlich von der Umarmung des dicken Schauspielers überrumpelt ist und gar nicht weiß, wie er passend reagieren soll. Er ist groß und kräftig, die Dekowand, die er auf die Unterbühne schieben muss, ist aus massivem Holz. Das braucht Kraft. Alfred Militsch würde wahrscheinlich, ohne zu zögern, versuchen, Gerry aufzufangen, falls die Flugmaschine plötzlich aussetzt. Mit der Sorge um den Schauspieler wirkt Alfred wie ein Hirtenhund, der seine Herde umkreist und beschützen will.

Gerry Falk unterdrückt ein Gähnen und schaut auf die Uhr. Ranik versteht den Wink mit dem Zaunpfahl: »Jössas, beinahe Mitternacht, Entschuldigung, ich breche ab. Ich hab noch so viele Fragen, können Sie alle morgen Vormittag wieder herkommen? Der Kollege Berger ruft Sie noch an. Gute Nacht.«

Die Schauspieler gehen zu ihren Autos am Parkplatz. Der Weg führt durch den Wald. So oft sind sie ihn schon gegangen, auch spätnachts. Aber heute legt sich eine unangenehme Stimmung um jeden Einzelnen, der nachtschwarze Wald ist Furcht einflößend.

Jetzt kommt auch noch der Wagen der Spurensicherung mit Blaulicht durch den dunklen Wald herangefahren. Bezirksinspektorin Ranik hat die »Komantschen« ja angefordert.

»Da läuft vielleicht ein Mörder frei herum!«

»Ach, Schatzerl, das war ein Unfall! Der Mateo ist gestolpert und abgerutscht.« Hans' ruhige Stimme erreicht fast alle Kollegen.

Nur Julie widerspricht. »Und warum werden wir befragt? Das heißt doch ...« Julie redet plötzlich nicht mehr weiter. Ignaz, der junge, wendige, überaus bewegliche, durchtrainierte Hauptdarsteller Ignaz schnappt Julies Hand. In der Dunkelheit sieht das ja niemand. Ignaz wünscht sich, dass seine geliebte Julie keine Angst hat.

Auf die Unterbühne zurückgekehrt, hebt Antonia die Folie und betrachtet den Toten. Seine Haut ist jetzt verändert, wächsern, durchscheinend. Obwohl alles Lebendige aus ihm entwichen ist, verstärkt sich Antonias erster Eindruck: Der Mann hat nach jemandem gegriffen und den oder diejenige auch direkt angesehen, kurz bevor er starb, vielleicht gerade in dem Moment, in dem er den Tod gespürt hat. Aus dieser überaus angespannten Körperhaltung liest Antonia den Versuch, wegzukommen. Der Mann wollte sich aufrichten, er wollte weg von diesem Platz.

Mateo Ander wusste ganz genau, wo er sich befand. Er hat diese Unterbühnenkonstruktion ja maßgeblich mitbestimmt, und er wusste, dass die Hebebühne sehr bald hochfahren würde. Antonia hat den Eindruck, sein Bestreben, sich aufzurichten, förmlich zu spüren. Der geöffnete Mund und die aufgerissenen Augen deuten darauf hin, dass dieser Mann geschrien hat. Er wusste, dass in dieser Phase des Stückes eine fetzige Rocknummer alles andere übertönt. Hat er trotzdem geschrien? In der Hoffnung, dass vielleicht die schwer beschäftigte Bea doch etwas hören könnte? Dass sie sich dann zufällig zu ihm umdrehen und ihn retten würde? Wonach hat der Mann seine rechte Hand ausgestreckt? War da noch ein Mensch gestanden, der ihm hätte helfen können? Hat er diese Person berührt?

Antonia geht vorsichtig um die Hebebühne herum, beugt sich manchmal vor, lugt in dunkle Ecken, tritt näher heran und betrachtet die Hand der Leiche: Vielleicht findet die Spurensicherung da was. Schließlich geht Antonia auf die Knie, um den Felsenboden unter dem Toten genauer zu betrachten. Alles voll Blut. Sie hat das natürlich in ihrer Ausbildung gelernt, aber sie ist trotzdem verwundert, wie viel Blut auf dieser Unterbühne verteilt ist.

Gefolgt von den Profis der Spurensicherung kommt Berger in den engen Raum herunter.

»Die Chefin will alles bis ins kleinste Detail aufgelistet. Damit sie später nicht ›irgendetwas übersehen wir da‹ sagen muss und das Ganze von vorne anfangt. Der Chefin …«

Berger atmet ein und will weiter von der Ranik erzählen. Er kennt sie ja erst seit zwei Stunden, aber ihm ist aufgefallen, wie genau sie alles beobachtet. Die Anweisungen an die Spurensicherer sind reiner Egoismus: Wenn die gründlich arbeiten, kann die junge Chefin »die Ermittlungen« schneller abschließen und er kommt schneller ins Bett. Sein Tag ist heute schon ein sehr langer. Wenn die Dienste weiterhin so exzessiv sind, wird Berger vergessen, wie seine Frau aussieht. Er fällt zumeist ins Bett, wenn Conni den Junior in die Schule bringt, und steht auf, ehe sie zurück ist. Sie arbeitet in der Bank am Hauptplatz. Dort herrscht auch akuter Personalmangel, Conni macht unglaublich viele Überstunden.

»Also, mir ist nur aufgefallen, dass da unten alles voll Blut ist … und ich …« Berger deutet auf den Raum unterhalb der Hebebühne, aus dem die Ranik gerade auftaucht. Er verstummt unvermittelt. Antonia steht hinter der Leiche.

»Irgendwo da liegt eine Taschenlampe, die muss gesichert werden.«

Antonia erntet sarkastische Bemerkungen von den Kollegen der Spusi: Warum müssen sie überhaupt zu nachtschlafender Zeit ausrücken? Zur Sicherheit? Wessen Sicherheit denn? Während sie sich an die Arbeit machen, spotten die wie Marsmenschen aussehenden Kollegen: »Wir finden immer Fingerabdrücke, und trotzdem ist nicht alles Mord, was blutig ist.«

Antonia Ranik fällt einfach nichts Passendes ein, das sie diesen kleinen Bösartigkeiten entgegenschleudern könnte, sie unterbricht den Chef der Truppe: »Holen'S mich bitte, wenn'S was Interessantes finden.«

Ohne die sicher zynische Antwort abzuwarten, verlässt Antonia die Unterbühne. Die Kollegen von der Spurensicherung werfen alle, als ob sie es verabredet hätten, einen Blick zu Berger, er hebt die Hände abwehrend.

»Chefin ist Chefin, hab i's g'sagt? Ja oder ja?«

In Gedanken versunken verlässt Antonia den schmalen Gang zur Unterbühne und hält zwischen Garderobenwägen und Schminkobil an. Davor steht ein kleiner Tisch mit übervollem Aschenbecher, zwei Stühle daneben, ein Sonnenschirm. Alles wirkt so friedlich. Fast kann man die Schauspieler noch fröhlich lachen hören. Äni kommt gähnend hinzu und wünscht eine gute Nacht. Antonia nickt nur und geht in den grün beleuchteten Zuschauerraum.

Von den Theaterleuten ist nur Alfred geblieben, er wird auch heute der Letzte sein, der den Platz verlässt. Beim Kontrollrundgang wird er Garderoben, Schminkobil, Requisitenkammer, Technikerkammerl und das Kassahäuschen abschließen. Dann marschiert Alfred normalerweise im Dunklen zum Schlagbaum, der während der Spielsaison die Zufahrt von der Straße zum Theatergelände freigibt. Auch da muss abgeschlossen werden und dann geht er immer direkt durch den Wald zu seinem Auto.

Alfred spürt jetzt, wie müde er ist. Der Beginn dieses Tages liegt so weit weg in seinem Erinnerungsuniversum. Die Generalprobe hat super begonnen. Da sind nur fröhliche, neugierige Zuschauer gewesen, alle wollten diese »Shakespeare-Sache« sehen. Alfred hat Leute begrüßt, die das fünfte Jahr zu »ihrer« Generalprobe kamen. Das ist Erfolg! Ausverkaufte Vorstellungen sind das Schönste! So soll es weitergehen.

Nein, mit dieser abgebrochenen Generalprobe ändert sich alles. Vielleicht wird nie wieder ein Zuschauer in dieses Theater kommen, weil man hier ja eine Leiche auf der Bühne serviert hat. Alfred vergräbt sein Gesicht in den Händen. Wenn sie abgesagt hätten, aus irgendeinem fadenscheinigen Grund, wär's besser gewesen als das, was jetzt alle weitererzählen werden. Wie soll es überhaupt weitergehen? Alfred schreckt aus diesem persönlichen Gedankengehadere hoch: Die Polizistin setzt sich gerade direkt neben ihn.

»Wie sind Sie zum Theater gekommen?«

»Ich hätt Bankkaufmann werden sollen. Die Ausbildung hab ich aber nur den Eltern zuliebe fertig gemacht und aus Pflichtgefühl für meine Frau und die Kinder.«

Na klar, wieso soll er keine Frau haben? Und natürlich hat er Kinder, denkt sich Antonia. »Dieser Abschluss war leider keine Garantie für eine Arbeit. Ich hab mich so oft beworben. Das war die Zeit, wo noch keiner händeringend Fachkräfte gesucht hat.«

Er passt nicht in die Theaterwelt, wusste ich's doch.

»Ich hab sogenannte Zwischenjobs gemacht, wegen der Familie. Die können ja nicht Schuhsohlen essen und der Kindergarten ist auch nicht gratis hier.«

Und die Frau? Macht die nix? Sitzt die nur zu Hause bei den Kindern? Wie viele hat er?

»Mit drei Zwetschken bist du verpflichtet, so is das halt. Meine Ex hat mit den Kindern nur halbtags arbeiten können, das macht das Kraut auch nicht fett.«

Ah, er ist geschieden.

»Und wie das Sommertheater-Festival gestartet ist, hab ich mich als Bühnenarbeiter beworben. Das war super, auch wenn es halt nur ein paar Monate pro Jahr war. Und dann haben wir überhaupt kein Geld bekommen, weil der frühere Direktor das Theater in den Konkurs gefahren hat. Dann hat die Sophie Stein die Intendanz übernommen und ich war als Einziger von früher da. Ich hab gewusst, dass in den Kartenabrechnungen Unregelmäßigkeiten passiert sind. Zahlen sind mein Spezialgebiet, ich hab die Ausbildung gehasst, aber abrechnen kann ich. Was man einmal gelernt hat, vergisst man nicht mehr.«

»Warum machen Sie dann Direktionsdienst?«

»Die Sophie Stein hat bei den Geschäftsbüchern Hilfe gebraucht, weil ihr Vorgänger ja das totale Chaos hinterlassen hat, und ich hab ihr geholfen, bis das Theater saniert war. Dann bin ich wieder zum Bühnenbau zurück, meine Leidenschaft. Dieses wäre das erste Jahr ohne rote Zahlen geworden, wir hätten es geschafft!«

»Eine ungewöhnliche Karriere haben Sie da im Theater gemacht«, bemerkt Antonia. Sie hat Alfred zugehört und kurz vergessen, warum sie da ist.

Er nickt. »Ein Glücksfall.«

Er mag die Theaterleute insgesamt und am schönsten findet er, dass sein Job so abwechslungsreich ist. Kein Theaterabend gleicht dem anderen. Irgendwas ist immer außergewöhnlich, der Kampf mit den Wettersituationen zum Beispiel.

»Wir haben schon Hagel g'habt, da musst du die Vorstellung unterbrechen, weil die Eiskörner so laut auf das Arenadach prasseln, dass man kein Wort mehr versteht. Danach ist dann ein eisiger Wind gefolgt und plötzlich ist der Himmel aufgerissen.«

Antonia hört gespannt zu. Sie mag seine Art zu erzählen.

»Die tief stehende Abendsonne ist ins Theater hereingeblitzt und für ein paar Minuten ist ein vollkommener Regenbogen aufgetaucht. Mitten im Theater! Das sind die Zauberschön-Momente, sagt die Chefin. Sie kommt übrigens erst morgen. Ich frag mich, was wird sie jetzt nach dem absoluten Super-GAU machen?«

Antonia stellt sich oft vor, wie es ihr gehen würde, wenn sie in der Haut eines anderen stecken würde. Die Intendantin tut ihr leid.

»Ich weiß nicht, wie es jetzt weitergeht. Ich g'hör so gern dazu, des Theater, des bin i.« Mit spürbarem Bedauern fügt Alfred hinzu: »Meine Frau war leider nicht so theaterbegeistert. Wir sind geschieden.«

»Ich auch.«

»Theaterliebe oder Scheidung?«

»Beides.«

Antonia muss nur zuhören, Alfred erzählt bereitwillig über die Ensemblemitglieder. Er kann die einzelnen auch extrem gut imitieren und liebevoll charakterisieren. Sie haben alle ihre Macken, ihre Eitelkeiten. Die älteren Schauspieler sind oft die jugendlichsten, die ihre Späße treiben. »Ein Schauspieler ist ein Mensch, dem es gelungen ist, seine Kindheit in die Tasche zu stecken«, meint Alfred und Antonia ergänzt: »... und sie bis an sein Lebensende darin aufzubewahren. Ist von Max Reinhardt, ich weiß.«

Da schau her, die Frau Bezirksinspektor kennt sich aus im Theater, denkt Alfred.

Er ist so erleichtert, seine Gedanken laut aussprechen zu können, auch dass er den Regisseur nicht so mochte. Alfred ist nun mal kein Schauspieler, er kann seine Abneigung gegen Mateo Ander nicht verbergen und versucht es erst gar nicht. »Der Mann war wahrscheinlich ein Theatergenie, aber menschlich? Hut auf! Der konnte die Schauspieler quälen und fertigmachen. Auch mit meinem Team, mit der Bühnenmannschaft, ist er oft ziemlich ruppig umgesprungen. Er hat einfach keine Wertschätzung gezeigt, viel gefordert und war immer unzufrieden. Ein Lob, dass irgendwas passt, irgendwas Positives ist ihm nie eingefallen, immer nur auf den Fehlern herumreiten, des hat er können.«

Alfred gähnt, es ist fast zwei Uhr. Die Aufregung um Mateos Tod ist wahnsinnig anstrengend. Erst jetzt bemerkt er, wie aufmerksam ihm die Polizistin zuhört. Hat er irgendwas Falsches gesagt? Hätte er seine Meinung über den Regisseur lieber für sich behalten sollen?

Alfred deutet Richtung Unterbühne, wo noch die Beamten von der Spurensicherung arbeiten.

»Ich verstehe nur net, was sollen die finden?«

»Es geht nur um den Fundort, jeder Fingerabdruck ist wichtig.«

Alfred versinkt kurz in Gedanken und fragt dann erschrocken.

»Das heißt also, der Mateo könnt umgebracht worden sein?«

Antonia schüttelt den Kopf und winkt ab.

»Wozu sonst werden Fingerabdrücke gesucht?«

»Routine, das ist Routine.«

Antonia steht auf, die kurze Entspannungszeit ist vorüber. Sie vermutet, dass Alfred die Newsdrehscheibe des Theaters ist. Er erzählt wahrscheinlich immer so viel wie gerade eben. Wenn man also will, dass sich irgendeine Info bei den Theaterleuten herumspricht, sollte man sie Alfred erzählen. Aber das will Antonia jetzt nicht. Ihre Gedanken oder Vermutungen zum Todesfall Mateo Ander kann sie unmöglich mit Alfred teilen.

Er sieht Antonia an: »Ich hab ihn nicht gemocht, ja! Ich hab mir oft gewünscht, dass er uns einfach arbeiten lässt und verschwindet. Aber den Tod? Nein, den hab ich ihm nicht gewünscht!«

Die Profis von der Spurensicherung machen ihre Arbeit, aber was mache ich dann mit den Ergebnissen?, denkt Antonia, während sie auf die Unterbühne geht.

Die Spusi-Kollegen wollen Feierabend machen und berichten ungefragt: »Fremdeinwirken ist nicht auszuschließen, aber es gibt auch keine dezidierten Hinweise darauf, dass hier jemand nachgeholfen hat.«

Antonia unterbricht die Kollegin mit der Bitte, die Hände des Toten genauer zu untersuchen, speziell seine Fingernägel könnten interessant sein oder das, was sich darunter befindet. Die Frau im weißen Plastikanzug seufzt ein »Okay«, ehe sie weiterspricht:

»Der Todeskampf muss ungefähr drei Minuten gedauert haben und war zumindest zu Beginn sehr schmerzhaft. Vermutlich ist der Mann an seinem Blut erstickt und gleichzeitig verblutet. Die Eisenstage hat die Lunge durchstochen. Das Herz ist wahrscheinlich unverletzt, weil das Blut nicht schwallartig aus dem Körper herausgeschossen, sondern langsam und stetig geflossen ist. Seltsam ist nur, dass der Mann mit dem Rücken aufgeschlagen ist.«

Antonia sieht sich um: *Wo war er vorher, wo wollte er hin und wie ist er gestolpert? Oder ist er ausgerutscht, ehe er so unglücklich gerade auf diese Stange gefallen ist?*

»Ein paar Zentimeter vor oder zurück und er wäre nur leicht oder vielleicht sogar überhaupt nicht verletzt.«

Die Kollegin im Marsmenschenkostüm nickt, die Frau Bezirksinspektor hat es verstanden. Bisserl langsam, aber immerhin. Sie klappt ihren Instrumentenkoffer zusammen. Antonia denkt laut: »Wie er oben auf der Bühne lag, wo ihn alle gesehen haben, war er schon tot. Ist er dann wieder hinuntergefahren und noch einmal aufgespießt worden?«

»Ja, scheint so. Bericht folgt morgen.«

Sie stapft grußlos davon, um diese Uhrzeit wird jedes Wort, das nicht unbedingt nötig ist, eingespart. Es ist bereits kurz vor drei Uhr früh, als die weißen Kollegen die Leiche des Theaterregisseurs endlich von dem Steg heben und in einen Transportsarg legen können.

»Ich hab die Pathologie im Bezirkskrankenhaus angefragt, die haben Platz für die Leiche.

Bis auf Weiteres bringen wir sie dorthin«, berichtet Berger.

Ein echt guter Mitarbeiter. Antonia lächelt. Sie muss an ihren früheren Vorgesetzten denken. Sie hat sich so bemüht, immer perfekt zuzuarbeiten. Aber ein »Danke« hätte es ganz sicher nie gegeben.

»Danke, Kollege. Das ist super, danke, vielen Dank«, lobt sie Berger daher demonstrativ. Na ja, ein bisschen dick aufgetragen, aber andererseits, die Menschen halten viel Dank aus. Das mag jeder.

Der Berger errötet leicht. Auch er ist Lob nicht gewöhnt. Schon gar nicht von einer jungen Vorgesetzten! Er hofft, dass er seine Frau bald sehen wird, um Conni von diesem Chefinnen-Lob zu berichten. Es ist doppelt so viel wert, wenn man es weitererzählen kann.

Antonia verlässt die Unterbühne als Letzte. Im Zuschauerraum angekommen, schüttelt sie Alfred wach. Er ist im Sitzen in der zweiten Reihe der Tribüne B eingeschlafen. Es dauert ein paar Momente, bis er aus seinem Traum auftaucht und wieder im Jetzt landet.

»Tschuldigung, Sie haben ganz tief geschlafen. Tut mir leid«, meint Antonia.

Alfred nickt nur, er wirkt traurig.

»Besser wär's umgekehrt.«

»Was?«

»Wenn das, was passiert ist, ein Albtraum wäre, aus dem man aufwachen könnte, wenn's nicht die wirkliche Wirklichkeit wär, mein ich!«

Alfred fröstelt. Er steht auf und setzt sich in Bewegung. Antonia folgt ihm einfach nach, das muss sie ja, wenn sie noch mitkriegen will, was er sagt. Die Kassa ist das Letzte, jetzt ist alles abgeschlossen.

»Der Weg durch den Wald ist mir heut irgendwie unheimlich.«

Antonia Ranik muss lachen. Alfred Militsch ist ein Schrank von Mann – dass der Angst hat! Sie zieht ihr Handy hervor, klickt die Taschenlampe an und begleitet Alfred.

»Mit Polizeischutz passiert Ihnen sicher nichts.«

Er lacht ebenfalls und sieht Antonia direkt an.

»Haben Sie nie Angst?«

»Selten. Als Polizistin lernst du, Angst auszublenden. Das ist der Beruf. Wenn du zum Beispiel so schnell wie möglich in Deckung gehen solltest, aber starr vor Angst bist, ist das eher blöd.«

Alfred nickt in der ihm eigenen Ernsthaftigkeit, was Antonia rührend findet. Angst ist ein spannendes Thema für eine Polizistin. Sie begegnet ihr oft. Aber jetzt, auf dem Weg durch den dunklen Wald, spürt sie kein Fünkchen Angst, im Gegenteil, sie weiß doch, dass der Mann hinter ihr einen Angreifer mit einem präzisen Haken niederstrecken kann.

Wo er das wohl gelernt hat? Sie selbst hat es im Training noch nie geschafft, ihre Faust so perfekt zu platzieren, obwohl das rein professionell wichtig für sie sein könnte.

Antonia schaut möglichst nebenbei über die Schulter. Alfred ist durchtrainiert. Solche Muskelpakete kommen nicht vom Theaterkulissenschleppen. *Der geht in die Kraftkammer, wetten?* Antonia ist neugierig, aber ihr fällt keine unauffällige Frage ein, mit der sie auf das Thema überleiten könnte. *Ach, was soll das? Fokussier dich auf das Wesentliche, Toni!*

Sie kommen schweigend bei den Autos an. Bevor sie sich verabschieden, bittet Antonia Alfred noch um die Telefonnummer der Intendantin. »Ich möchte sie morgen befragen«, erklärt sie und verabschiedet sich rasch.

Kollege Berger wartet im Streifenwagen und gähnt demonstrativ. Oje, an ihn hat Antonia nicht gedacht. Ehe sie in den Wagen steigt, wendet sie sich noch einmal um. Alfred tut gerade dasselbe. Ein Lächeln fliegt über den leeren Parkplatz zwischen den beiden hin und her.

Hinter Alfred beginnt der Himmel gerade ein bisschen heller zu werden. Es ist schon sehr spät oder vielmehr sehr früh.

Kollege Berger öffnet die Beifahrertür. »Ich fahr Sie nach Haus, Chefin?«

Den Blick immer noch an Alfred geheftet erkundigt sich Antonia: »Gibt's in der Stadt ein kleines Hotel? Zu Hause ist doch ziemlich weit weg und danke.«

Sie steigt ein und genießt es, vom Kollegen gefahren zu werden. Die Gedanken und Eindrücke schießen durch ihren Kopf. Sie ist nicht müde, im Gegenteil, sie ist jetzt wieder hellwach!

Sie wird im Hotelzimmer weiterarbeiten. Jetzt hätte sie gerne die Tasche dabei, die sie eigentlich fix und fertig für ein paar Tage gepackt zu Hause stehen hat. Tja, die hätte sie mitnehmen sollen. Sie muss sich mit dem Nötigsten eindecken.

Nicht weit weg, in ihrer Sommertheater-Wohnung, ist auch die Schauspielerin Liane Blau wach. Auch ihr schießen die Gedanken durch den Kopf. Mehr Gemeinsamkeiten haben die beiden Frauen aber nicht.

Als alle nach Hause geschickt wurden, beschäftigte sich Liane mit verschiedenen Fluchtplänen. Ganz automatisch ist sie ins Auto gestiegen, losgefahren und vor ihrer Wohnung gelandet. Sie musste sich zwingen, auszusteigen und ins Haus zu gehen.

Jetzt sitzt sie in der Küche, das Weinglas, das sie sich eingeschenkt hat, ist unberührt, sie weiß jetzt, was sie tun will: Zum Flughafen fahren und das Land so schnell wie möglich verlassen ist die beste Option. Sie könnte schon morgen am anderen Ende der Welt sein. Zumindest auf einem anderen Kontinent. Warum hat sie es so weit kommen lassen? Sie fühlt sich ohnmächtig, dann folgen Aufbegehren, Wut und Weigerung. Sie will das alles nicht wahrhaben, schließt trotzig die Augen wie ein Kind. *Wenn ich nix seh, sehen die anderen mich auch nicht.*

Und nun folgt das Hadern: Zu Probenbeginn war es fast wie früher gewesen, als sie ihre Sätze nur ein Mal hatte durchlesen müssen, schon waren die in ihrem Kopf gespeichert. Auch komplizierteste Texte, zum Beispiel Tschechow, waren damals sofort drin und sprudelten fehlerfrei aus ihr heraus. Damals verachtete sie Kollegen für Texthänger, sie war ohne Verständnis dafür, dass einer seine Sätze nicht exakt bringen konnte. Im Rückblick sieht Liane sich als arrogantes Geschöpf. Sie war selbstverständlich davon ausgegangen, dass jeder so denken und fühlen würde wie sie. Was für ein dummes Gänschen sie doch gewesen ist! Je älter sie wird, desto härter geht sie mit sich selbst ins Gericht. Es waren wohl die Leichtigkeit, mit der ihre Karriere gestartet ist, und der große Erfolg. Die haben sie überheblich gemacht.

Ich hab alles als selbstverständlich genommen.

Deshalb war sie nie dankbar für die Geschenke des Schicksals. Sie kannte es ja nicht anders.

Jemand hätte mir zeigen müssen, wie schwer dieser Beruf sein kann.

Sofort mit einer Hauptrolle – mit der Polly Peachum in Brechts *Dreigroschenoper* – einzusteigen, war ein Turbostart. Liane musste sich nicht sonderlich anstrengen, sie war diese junge, freche Göre von der Straße, die mit kleinen Ganoven und korrupten Eltern aufwächst und sich den Traum von der großen Liebe leisten kann. Lianes Mackie Messer war ein ziemlich cooler, überaus attraktiver Partner, durchtrainiert, sexy und schwul. Das wusste bloß niemand. Der Schauspieler hat sich nie geoutet, er spielte mit der erotischen Ausstrahlung, die beide verwirrte, Frauen und Männer. Für Liane war er ein Geschenk, weil er sie auf Händen trug und gleichzeitig ein verlässlicher Kumpel war. Sie hatten Jubelkritiken. Dann kamen Angebote von gleich drei Intendanten. Einer hätte sie nach Berlin engagiert.

Wie wäre mein Leben wohl verlaufen, wenn ich weggegangen wäre? Wenn ich alles Vertraute hinter mir gelassen und Deutsch, also deutsches Deutsch gelernt hätte? In einer Stadt, die damals noch geteilt war, abstoßend grau und kaputt auf mich wirkte?

Ich würde doch mit Sicherheit nicht hier sitzen!

Liane trinkt endlich einen Schluck Wein, der macht die Gedanken flüssiger. In diesem

»Was wäre gekommen wenn«-Spiel verliert sie sich gern. Sie baut Fantasiewelten, in denen sie Familie und Kinder hat, in einem Haus außerhalb von Berlin wohnt und jeden Tag zur Vorstellung in den ehemaligen Westen in die Schaubühne fährt. Sie würde in den Babelsberg Filmstudios vor der Kamera stehen und in ihren kühnsten, schon leicht angeschickerten Kopfkinovorführungen wäre sie sogar Quentin Tarantino bei einem Casting für *Inglorious Bastards* begegnet. Ja, mit einem Fläschchen Rosé entflieht sie in herrlich verrückte Lebenswege, die sie alle nicht eingeschlagen hat, die ihr aber offenstanden.

Das zweite Glas Rosé hilft, die Katastrophe, die im Theater und damit in ihrem Leben vor ein paar Stunden passiert ist, hinter einen dicken Vorhang zu drängen. Liane spürt etwas freudigen Mut in sich aufsteigen.

Jetzt, da der Regisseur sie nie wieder quälen können wird, fühlt sie sich leicht.

Mit dreiundsechzig wirst du doch wissen, wie Verdrängen geht, oder?

Und dann fliegt sie gedanklich zurück auf dem Weg der Entscheidungen und erinnert sich an eine der wichtigsten Weggabelungen, als sie drei Angebote hatte. Einfach ihrem Gefühl vertrauend, entschied sie sich für Wien. Die Christine in Schnitzlers *Liebelei* war ihr am herzensnächsten. Wenn man sie halbwegs gut spielt, diese Christine, dann weinen die Zuschauer am Schluss. Aber Liane spielte sie nicht, sie lebte dieses junge Wesen, irgendwie war sie in die Christine hineingeschlüpft. Oder ist es umgekehrt gewesen? Jedenfalls wurde Liane von den Kritikern zum neuen Star der Wiener Theaterfamilie erhoben und musste sich in den folgenden Jahren kein einziges Mal überlegen, ob sie eine Rolle spielen wollte oder nicht. Sie bekam nur Hauptrollen und hatte die besten Partner. Sie hatte jahrelang keine Ahnung, wie es ist, abgelehnt zu werden. Sie musste sich nie mit kleineren Rollen begnügen oder darüber nachdenken, wie sie ihre Miete bezahlen sollte. Wenn ein Engagement zu Ende war, kam das nächste. Das »sich ducken und sich bewerben müssen« kannte sie nicht. Sie beobachtete Kolleginnen beim »Erspürenwollen, was der Regisseur gerne hört«, sie selbst musste das nie tun. In den Anfangsjahren hat sie nie Existenzängste erleben müssen.

Dann kamen auch noch die Rollen in Fernsehfilmen und Serien dazu. Da verdiente sie richtig viel Geld.

Ja, das war verführerisch.

»Ich war jung und brauchte das Geld. Jung und dumm«, sagte sie in einem Interview, in dem sie über

Shakespeare hätte reden sollen. Liane lacht ganz für sich allein.

Für die Arbeit beim Fernsehen, wie man das damals nannte, verließ sie das Theater auch leichten Herzens. Die Theaterdirektoren wollten nicht, dass ihre Hauptdarsteller in Fernsehfilmen mitspielten. Da gabs noch die Trennung zwischen Kunst und Kommerz.

»Wenn du im Fernsehen den Kommissar spielst oder den Arzt, dann kannst du am Abend nicht als Maria Stuart auf die Bühne gehen.«

Ja, so war das damals. Das Geschäft mit den Fernsehstars begann gerade erst.

Nach der ersten Rolle als »Böse« in einer Serie erlebte Liane ihr Publikum hautnah. Sie wurde beim Einkaufen beschimpft, Autofahrer hupten und ballten ihre Faust. Sie war ja am Vorabend bei den Leuten im Wohnzimmer gewesen, die machten keinen Unterschied zwischen Mensch und Fernsehfigur. Aber je mehr Zuschauer sie sehen wollten, desto mehr Angebote bekam sie. Liane hatte nie daran gezweifelt, dass es einfach immer weiter aufwärtsgehen würde.

Nun, das Leben hatte eine andere Geschichte für sie vorbereitet. Jenseits der dreißig, im Anflug auf den Vierziger, blieben die Fernsehangebote aus und der Weg zurück ins Theater war plötzlich versperrt. Die Position der mittelalterlichen Protagonistin war überall besetzt.

»Wissen Sie, so jemand wie Sie hätte ich gerne zweimal im Ensemble. Leider hab ich fünf.«

Und genau da begannen die Lehrjahre der Schauspielerin Liane Blau. Sie musste eine wichtige Disziplin sehr spät und mit großen Opfern lernen: die Demut. Deren Schwester, die Bescheidenheit, sollte auch zu

Gast in einer Karriere sein. Natürlich muss man am Anfang ungestüm und maßlos sein und sich verrückterweise alles zutrauen. Aber Liane hat die Geschenke der Theaterschicksalsgöttin nicht erkannt. In späteren Jahren, als der Berufspfad steiniger wurde, warf sie sich selbst Undankbarkeit vor. Die Arroganz, mit der sie auf andere, die keine Stars geworden waren, herabgeblickt hat, ist ihr jetzt peinlich.

Im Leben gibt's keine Einbahnstraße, alles hängt zusammen und die Klischees des Waldes, in den man hineinruft, und des Glückes, welches immer selbstgeschmiedet ist, bekommen jetzt ihren Sinn. Sie sind aber, verdammt noch mal, als Erklärung zu wenig. Warum muss ich so kämpfen? Bin ich doch nicht gut genug? Was hab ich falsch gemacht?

Die Titania in *Sommernachtstraum reloaded* war für Liane perfekt, sie erfüllte Lianes Wünsche an das Schicksal perfekt. Sie wusste einfach, wie die Königin denkt und fühlt. Ihre Sätze zu lernen, war so leicht gewesen. Alles machte Freude: die Kostümprobe, das Fotoshooting fürs Programmheft, die Vorbesprechung mit der Intendantin. Sophie Stein ist die Tochter, die Liane gerne gehabt hätte, wenn sie Mutter hätte werden können. Vor Probenbeginn war alles fröhlich. Liane ahnte nicht, welche Höllenfahrt auf sie zukommen würde. Nichts hatte sie vorgewarnt. Oder doch?

Es liegt an mir, ich bin schuld, es liegt an mir, nur, was ich hätt anders machen können?

In den vergangenen Stunden hat sich Lianes Leben auf den Kopf gestellt und bitterböse zu grinsen begonnen. Sie versteht nur nicht, wodurch das ganze Desaster ausgelöst worden ist. Für die Konfrontation damit braucht Liane definitiv mehr Rosé.

Sie öffnet noch eine Flasche, schön eisgekühlt.

Ich hab mich so bemüht! Ich war vorbereitet, ich war immer da, auch wenn ich nicht dran war, ich hab nicht protestiert, so wie früher. Ich hab mich nicht eingemischt, ich war nicht besserwisserisch. Obwohl ich bei Gott so einiges zu sagen gehabt hätte – aber ich hab mich beherrscht. Nur mein Ding gemacht, nur auf mich konzentriert und trotzdem. Trotzdem hat es gekracht. Trotzdem war ich nie gut genug. Mateo hat schon bei meinem ersten Satz die Augen verdreht. Warum?

Nach einer kurzen Leere im Kopf weist die Schauspielerin sich selbst zurecht. *Nein, nein, belüg dich nicht selbst! Früher ging's auch noch um das andere. Ich hab damals immer zu spät bemerkt, dass der Typ, also der Regisseur zum Beispiel, einfach mit mir ins Bett wollte. Ich war auf die Kunst fokussiert und er aufs Vögeln. So war das. Früher, wohlgemerkt, früher! Einer wurde aggressiv, hat mich runtergemacht, bei jeder Gelegenheit über mich geschimpft, weil ich sein »Angebot« nicht mal bemerkt hatte. Ja, aber heute? Der Mateo steht, stand auf ganz Junge. Mit Sex oder Erotik hat das Verhalten mir gegenüber nichts zu tun gehabt. Womit wir wieder beim Anfang wären: Wo ist mein Fehler?*

Liane steht kopfschüttelnd auf, geht hinüber in das kleine Schlafzimmer und beginnt, ihren Koffer zu packen. Sie ist ganz klar, der Wein hat ihr den Kopf nicht vernebelt. Sie ist fahrtüchtig, sie muss jetzt in die Gänge kommen, los geht's. Sie ordnet ihre Kleider sorgfältig. Für ein, zwei Wochen ist sie durchaus gerüstet. Das wird schon. Am Morgenhimmel draußen zieht bereits ein leises Grau auf, knapp über dem Horizont wird's schon heller. Da macht es »klick« in ihrem Kopf:

Der Plan ist falsch! Total, komplett, überhaupt verkehrt! Wenn sie jetzt verschwindet, wird diese Polizistin einfach zwei und zwei zusammenzählen. *Und ich hab keine Ahnung, wie man sich in fremden Ländern am besten durchschlägt. Ich kenne »Auf der Flucht« nur aus dem Kino. Liane!!! Du musst bleiben.*

Der Koffer ist schon fast voll, es fehlt nur mehr der Kulturbeutel. Liane sieht ihr Spiegelbild im Bad und befiehlt sich laut: *Dableiben! Unauffällig bleiben.*

Sie kickt den Koffer beiseite, lässt sich aufs Bett fallen, dreht sich auf den Rücken und schaut zur Decke. Sie wird nicht schlafen können. Keine Chance. Wenn sie die Augen schließt, hat sie sofort den Toten vor sich. *Nein, nein, nein!*

Antonia Ranik schläft auch noch nicht. Die Frau Bezirksinspektor starrt in ihrem Hotelzimmer konzentriert und angespannt auf den Bildschirm. Sie hat die einzelnen Schauspieler gegoogelt, für jeden eine Datei eingerichtet und erste Eindrücke notiert.

Gerry Falk ist ihr in seiner Fülle und seiner Widersprüchlichkeit am deutlichsten präsent. Ihn kennt sie aus diversen TV-Produktionen, sein kugelrundes Komikergesicht ist oft in den Medien. So einen Promi nimmt man schneller als andere wahr. Hans wiederum ist ganz einfach sympathisch, ihn würde Antonia um Rat fragen, in jeder Lebenslage.

»Um Rat fragen« ist eine schöne Formulierung für »ein Verhör führen«. Antonia lächelt über diese Idee.

Die junge Julie ist ihr auch sofort aufgefallen, weil sie sehr schön ist, ebenmäßig, feingliedrig, sehr emotional. Die Tränen, der Hilfe suchende Blick, Antonia hat ihr gegenüber spontan das Bedürfnis verspürt, sie in den Arm zu nehmen. Sie scheint in Gefahr zu sein, beschützenswert, zerbrechlich. Doch sie hat bereits eine Schulter, an die sie sich anlehnen kann: Ihr Bühnenpartner Ignaz West ist immer in ihrer Nähe. Antonia hat Blicke zwischen den beiden und kurze Berührungen beobachtet. Warum auch immer sie ihre Beziehung, ihre Verliebtheit nicht zeigen wollen, verbergen können sie die gegenseitige Anziehung nicht.

Die Einzige, zu der Antonia keine Notizen machen kann, ist Liane Blau. Auf ihrer Facebook-Fanseite steht zwar, dass sie dreiundsechzig ist, aber sie sieht jünger aus. Sie hat wohl einen guten Arzt und kennt Tante Botox. Sie achtet auf ihr Äußeres, aber was in ihr vorging, war nicht zu erkennen. »Unnahbar« beschreibt sie am ehesten. Andererseits wirken Menschen mitunter so, nachdem sie einen grässlichen Todesfall miterleben mussten. Sie erstarren für einige Zeit. *Näher hinschauen, aufmerksamer sein!*, sind die Befehle, die Antonia an die Ermittlerin in sich erteilt. Instinktiv möchte sie zu dieser Schauspielerin jedoch auf Distanz bleiben. Diese »jugendlich gealterte« Schauspielerin ist sicher ein Mensch, dem Haltung bewahren wichtig ist. Persönliches wird man von ihr nur schwer erfahren. So jedenfalls schätzt Antonia die Dame ein und notiert, dass sie immer etwas abseits stand, also auch distanziert zu ihren Kollegen ist. Ob sie wohl sehr unsicher ist? Drei Fragezeichen stehen nun in Antonias Datei über Liane Blau.

Die Mitglieder des Technikteams, der Bühnenarbeiter-, Masken- und Kostümabteilung sowie alle weiteren Personen, die an dieser Vorstellung beteiligt waren, sind auch vollständig in einer eigenen Liste erfasst. Antonia seufzt und reibt sich die Augen.

Mit Alfred hat sie eine gute Auskunftsperson, die Theaterleute sind so eine Art Familie für ihn. Auch nicht verwunderlich, da ihm ja die eigene, kleine Familie abhandengekommen ist. Antonia würde gerne wissen, wie oft er seine Kinder sieht, wie sie das Auseinanderbrechen der Mama-Papa-Einheit erlebt haben. So etwas verändert und prägt. Ob Alfred seine Kinder wohl mit ins Theater nimmt? *Dürfen sie auf der Bühne rumturnen, wenn die Schauspieler noch nicht da sind? Spielen sie mit den Requisiten? Zeigt Alfred seinem ältesten Sohn, wie man eine Theaterwand so baut, dass sie echt aussieht? Wie läuft das ab, wenn Alfreds Ex die Kinder abholt? Spricht er mit ihr? Sind die beiden freundlich zueinander? Der Kinder wegen?*

Antonia verbietet sich, diesen Gedanken länger nachzuhängen. Sie muss weiterarbeiten, die Befragungen gut vorbereiten. *Wer wird wann wozu befragt?* Die Antworten ergeben ein Puzzle, ein Bild mit möglichst wenig blinden Flecken. Das werden viele Gespräche, viele Aussagen, deren Auswertung einiges an Zeit brauchen wird.

Die kleinen, feinen Fäden zusammenführen, Details genau anschauen. Bis jetzt hat Antonia nur drei direkte Verbindungen zum Toten entdeckt. Der junge Ignaz West hat laut seiner Vita bereits mehrere Produktionen unter der Regie von Mateo Ander gespielt, auch an verschiedenen Theatern in Deutschland. Der renommierte Regisseur wird den Schauspieler so geschätzt haben, dass er ihn in die verschiedenen Städte mitgenommen hat. Das deutet schon auf eine engere Beziehung hin. Vielleicht weiß Ignaz West etwas über Probleme des Regisseurs? Vielleicht hat er Konflikte miterlebt? Weiß um Feindschaften, kennt Neider? Dass Ignaz selbst unmittelbar mit Mateo Anders Ableben zu tun hat, muss Antonia verwerfen. Ignaz war die ganze Zeit sichtbar auf und neben der Bühne. Antonia betrachtet die Fotos aus dem Regiebuch: Äni ist eine Profiassistentin. Man kann gut nachvollziehen, wer wo wann steht und wohin die Spieler gehen oder laufen müssen.

Sie kommt noch mal auf Gerry Falk zurück. Er hat eine lange Karriere als Theaterschauspieler hinter sich, Mateo Ander kam auch in seiner Vita vor. Gerry ist zum dritten Mal im Sommertheater-Festival-Team. Er spielt immer die großen, schrägen Komiker-Rollen, die sich einprägen. Auf dem Nachhauseweg nach der Vorstellung sind es zumeist Gerrys Sätze, die die Zuschauer zitieren können, obwohl er nie die Hauptrolle spielt. Das passt anscheinend nicht zum Komiker, der so gar nichts Heldenhaftes zu bieten hat und trotzdem eine steile Karriere gemacht hat. In seinen besten Zeiten war er im Haupt-Cast einer lang laufenden TV-Serie, spielte gleichzeitig im Musical *Anatevka* im Ronacher und war immer wieder in einem schrillschrägen Wien-Krimi zu sehen.

Er hat sicher ganz ordentlich verdient, sei ihm gegönnt. Besonders wenn er durch einen TV-Krimi stolpert, die Ermittler verwirrt und doch nicht verhindern kann, dass der Mörder gefasst wird, mag Antonia diesen Schauspieler. Er ist spezialisiert auf die verdrehten, verwundeten Figuren mit viel Humor und voll Bösartigkeit. Gerry strahlt immer Ehrlichkeit aus. In einem Zeitungsinterview stand, dass er allein lebt: »Allein, nicht einsam. Ich hab gern Zeit für mich.«

Antonia klickt einige Medienberichte über den Komiker durch, findet aber keinen Hinweis auf das Verhältnis zwischen Mateo Ander und Gerry.

Die junge Intendantin Sophie Stein kennt den Regisseur natürlich am längsten von allen, sie kann sicher viel über ihn berichten. Sie hat Mateo gleich nach ihrer Bestellung zur Leiterin des Sommertheater-Festivals in ihr Team geholt.

Und dann ist da noch seine Frau, Elisabeth Ander. Dreißig Jahre sind die beiden miteinander verheiratet. Zeitungsreportagen berichten über »das ideale Paar«. Antonia bleibt länger an den Fotos neben den Artikeln hängen: Obwohl die zarte Elisabeth immer hinter ihrem Mann, also zumeist halbverdeckt abgebildet ist, wirkt sie nicht schwach. Sie hat »selbstverständlich auf die Schauspielerinnenkarriere verzichtet, weil Mateo der größere Künstler, der kreative Star ist«, wird sie zitiert. Ist da ein harmonisches und perfekt eingespieltes Liebespaar zu sehen? Oder sind das zwei in Wahrheit weit voneinander entfernte, mit erzwungenem Lächeln einander belauernde Feinde? Elisabeth ist jedenfalls sehr interessant. Antonia unterstreicht den Namen und hofft, dass die Witwe mit ihr sprechen wird. Diese Frau war mehr als die Hälfte ihres Lebens an der Seite ihres Mannes. Kein Foto zeigt Mateo Ander ohne seine Frau. Wenn auch nur im Hintergrund, aber sie ist da. Immer.

Obwohl sie so wie Elisabeth hätte werden können, hat sich Antonia ganz anders entschieden. Sie war sechzehn, als sie bei einem Open-Air-Konzert im Gedränge gegen eine Absperrung gestoßen und von einem Polizisten, der dahinter postiert war, aufgefangen wurde: Das war die schicksalhafte Begegnung mit ihrem Ex-Mann, anfänglich sogar sehr romantisch. Sie hat ihn geheiratet, weil sie mit siebzehn Mutter der gemeinsamen Tochter wurde, aber sie ist nie »zu Hause geblieben«. Wenn sie sich in den Schatten ihres Ex gestellt und nichts Eigenes aufgebaut hätte, wäre sie jetzt wohl eine Alleinerzieherin in der Armutsfalle. Aber Antonia hat Anna ins Klassenzimmer der Polizeischule mitgenommen. Das Baby schaukelte im Tragetuch an der Mutter, was ihr Schwierigkeiten einbrachte, aber sie hat sich nicht davon abhalten lassen. Sie musste sich immer durchkämpfen und war unter den ersten jungen Frauen, die Polizistin wurden. Gleichzeitig hat sie auch den Haushalt »geschupft«. Sie ist damals kopfüber in das uralte »Mama-Papa-Kind«-Spiel hineingesprungen. So naiv! Sie war echt ein blauäugiges Mädchen, damals, als sie sich in ihren Ex verliebte.

Wenn sie ehrlich zu sich selbst ist, gab's die Eheprobleme von Anfang an. Ihr Ex hätte sie lieber zu Hause gesehen. Er ist ein konservativer Mann, eigentlich rechts der Mitte. In der Zwischenzeit ist er Funktionär bei der blauen Polizistengewerkschaft, dort ist seine soziale Heimat, dort hat er seine Freunde, seine Freizeitgestaltung und die persönliche Bestätigung. Antonia wollte mit dieser politischen Richtung nichts zu tun haben, vor allem die Fremdenfeindlichkeit war ihr »fremd«.

Sie ist ja selbst »so eine«. Ihre Eltern sind nach Österreich gekommen, als Antonia ein Jahr alt war. Damals ist »Asiti Cinar« zu Antonia geworden. Asiti heißt auf

Kurdisch »Frieden«. Ihre Eltern sind Kurden aus der Grenzregion zwischen der Türkei und Syrien. Jetzt sind sie längst österreichische Staatsbürger. Sie mussten fliehen, weil Antonias Vater an einer Demonstration teilgenommen hatte. Wenn sie länger geblieben wären, hätte man ihn verhaftet. Er konnte nicht still zu Hause sitzen, er musste »etwas tun«. Die Eltern haben Antonia immer erzählt, dass sie so ein entzückendes Baby gewesen sei.

Die Cinars hatten es nicht leicht, Mutter und Vater haben, nachdem sie in Wien Floridsdorf gestrandet waren, viele Jahre hart gearbeitet. Sie wollten »Asiti Antonia« ein besseres Leben bieten.

Dass sie sich in einen Polizisten verliebte und das Elternhaus so früh verließ, konnten Mutter und Vater nur schwer akzeptieren. Antonia hatte deshalb einige Zeit wenig Kontakt zu ihnen. Sie wollte sich nicht permanent rechtfertigen, vor allem weil die Eltern »es ja immer gewusst haben«: Antonias Ehe ist zerbrochen. Der Mann, von dem sie den Nachnamen Ranik hat, war ganz einfach der falsche. Antonia ist froh, dass sie sich hat lösen können. *Ich hab's geschafft!*

Seit einem Jahr ist sie zum ersten Mal im Leben wirklich unabhängig. Sie lebt allein und genießt es. Ihre Tochter wollte in eine Internatsschule in Salzburg, weil ihre beste Freundin dorthin wechselte. Seit die Scheidung durch ist, hat Antonia zu atmen begonnen. Und sie investiert die frei gewordene Kraft in die Karriere. Sie ist ganz bewusst von Wien weggegangen, weit weg von ihrem Ex.

Tochter Anna wird die Sommerferien bei der Mutter auf dem Land verbringen. Nördlich der Großstadt hat Antonia ein kleines Haus gefunden und selbst renoviert.

Wenn es noch so klein ist, ein eigenes Haus ist der wichtigste Schritt ins eigene Leben, denkt sie sich oft. Antonia mag ihr Leben, so wie es jetzt gerade ist.

Die wichtigste Weichenstellung ist ihr aber eher zufällig passiert. Oder war sie einfach zur rechten Zeit am rechten Ort? Sie wusste sofort: *Das ist jetzt meine Chance.* Sie zögerte nicht und nahm sie an.

An dem Tag, an dem ihr Vorgesetzter ihr erklärte: »Also gut, wenn'S des unbedingt woin, dann kriegen'S mei Unterstützung. Ja, ich werd ihre Beförderung zur Kripo empfehlen«, konnte sie ihr Glück kaum glauben. In ihrem Alter so einen Karrieresprung zu machen, ist eine absolute Seltenheit. Der Personalmangel bei der Polizei war aber ausschlaggebend.

»Eine gute Polizistin sind Sie schon auch«, murmelte der Mann leise und unwillig, ehe Antonia sein Team für immer verlassen konnte. »Eigentlich die Einzige in dem Jahrgang, die wirklich was taugt. Machen'S mir ka Schand, Ranik.«

Antonia nickte und versprach sich selbst: *Ich mach Karriere, keine Schande!*

Bezirksinspektorin. So nennt man weibliche Führungskräfte in den unteren Rängen der Polizei. Ihre durchwegs männlichen Kollegen machten sich ab da den Spaß, immer nur Inspektor zu ihr zu sagen, und sie korrigierte sie immer: »Entweder Frau Bezirksinspektor oder Bezirksinspektorin, was anders gibt's net.«

Eine kleine gegenseitige Provokation, die irgendwie doch ausdrückt, dass man Antonia Ranik in der neuen Position akzeptiert. Und das ist irgendwie gut.

Sie hat viel Zeit mit Weiterbildung und Training verbracht. Kriminalpolizistin zu werden, hat bedeutet, die Matura nachzumachen und dafür viele Nächte zu opfern. Darin ist sie schon gut trainiert. Aber jetzt ist sie zufällig in der Situation, eine Ermittlung zu leiten, und sie will ihre Chance nützen.

Und deshalb sitzt sie schon die ganze Nacht vor dem Laptop, sie hat sogar ihr Handy auf Vibrafunktion gestellt, um völlig ungestört zu sein.

Genau hinschauen, Verbindungen suchen, Motive erkennen, arbeiten!

Ihr neuer Vorgesetzter, Chefinspektor Hufnagl, ist ein alter Haudegen, er hält nichts von Vermutungen oder gar Instinkt. »Entweder sind da Indizien und Beweise oder eben nicht.« Der simple Satz im Protokoll »Fremdverschulden ist nicht gänzlich auszuschließen« wäre für ihn nicht genug. Er würde nicht weiter ermitteln, wenn er denn vor Ort wäre. Aber er hat es ihr überlassen, den Fall aufzubereiten. Jedenfalls die nächsten Stunden, bis zum Nachmittag. Sie wird so gründlich wie nur irgend möglich ermitteln.

Ihre Augen brennen nach den langen Stunden vor dem Bildschirm. Erst jetzt bemerkt sie, dass der Tag längst begonnen hat. Sie schaut in einen grünen Blätterwald vor dem Fenster und hat das Gefühl, die Farben da draußen würden zerrinnen. Das ist die Müdigkeit, die sie zum Einschlafen verführen will. Sie schließt kurz die Augen. Aber das kann sie jetzt nicht zulassen, sie reißt das Fenster auf, spürt die kühle Morgenluft im Gesicht und saugt sie tief in ihre Lunge ein. *Kaffee! Dringend. Intravenös*, sonst fallen ihr die glühenden Augen noch im Stehen zu. Da draußen ist es noch so still. Die schlafen alle noch. Die Kirchturmuhr schlägt halb sechs.

In dieser Nacht, die wohl kaum jemand vergessen kann, haben viele vergeblich aufs Einschlafen gewartet. So auch die junge Schauspielerin Julie. Sie liegt ebenfalls mit offenen Augen im Bett und zählt die Schläge der Kirchturmuhr mit. Das tut sie seit Mitternacht. Sie konnte nicht einschlafen, obwohl sie todmüde ins Bett geschlüpft ist. Ignaz liegt ruhig schlafend neben ihr, sie konzentriert sich auf seine gleichmäßigen Atemzüge und versucht, »mitzuschlafen«. Sinnlos.

Sie dreht sich zu ihm und betrachtet sein Gesicht. Sie ist wirklich verliebt. Als ob er ihren Blick in seinen Traum hinein spüren würde, streckt er die Hand nach ihr aus und zieht sie näher zu sich heran. Die Begegnung mit ihm hat Julie verändert.

Ich hatte bis jetzt noch nie das Gefühl, mit einem Mann zusammen zu sein, denkt sie bei sich und dreht sich wieder auf den Rücken, seine Hand liegt jetzt auf ihrer Brust. Sie schaut in den grauen Himmel vor dem Fenster und erinnert sich an einen Morgen vor acht Wochen, am Tag der Leseprobe, da kannte sie Ignaz noch nicht und war noch ganz anders drauf.

Damals spürte sie die warme Morgensonne auf ihrem Gesicht und hielt die Augen geschlossen. Alles war so wohlig warm, so angenehm. Julie wollte diesen Zustand noch nicht verlassen, aber der Blick auf die Uhr ließ sie hochschnellen. Sie hatte noch zwanzig Minuten bis zum Beginn der Leseprobe. Eines hatte sie in ihrem jungen Schauspielerinnenleben schon kapiert: Zuspätkommen ist ein absolutes No-Go. Man darf mit der Zeit der anderen nicht verschwenderisch umgehen. Ältere Kollegen warten zu lassen, ist das Schlimmste. Das provoziert Rache, die sehr, sehr unangenehm sein kann. Nein, nur Dummköpfe kommen in jugendlichem Irrsinn zu spät. Oder sie sind eben gestört. Es gibt Menschen, die zwanghaft zu spät kommen. Aber die sollten tunlichst nicht Schauspieler werden.

Das war eine der Lektionen, die Julie gelernt hatte, als sie für ihren ersten Drehtag bei einer TV-Produktion engagiert war. Der Fahrer holte sie ab und Julie hatte getrödelt. Als sie viel zu spät in den Wagen stieg, saß da schon ein älterer, eleganter Kollege. Ihre Blicke begegneten einander und der Mann meinte mit sanfter Stimme: »Sind Sie sicher, dass Sie mich warten lassen dürfen?« Diese Augen würde Julie nie vergessen und sie ist seither immer pünktlich. Julie drehte kaltes Wasser auf, sprang unter diese alles erweckende Dusche und raste wenig später los zur Leseprobe.

Sie schaffte es gerade noch rechtzeitig. Die Leseprobe fand auf der Probebühne in einem alten Fabrikgebäude statt. Viele verschiedene Stühle standen für die Schauspieler im Kreis bereit, Julie war auf einem roten Plastiksessel gelandet und rutschte unruhig hin und her. Eine entspannte Haltung wollte ihr nicht gelingen, sie hielt das Textbuch ein bisschen zu fest in beiden Händen, hatte den Kopf leicht schief gelegt und lächelte. Wenn ihr nur sekundenlang bewusst gewesen wäre, wie hinreißend sie so aussah, hätte sie ruhiger werden können. Aber an ihre Wirkung dachte sie in diesen Minuten nicht. Sie weiß insgesamt noch nicht sehr viel über die eigene Ausstrahlung.

Das Vorsprechen für *Shakespeare reloaded* einige Wochen zuvor war eine einzige Katastrophe gewesen, sie war supernervös und überkonzentriert gewesen und hatte den Anweisungen des Regisseurs kaum folgen können. Sie hatte vor einem schwarzen Vorhang stehen und »einfach mal anfangen« sollen. Aber sie hatte plötzlich den ersten Satz des Textes nicht mehr gewusst. Tagelang hatte sie alle Sätze perfekt eingeübt und nun war da nur eine riesengroße Leere in ihrem Kopf gewesen. Eine Blase, die immer größer wurde und aus diesem vernagelten Kopf herauszufließen drohte. Verzweifelt hatte sie Atemübungen begonnen. Die kleinen Tricks, die man ihr beigebracht hatte – *drücke bei geschlossenem Mund die Zunge gegen den Gaumen, zähle beim Einatmen bis drei, beim Ausatmen bis fünf, schau dich im Raum um, denke an deine Lieblingsblume* –, das war alles nicht hilfreich gewesen. Was sie dann von sich gegeben hatte, weiß sie nicht mehr. Sie war nach dem Vorsprechen schweißgebadet weggegangen.

Ich habe alles verpatzt, versagt, ich war schlecht, grottenschlecht. Nie wieder, nie, nie, nie wieder gehe ich auf eine Bühne! Wie kann man so einen Scheiß daherreden. Ich bin überflüssig, falsch, fake, gar nicht da. O bitte, kann mich ein Blitz treffen!

Es war ein wunderschöner Frühlingstag gewesen, die Sonne hatte erstmals Kraft gehabt und Julie hatte einfach nicht gewusst, dass sie den Text ganz gut vorgetragen hatte, jedenfalls fehlerfrei und sie hatte nach außen hin auch einigermaßen ruhig gewirkt. Die Gefühlsexplosionen hatten nur in ihrem Inneren stattgefunden.

Wochen später, zwei Tage vor Probenbeginn, hatte Mateos Frau Elisabeth angerufen. Sie war beim Vorsprechen dabei gewesen und meinte nun, sie habe Julie »entzückend« gefunden und sich sehr für sie eingesetzt. Und nun, ja nun dürfe sie im Namen ihres Mannes Julie die Rolle anbieten! Elisabeth hatte fröhlich gelacht.

»Es ist ein bisserl kurzfristig, ich weiß, aber wir hoffen, dass Sie mitmachen.«

Nachdem Julie erst mal gar nichts hatte antworten können, hatte Elisabeth sanft gemeint: »Mein Mann wollte eine andere Schauspielerin, aber ich habe mich durchgesetzt.«

Und nun war Julie tatsächlich bei der Leseprobe! Kaum zu glauben, unwirklich.

Der innere Monolog verstellte ihr aber schon wieder den Kopf. Sie sah Mateo bei der Begrüßung des gesamten Teams, er war jugendlich, leidenschaftlich, mitreißend, die Worte hörte sie aber nicht, weil sie nur mit ihrer Angst vor ihm beschäftigt war.

Und da platzte Liane Blau in Mateos sprühenden Vortrag. Sie war ein bisschen zu spät, rauschte in den Raum, jeder sah sie, alle begrüßten sie. Julie war hin und weg: *So schaut die aus! Ungeschminkt, ganz normal, Wahnsinn.*

Mateo ließ diesen Moment vorübergehen.

»Jetzt sind wir komplett, wie schön! Bitte, Lindschal, nimm Platz!«

Liane setzte sich lächelnd, nickte in die Runde und ließ sich ganz bewusst von den Kollegen anschauen. Natürlich, sie ist ein bekanntes Gesicht, das bekannteste in dieser Truppe. Das muss man erst mal gebührend wirken lassen. Überaus höflich, mit einem demütig von unten heraufgeworfenen Blick und Lady-Di-artig geneigtem Kopf entschuldigte sie sich in großer Bescheidenheit für die Störung und wandte sich dem Regisseur zu. Mateo räusperte seine kleine Wut weg und startete seine Rede zur Ensemblebildung von vorne.

Julie konnte schon wieder nicht wirklich zuhören, weil sie mit Liane Blau beschäftigt war und dieses »Lindschal« in ihr nachhallte. *Was ist das für ein blöder Name? Wie kann er sie so nennen? Waren die mal zusammen? Jedenfalls klingt das so, als ob die beiden sehr vertraut miteinander wären. Trotzdem, Lindschal würde ich mich nicht nennen lassen. Egal von wem.*

Die Schauspieler lachten gerade, Mateo näherte sich dem Höhepunkt seiner einführenden Worte, die Stimmung war gut, die Begeisterung, die er hatte entfachen wollen, blieb aus – Mateo nahm einen Schluck Wasser und schien kurz den Faden zu verlieren. Dann deutete er auf das Bühnenbildmodell:

»Das ist unser Spielplatz. Benützt alles, was es da gibt, ich vertraue auf eure Ideen. Die verfallene Villa der Titania mitten im Wald wird für uns der Mittelpunkt der Welt sein. Bitte, schaut euch den Wald rundherum an! Dieses wuchernde Grün, das da immer mehr ins Theater hineinwachsen wird, bis am Ende des Abends alles überwuchert ist. Schlingpflanzen ranken sich bis zur Decke hoch, üppige Blüten duften, ein Wasserfall plätschert, die Natur frisst sich über alles hinweg in die Bühne hinein und holt sich zurück, was ihr genommen wurde. Das Schlussbild ist eine magische Landschaft, im Mondlicht versammeln sich Feen, Trolle und Geister, also ihr, die dieser Welt einen Schubs in die richtige Richtung geben werden.«

Mateo hielt kurz inne. Sein Blick wanderte über seine Schauspielertruppe: ungeduldige Spieler, die höflich Zuhörende darstellten, aber längst aus seiner Schilderung ausgestiegen waren. Pflanzen, die alles Menschliche verschlingen? Das war ihnen zu rätselhaft. »Wie spiel ich meine Rolle?«, das war hier die Frage und die beantwortete er nicht.

Die Schauspieler, die Menschen »mit der Kindheit in der Tasche«, wurden jetzt unruhig und begannen, wie Kinder, deren Aufmerksamkeitsspanne noch nicht besonders lang ist, auf den bunten Stühlen herumzurutschen. Sie wollten schon in die Sandkiste und ihre Kuchen backen, soll heißen, sie wollten die Leseprobe endlich starten, hören, wie die anderen klingen, möglichst unauffällig durch die ersten Sätze stolpern und eine kleine Vorahnung davon bekommen, wie die geheimnisvolle Endfassung des Stückes denn nun war. Aber Mateo schwelgte immer noch in seiner Beschreibung.

Gerry warf Hans einen fragenden Blick zu. »Geht das noch lang so weiter?« Hans antwortete mit einem »Fürchte ich schon«-Gesicht. Gerry verdrehte die Augen gegen den Himmel. Er wandte sich dabei aber ein bisschen ab, damit der Regisseur diesen bösartigen, negativen Kommentar nicht sehen konnte.

Endlich spürte auch Mateo, dass er inzwischen ganz allein war in der Zauberwelt seines persönlichen Sommernachtstraums. Schauspieler sind intuitiv, gefühlvoll und mutig, aber Analysieren oder abstraktes Denken ist selten ihre Stärke. Das überlassen sie den Regisseuren und Dramaturgen und das ist auch die richtige Aufteilung.

Mateo wechselte deshalb rasch zu Profanerem: Wie kommt man aus der Unterbühne auf die Bühne, wo sind welche Auftrittsmöglichkeiten? Und zum Schluss sein ganzer Stolz: der Puckflug!

Und da kam dann endlich der große Lacher über den kugelrunden Gerry, der fliegen würde. Gerry liefen schließlich die Tränen über die Wangen, so sehr musste er über die Vorstellung lachen, dass gerade er fliegen musste. Kurz bevor er in Lachen ausgebrochen war, hatte Julie seinen Blick zum Regisseur beobachtet. Da blitzte Verachtung auf, tiefe Verachtung, gemischt mit Hass.

Fast alle im Raum spürten, dass hier irgendetwas ablief, etwas zwischen den Zeilen, etwas, das Schauspieler wahrnehmen, aber zumeist nicht benennen können. Sie müssen sich permanent mit Konstellationen zwischen Menschen beschäftigen. Die Sätze, die im Textbuch stehen, werden ja lebendig, wenn sie laut ausgesprochen werden. Dann sind sie immer irgendwie gefärbt.

Der Autor, der das Stück geschrieben hat, wollte ja etwas ausdrücken mit diesen Sätzen, er dachte vielleicht: *Dieser Mann in meinem Stück ist an der Stelle unendlich wütend.* Und der Schauspieler denkt: *Ein wütender Mann, der sich seiner Sache sicher ist, spricht ganz anders als ein wütender Mann, der Angst hat.* Eine Frau verwendet andere Worte für ihre Wut. Es gibt tausend Möglichkeiten, seine Wut und alle anderen Gefühle auszudrücken. Genau das ist der Job der Schauspieler.

Wenn die Schauspieler gut sind, klingt ihr Text so, als ob er ihnen gerade im Moment einfallen würde und sie in dieser oder jener Stimmung selbst wären. Das ist nicht so leicht. Man muss dann schon wissen, wie dieses Wütendsein zum Beispiel ist. Und damit beschäftigen sich die Kasperln tagaus, tagein. Sie erforschen Gefühle und wenn sie die durchschaut haben, müssen sie die Gefühle richtig ausdrücken, sodass alle, also die Zuschauer, sie auch verstehen und sehen. Was hat man davon, wenn man selbst innen drinnen furchtbar wütend ist, aber außen draußen keiner sieht oder hört oder spürt, dass da Wut hochkocht? Und weil sich die Schauspieler dauernd auf diese menschlichen Ausdrücke konzentrieren, erkennen sie die natürlich auch schneller bei anderen. Sie verstehen vielleicht nicht, warum einer wütend ist, nur dass er es ist, erkennen sie sofort.

Genau das passierte in dem Raum mit den bunten Stühlen, kurz bevor die Leseprobe richtig startete: Alle spürten, dass etwas zwischen Mateo und Liane war und dass Gerry viel zu laut lachte und Hans beißend spöttisch kommentierte. Nur niemand im Raum konnte diese Schwingungen deuten.

Julie schaute zu Liane Blau: *Wie macht das »die Blau«? Wie geht sie mit komplizierten Situationen um? Ist die jemals unsicher? Die hat so viel Erfahrung. Ist sie überhaupt noch überrascht? Ist sie komplett fertig? Oder lässt sie sich auf Experimente ein? Fragt eine Schauspielerin, die so viel Erfahrung hat, noch: »Wie mach ich das?«*

Julie hat ein dünnes Heftchen, in das sie wichtige Fragen oder beeindruckende Sätze notiert. Es liegt immer neben ihrem Bett. »Schauspielerei ist die Kunst des Weitergebens«, hat Julies Lehrerin oft gesagt. »Wir erfinden nichts neu, wir wiederholen nur das, was wirklich gut ist.« Julies Heftchen ist schon etwas abgegriffen und in Zeiten von Tablets und Social Media natürlich absolut retro, aber trotzdem liebt sie es.

Es ist voll von Notizen über Dinge, die wichtig für die Schauspielerei sind. Etwa wie man die Zuschauer gut erreicht. Gerade in Komödien sind zum Beispiel die Pausen sehr wichtig. Wenn eine Pointe funktionieren soll, muss man entscheiden, wie lange man nach dem witzigen Satz die Gedankenpause für das Publikum machen soll. Und wann man denn weiterspricht, sobald das Lachen abebbt.

Nun saß Julie mit diesem Heftchen in der Tasche auf einem roten Stuhl bei der Leseprobe. Sie hatte es geschafft, sie würde Profis beim Arbeiten zuschauen dürfen. Im Laufschritt war sie zum Probenraum geeilt und hatte gerade zur Hausnummer hochgeschaut, als der Dicke plötzlich vor ihr stand. Sie hatte die Kollision nicht mehr verhindern können, war gegen seinen prallen Bauch gedonnert und zurückgeschleudert worden. Wie von einem Trampolin. Das allein war schon schrecklich genug. Aber nun war dieser Mann auch noch der Kollege, der den Puck spielt. Julie konnte ihm gar nicht direkt ins Gesicht sehen. *Wie entschuldigt man sich für so einen Zusammenstoß? Und vor allem, wie macht man den schlechtesten aller Eindrücke wieder gut?* Wenn sie doch bloß gegen ein Straßenschild gedonnert wäre!

Jetzt hasst er mich, dachte Julie, aber dann lächelte Gerry sie an. *Steht er jetzt auf mich? Vielleicht hält er diesen Zusammenstoß für einen Wink des Schicksals und lächelt mich ab jetzt immer an?* Julie konnte sich nicht entscheiden, welche Variante ihr mehr Angst einjagte.

Um sich abzulenken, ließ sie ihren Blick weiterwandern, streifte kurz Liane, vermaß den Silberrücken Hans ein bisschen, um dann an dem jungen Kollegen daneben hängen zu bleiben. Das musste wohl Ignaz sein. Julie hatte ihn natürlich gegoogelt: Ignaz West. Seine Vita war für sein Alter schon ganz schön lang, er hatte viele große Rollen gespielt. Die jungen Helden eben, die das Theater für gut aussehende, junge Männer bereithält.

Während Alfred sich als Produktionsleiter vorstellte und einige technische Details erläuterte, hatte Julie gut Zeit, Ignaz weiter zu beobachten und einzuschätzen.

Er sieht ziemlich sehr gut aus. Durchtrainiert. Bernsteinaugen, die unter den dichten Augenbrauen hervorleuchteten. Schwarzes Haar, das sich anscheinend kaum bändigen lässt.

Ignaz fuhr sich oft durch die Haare über seiner Stirn, aber die wollten einfach nicht dort oben bleiben, sondern fielen ihm immer wieder ins Gesicht. Julie mochte diese Geste vom ersten Augenblick an. Sie mochte auch seine goldbraune Haut und hoffte inständig, dass er auch so gut riechen würde, wie er aussah. Und dann beschloss sie, dass es am besten wäre, wenn dieser Typ schwul wäre. Na ja, er wirkte absolut hetero, aber für intime Szenen sind Heterospannungen nicht so gut. Sie würden ein Liebespaar spielen und einander sehr nahekommen. Müssen. Mateo hatte die zwei Liebespaare des Originalstücks in ein Paar zusammengeschmolzen. Schon beim ersten Lesen war Julie klar gewesen, dass die Gefühle zwischen den beiden rasant wechseln und Umarmungen und Küsse in gegenseitiges Zurückstoßen, ja sogar in Prügeleien übergehen würden. Es war verdammt wichtig, dass der Kollege »angenehm« roch. Julie hatte schon einige Liebesszenen hinter sich – einfach waren die nicht gewesen.

Einmal hatte ihr ein älterer Kollege bei einer Kussszene die Zunge tief in den Mund gesteckt. Sie war unwillkürlich zurückgezuckt, was er zum Vorwand genommen hatte, sie noch enger an sich zu ziehen. Das war ein Albtraum gewesen!

Bei Dreharbeiten darf eine Schauspielerin die Szene niemals abbrechen. Das macht nur der Regisseur. Da muss schon die absolute Katastrophe passieren und selbst dann muss die Schauspielerin auf das »Danke!« von der Regie warten. Und deshalb hatte Julie diesen Kuss geschehen lassen. Sie hätte dem Mann am liebsten mit aller Kraft ins Gesicht geschlagen, aber das konnte sie in dem Moment nicht. Ein komplettes Filmteam hatte bei der Szene zugesehen und niemand hatte Probleme mit diesem Kuss gehabt. Jahre nach *#MeToo* war das immer noch normal. Julie war nach der Szene hinausgelaufen, um sich wieder einzukriegen. Sie hatte vor Wut und Scham gezittert. *Warum habe ich mich nicht gewehrt?*, fragte sie sich.

Vor dem nächsten Take hatte sie dem Kollegen dann unter vier Augen gesagt, dass er sie keinesfalls noch einmal richtig küssen dürfe. Er hatte spöttisch reagiert, sich aber daran gehalten. Trotzdem war Julie geschockt gewesen. Sie hatte keine Gelegenheit gehabt, dies mit jemandem zu besprechen.

Aber jetzt vor der Leseprobe sagte ihr Instinkt, dass sie mit Ignaz Glück haben würde. Er war gepflegt, *very handsome*, aufmerksam und sie hatte gelernt, alle Intimitäten vorher abzusprechen. Schön wäre gewesen, wenn ihre Partner das auch selbstverständlich tun würden.

»Aber wir arbeiten dran.«

Acht Wochen später beobachtet Julie von ihrem Bett aus wie sich der Himmel aufhellt, sie hört die ersten Vogelstimmen und muss plötzlich daran denken, dass Mateo so etwas nicht mehr erleben wird. Nie wieder. Julie hat sich noch nie Gedanken über den Tod machen müssen. Sie liegt jetzt neben Ignaz, der immer noch friedlich schläft, und kann den Umstand, dass es Mateo in ihrem Leben nicht mehr geben wird, einfach nicht fassen. Dass sie ihn tot vor sich gesehen hat, kurz nachdem er durch den Zuschauerraum gelaufen war, ist so unwirklich. Es ist noch nicht mal einen Tag her, dass Julie sich gewünscht hatte, diesem Mann nie wieder begegnen zu müssen, aber so hatte sie sich das nicht vorgestellt.

Ich will nicht mehr denken müssen, nichts mehr spüren, nichts mehr hören, mich nicht mehr erinnern können!

Julie spült eine Schlaftablette mit Wasser hinunter und schmiegt sich an Ignaz. Sie möchte einschlafen und nie wieder aufwachen. Oder, noch besser, aufwachen und bemerken, dass alles ein Albtraum war, dass die Chemie in Julies Gehirn verrückt gespielt und ihr einen entsetzlichen Film an ihre Traumleinwand projiziert hat. Ihre Augen bleiben aber nicht zu, sie schaut wieder hinaus in den anbrechenden Tag über den Dächern der kleinen Stadt. Erste Sonnenstrahlen lassen die goldene Spitze des Kirchturms aufblitzen.

In jeder Stadt gibt es einen Hauptplatz, den erkennt man an der größten Kirche und dort gibt es immer ein Stadtcafé.

Ich brauche Kaffee, dringend. Antonia hält das Gesicht unter kaltes Wasser, bürstet die Haare mit den Fingern durch und verlässt das Haus.

Kaffee, dringend, da gibt's doch ein Café am Hauptplatz. Sie ist sonst keine »Ausgeherin«, tief in ihr eingegraben ist das Gefühl, sparen und verzichten zu müssen. Als Kind gab's in ihrer Familie nichts. Der Kühlschrank war immer leer. »Das können wir uns nicht leisten«, hat sie millionenfach gehört, das ist in ihre DNA übergegangen. Ins Kaffeehaus gehen wäre damals der höchste Luxus für ihre Mutter gewesen. Aber das machte sie einfach nicht. Nicht mal zum Geburtstag. Antonia lächelt: Wie lange wird es wohl noch dauern, bis sie wirklich frei ist? Bis sie sich diese kleinen Freuden ohne schlechtes Gewissen gönnen kann?

Ihr Ex-Mann hat sie deswegen oft verspottet und später auch beschimpft. Für ihn ist sie kleinlich. Er hat nie begriffen, dass Flüchtlingskinder ein ganz spezielles Lebensgefühl mitbringen. Antonia klingt wie eine Hiesige, sie sieht nicht »fremd« aus, sie ist hier in die Schule gegangen, sie ist Polizistin! Was Österreichischeres gibt es nicht. Und trotzdem, irgendeine kleine Angst ist doch in ihr versteckt. Die Angst, plötzlich wieder vor dem Nichts zu stehen, weggeschickt zu werden. Ihr Ex-Mann hat sie immer als krankhaft sparsam bezeichnet.

Na ja, ab einem gewissen Moment war es völlig egal, was ich gemacht habe. Er hätte schon was zum Kritisieren gefunden, weil er mit mir insgesamt so unzufrieden war.

Antonia hat schon länger nichts mehr von ihm gehört. Er war bereits vor der Scheidung ans andere Ende der Stadt gezogen und hatte sich in den Innendienst versetzen lassen. Auf der Straße, im Dienst, so wie früher, würden sie einander nicht mehr treffen.

Antonia wünscht sich, dass sie irgendwann eine Nachricht erhalten wird: »Hallo Antonia, wir heiraten« oder »Hey Toni, darf ich vorstellen: drei Kilo, fünfzig Zentimeter, pumperlxund, unser Sohn Alexander junior«. Antonia könnte dann anrufen und ihrem Ex zur Geburt seines Sohnes gratulieren. Sie müsste endlich kein schlechtes Gewissen mehr haben.

Tief in diese Gedanken versunken, geht Antonia über den Hauptplatz. Ihr Handy vibriert in der Jackentasche: Chefinspektor Hufnagl! Sie geht nicht dran. Er will jetzt sicher wissen, was mit dem Toten im Theater ist. »Hamma einen Fall, Kollegin Ranik?«

Was soll sie antworten? Nichts. *Nicht vor dem Frühstück!*

Das Café am Hauptplatz ist so früh am Morgen überraschend gut besucht.

»Das sind unsere Bettflüchter, die stehen mit der Sonn auf,« erklärt die Kellnerin auf Antonias Frage, ob sie um die Uhrzeit immer so viel zu tun habe. Die Leute rund um Antonia sind wirklich alle Oldies, grau gelockte Omis und Opas mit dicken Brillen, die ihre Kipferln in den Kaffee tauchen und sich laut unterhalten, einige mit Hörgerät. Sie wirken alle so fröhlich, obwohl der Tod des Regisseurs ihr Gesprächsthema ist.

»Den hamma ja kennt!«

»Ja eh, jeden Tag war er zum Frühstück im Café.«

»Wer?«

»Na der, der immer kommen is, wan mia scho fertig warn mim Frühstück. Der mim Huat.«

»Und mit der Frau, die immer erst später kommen is.«

»Theaterleut halt, die schlafen lang.«

»Nachtvögel, alle zamm.«

»Ein Leben is das, komisch, eh. Außerdem müassat der doch schon längst in der Pense sein.«

»Na, Künstler arbeiten bis zum Umfallen.«

»Zahlen die überhaupt ein?«

»Sicher, sind ja angestellt.«

»Mein Enkerl war letztes Jahr Statist im Theater, der hat nur ein bisserl … wie haben sie gesagt? Wart … Aufwandsgeld oder so gekriegt. Ganz wenig. Und angestellt war der net.«

Antonia schlürft ihren Kaffee und hört zu. Die alten Leute hier finden den Theatermann, den »Ressischör« komisch. Der hat beim Hereinkommen nur genickt, nie gegrüßt und ist immer am Ecktisch gesessen. Man hat sich in den Sommermonaten da eigentlich ganz automatisch zum Frühstück nicht in die Ecke gesetzt. Das war der Platz vom Theatermann.

»Hat der überhaupt irgendwann mit irgendwem irgendwas geredet? I man, mit so jemand wie mir?«

Die Zuhörer lachen und bestätigen: Der hat nix mit Einheimischen geredet. Vielleicht hat er sie ja nicht verstanden.

»Seine Frau kommt immer ein bisserl später nach, die Kellnerin serviert das Frühstück automatisch und die beiden schauen in die Zeitungen. Das war so. Jeden Tag in der Sommertheater-Festivalzeit, seit Jahren.«

»Miteinander haben's a nix zum Reden g'habt.«

Direkt neben Antonia sitzen zwei ältere Frauen, die sich laut flüsternd unterhalten. Zischend empören sie sich über »den Dicken«, der die ganze Nacht gefeiert hat.

Diesmal waren ja mehrere »Studentinnen« da.

»Ah? Studentinnen nennt man das.«

»Des is so bei die Künstler.«

»Ich hab die genau ang'schaut, wie sie aus dem Auto ausgestiegen sind. Furchtbar auftakelt, ob die scho volljährig waren?«

»Ma weiß es halt nie. Was sollst machen?«

»Anzeigen.«

»Und wenn die eh alt genug sind? Wenn's wirklich studieren?«

»Und wenn nicht?«

»Der Bürgermeister hat g'sagt, dass die alle Vorstellungen absagen.«

Die beiden rufen die Kellnerin zum Zahlen. Diese erkundigt sich besorgt, ob die Damen wenigstens die letzte Nacht gut schlafen konnten. Lauter Protest: »Von wegen!«

»Na ja, wenn die Musik nicht wieder so laut gewesen wär! Sollens von mir aus Orgien feiern. Ich möchte nur schlafen können.«

»Rübergehen und anklopfen!«

»Mitten in der Nacht? Na, wirklich net. Man hätt die Polizei rufen müssen.«

»Aber die Polizei hat ja in der vergangenen Nacht bei Gott was anderes zu tun gehabt.«

Die beiden Frauen lachen und Antonia schmunzelt. Wie gut, dass die Leute sie nicht kennen und so in Zivil auch nicht wissen können, dass da eine Polizistin sitzt und unbemerkt zuhört.

Die älteren Damen am Nachbartisch sind sich einig, dass dieses Treiben vom »Dicken« jetzt wohl ein Ende haben wird.

»Da wo einer g'storben is, kannst ja nimmer Theater spielen, oder?«

Und noch einmal geht es um den Dicken: »Ma weiß ja jetzt, solche Grauslichkeiten gibt's bei Theaterleuten.«

Antonia hört aufmerksam zu. *Was ist mit »Grauslichkeiten« gemeint?*

Die zwei Frauen verlassen das Café und Antonia kann nicht widerstehen. Sie folgt ihnen nach. Die sind noch recht flott zu Fuß, um zwei Ecken, dann die Straße entlang, die aus der Stadt führt, und schließlich biegen sie in eine stille Gasse ein. Die Kleinstadt ist eingebettet in Felder, Wiesen und Wälder. Sehr idyllisch und abseits der zwei Durchzugsstraßen sehr ruhig. Antonia lässt den richtigen Abstand, die beiden Frauen bemerken sie nicht und gehen kurz darauf in ein altes, kleines Haus. Antonia hat nicht erwartet, dass sie zusammen wohnen. Ob sie verwandt sind? Oder ist das eine WWG – eine Witwenwohngemeinschaft? Hinter einem der Fenster geht ein Licht an, vielleicht im Schlafzimmer, wo sie nicht schlafen konnten, weil gegenüber so laut gefeiert wurde?

Antonia wendet sich um.

Gegenüber stehen zweistöckige, hübsch renovierte Gründerzeithäuser. Die Autos, die davor geparkt sind, haben Wiener Kennzeichen. Antonia fotografiert sie rasch und startet mit ein paar Klicks eine Lenkererhebung via Handy.

Was jetzt? Soll sie den Kollegen Berger herbestellen und sich zum Theater im Wald fahren lassen? Sie hat der Intendantin Sophie Stein noch im Café eine Nachricht geschrieben, mit der Bitte, sich treffen zu können, und diese hat ihr sofort geantwortet. So haben sie sich für acht Uhr im Arena-Theater verabredet.

Nein, ich werde ein Taxi nehmen, denkt sie. Eigentlich sollte sie jetzt gehen und bleibt doch stehen. Ein Gedanke lässt sie zögern: *Bis jetzt könnte man immer noch sagen: Ein Mann ist in der Dunkelheit gestolpert und unglücklich gefallen. Ob die Ensemblemitglieder ihn nun gemocht haben oder nicht, ist uninteressant.*

Antonia setzt sich ein Ultimatum: Wenn sie innerhalb der nächsten zehn Stunden noch immer ohne Hinweise auf einen Mord dasteht, wird sie die Ermittlungen abbrechen. Sie ist wieder misstrauisch gegen sich selbst. *Nehme ich mich zu wichtig? Bin ich übereifrig? Was für ein ekliges Wort, eifrig ist schon unsympathisch, aber übereifrig!*

Antonia hat sofort das Bild eines Mädchens vor sich, das die Erwachsenen »altklug« nennen. *Sagen sie das bei Buben auch? Ist das vielleicht ein Steinchen im Persönlichkeitspuzzle von Frauen, die sich als Erwachsene nichts zutrauen? Die immer das Gefühl haben, die anderen seien gescheiter und besser als sie? Treten wir deshalb so schnell und ohne nachzudenken beiseite, wenn's um Karriereschritte geht? Sagen wir deshalb zehnmal öfter als Männer »Das muss ich mir überlegen«? Weil wir als Kinder verspottet wurden, wenn wir klug und wissbegierig waren?*

Was auch immer es war, Tatsache ist: So viele Morde passieren nicht in ihrem Bezirk. Antonia würde sicher viel Aufmerksamkeit bekommen, wenn sie einen aufklären könnte, aber auch Spott und Hohn ernten, wenn es kein Mord ist. Also: *Noch ist nix vertan, zehn Stunden, die Zeit läuft.*

In diesem Moment öffnet sich die Tür eines der Gründerzeithäuser, eines hellblauen Hauses mit einer weißen Stuckverzierung. Elisabeth Ander tritt ins Freie. Sie trägt ein helles Blumenkleid, hat eine große, bunte Tasche über der Schulter und hält einen weißen Männerstrohhut in Händen. Sie wirkt zerbrechlich und nimmt keine Notiz von Antonia, die gerade die Straße überquert und näher kommt. Elisabeth geht ein paar Schritte weiter, bleibt unvermittelt stehen und seufzt tief.

»Kann ich Ihnen irgendwie helfen?«

Elisabeth zuckt zusammen, dreht sich um: »Was wollen Sie? Wer sind Sie?«

»Antonia Ranik, Bezirksinspektorin, Kripo St. Pölten.«

Elisabeth schaut skeptisch.

»Ich war gestern im Theater, nach dem Unglück mit Ihrem Mann.«

Antonia schaut zufällig auf den weißen Strohhut in Elisabeths Händen.

Die Frau verändert sich plötzlich, wirkt mädchenhaft, erstaunt: »Wir gehen immer Kaffee trinken vor der Probe. Aber da hängt sein Hut und ich denke mir, wieso hat er denn seinen Hut vergessen? Dabei ist er mir gestern gestorben.«

»Darf ich Ihnen mein …«

Elisabeth schiebt die Polizistin erstaunlich kraftvoll beiseite.

»Dürfen Sie nicht.«

Antonia will das Gespräch in Gang halten und geht neben Elisabeth her.

»Kann ich Ihnen nicht doch irgendwie helfen? Sie haben wahrscheinlich auch nicht gut schlafen können heute Nacht, oder?«

Elisabeth dreht sich lächelnd zu ihr um. »Doch, doch, mit zwei Tabletterln. Nach diesem Vorfall darf ich eine Einschlafhilfe nehmen.«

»Die Nachbarinnen haben sich über laute Musik beschwert.«

»Ja, der Gerry. Der nimmt nie Rücksicht. Wenn er feiert, dann mit sehr lauter Musik. So is das eben.«

Elisabeth lacht plötzlich. »Die zwei Schnepfen sollen sich ruhig aufregen, das tut ihnen gut. Die sollen merken, dass es noch mehr zwischen Himmel und Erde gibt als brave Ehepaare und bigotte Witwen.«

Antonia will weiter fragen, da wird Elisabeths Gesichtsausdruck plötzlich ernst.

»Ich bin jetzt auch Witwe, nicht wahr?«

Elisabeth geht weiter, es ist, als wäre sie hinter einer unsichtbaren Wand verschwunden. Nun gut, Antonia wird sie später genauer befragen. Im Moment bleibt sie stehen und beobachtet die zarte Frau im Sommerkleid, die man von hinten tatsächlich für wesentlich jünger halten könnte. Sie hat noch nicht ganz begriffen, dass ihr Mann tot ist.

Die beiden waren ein seltsames Paar: sie so klein und schlank und er breitschultrig, korpulent und beinahe zwei Meter groß. Antonia fragt sich, wie die beiden wohl miteinander geschlafen haben? *Hatten sie noch Sex? War da Liebe zwischen den beiden?*

Antonias Handy vibriert: Die Lenkererhebung ergibt, dass eines der Autos auf Gerry Falk zugelassen ist. Dann wohnt er wohl neben Elisabeth. Alfred hat erzählt, dass die Theaterleute für die Dauer der Proben und anschließenden Vorstellungsreihe in verschiedenen Wohnungen eingemietet sind. Er handelt gute Konditionen für die Theaterleute aus, das ist billiger als jedes Hotel.

Antonia ist nun neugierig: Was war mit den »Studentinnen« und der lauten Musik, über die sich die zwei Frauen so aufregen? Und warum »feiert« ein Schauspieler den Tod seines Regisseurs? Sie wird Gerry Falk dazu später befragen.

Antonia schaut auf die Uhr, sie muss jetzt wirklich ins Theater, wenn sie die Intendantin nicht warten lassen will. Rasch geht sie Richtung Hauptplatz zurück. Ehe sie dort in ein Taxi springt, versorgt sie sich mit dem Wichtigsten, sie wird wohl auch heute nicht nach Hause kommen und weiterhin im Hotel bleiben.

Sophie Stein, die Intendantin des Sommertheater-Festivals, hat am Vorabend an einem Theaterleiterinnen-Treffen in Wien teilgenommen, eine gute Autostunde entfernt. Sie hat erst danach bemerkt, dass Alfred verzweifelt versucht hatte, sie zu erreichen, und bei ihrem Rückruf alles erfahren. Da sie ein Hotelzimmer in Wien gebucht hatte, ist sie spätabends nicht mehr zum Theater gefahren. Was hätte sie dort auch tun sollen. Gut geschlafen hat sie aber nicht und ist deshalb sehr früh losgefahren. Unterwegs hat sie die Nachricht der Polizistin erhalten.

Jetzt steht sie da in der Morgensonne und wartet. Sie betrachtet das Oktogon, das Achteck mit der Arenabühne, und die hohen Bäume, die das Theater wie Wächter umstehen. So ein friedlicher Ort, still und abgelegen. Fünf Jahre lang hat Sophie alles, was sie besaß, in dieses Unternehmen gesteckt. Nicht nur ihre Zeit, ihr Wissen, ihre Erfahrung, auch alles Geld. Sie hat nicht mal ihrem Mann anvertraut, dass sie sich im zweiten Jahr verschulden musste, um weiterzumachen. Aber mit dieser Saison hätten sie es zum ersten Mal geschafft, »schwarze Zahlen« zu schreiben. Alfred ist der Einzige, der »alles« weiß, darum war sein Anruf gestern auch so entsetzlich. Ihm war sofort klar: »Das ist das Ende. Wenn wir die Premiere und alle weiteren Vorstellungen absagen müssen, sind wir erledigt.«

Ja, genau, so ist das. Sophie hält diesen Moment mit einem Handyvideo fest: Gestern war noch alles perfekt – und jetzt ist alles kaputt, wegen einem Toten. Klick.

Dass dieser Tote Mateo ist, dass sie damit einen Menschen verliert, mit dem sie die vergangenen fünf Jahre so intensiv zusammengearbeitet hat, ist immer noch nicht in ihr Bewusstsein gedrungen. Irgendwo weit weg, am Ende des inneren Horizonts taucht diese Gewissheit wohl auf, aber noch ist sie unpackbar. Sophie versucht, die Worte zu finden, die sie sehr bald zu allen im Ensemble wird sagen müssen. Sie scheitert schon beim ersten. »Liebe? Werte? Ensemblemitglieder, wir sind heute da, weil?«

Nein, so geht das nicht. Aber Sophie Stein hat noch immer weitergefunden. Sie erinnert sich, wie schwer sie es als Theaterleiterin oft hatte. *Jetzt geb ich auf, jetzt ist Schluss,* hat sie einige Male gedacht, und trotzdem ist es immer irgendwie weitergegangen.

Ein Taxi rollt heran, hält in unmittelbarer Nähe vom Theater. Antonia steigt aus, und schon sieht sie Sophie Stein vor dem Theater stehen. Die Frauen sind beide sehr jung für ihre Position – Sophie Stein etwa zehn Jahre älter als Antonia –, aber jede auf ihre Weise an dem Platz, an dem sie sein will. Nur dass sich für Sophie von gestern auf heute alles verändert hat. Sie ist in einer Ausnahmesituation. Alfred hat sie gut beschrieben, sodass Antonia einfach auf sie zugehen und sich vorstellen kann.

»Ja, ich bin die Intendantin.« Sophie Stein gibt Antonia die Hand. »Ich muss gestehen, dass ich noch nicht wirklich begreifen kann, was passiert ist. Mein Mitarbeiter Alfred Militsch hat mir alles genau erklärt und trotzdem kann ich es nicht glauben.«

Antonia nickt.

»Ich mache mir solche Vorwürfe. Ich hätte die Konstruktion auf der Unterbühne nicht abnehmen dürfen. Der durchsichtige Steg war eine verrückte Idee. Alfred hat mich auf die Gefahrenquelle hingewiesen, aber ich habe nicht zugehört. Wir hätten eine andere Lösung suchen müssen, irgendetwas anderes erfinden, das denselben Effekt gehabt hätte, aber nicht so gefährlich ist. Ich hätte …« Sophies Worte reißen ab und Antonia fragt nicht sofort nach. Die Intendantin ist den Tränen nahe, sie braucht Zeit, sich zu fangen.

Antonia denkt gerne an Alfred. Er ist offensichtlich der gute Geist des Theaters. Sophie Stein hadert neben ihr mit allem, was sie in diesem Theater gemacht hat. Ihre Gedanken, ihre Selbstvorwürfe dröhnen förmlich um sie herum, auch wenn sie nichts ausspricht. Sie war in Wien, als »es« passiert ist, dafür gibt es Zeugen.

»Sagen Sie, wie sind Sie eigentlich auf die Idee gekommen, Intendantin zu werden?« Mit dieser Frage donnert Antonia in Sophies Hadern, sie nimmt den Ball aber dankbar auf. Ihr Werdegang hat nichts mit der gestrigen Katastrophe zu tun, darüber spricht sie immer gerne. Antonia stellt fest, dass sie mit Sophies Job bisher immer ältere Männer, Theaterleiter, assoziiert hat. Sophie lächelt: »Das ist schon längst nicht mehr so.«

Mitte dreißig hatte sie alle Kompetenzen im Theater durch. Sie war Regieassi gewesen, hatte Bühnenbilder gebaut, die Musik zusammengestellt und sogar Kostüme entworfen. Dann war sie ins Regiefach gewechselt. Als Assi hat sie viel von Mateo Ander gelernt, er war damals ein explosives Energiebündel, forderte viel von Mitarbeiterinnen – er hatte immer nur Frauen um sich –, tausend Ideen, die verworfen wurden oder weiterentwickelt werden sollten, Fragen, Entwürfe und Pläne, die immer einigermaßen verrückt waren.

»Du musst mit deiner Vorstellung, deinem Plan von dem Stück vor der Leseprobe fertig sein. Danach kannst du immer noch alles infrage stellen, umbesetzen, verändern, auseinanderreißen, aber zu Beginn musst du bis zum Ende durch das Stück gegangen sein«, hatte er ihr mit auf den Weg gegeben.

Bei *Hexenjagd* von Arthur Miller – ein Stück über religiöse Eiferer, Missgunst und gegenseitigen Verrat – hatte Mateo die Handlung in die Jetztzeit transferiert, moderne Kleider, Laptops, Videokameras auf der Bühne und ein sehr junges Ensemble.

Aber schon am ersten Probentag war er unruhig herumgesprungen, hatte zunächst die Videokameras ausgeschaltet, dann die Handys entsorgt und schließlich sein Konzept komplett über den Haufen geworfen. Er war durch die Arbeit mit den Schauspielern überzeugt worden, dass die Modernisierung völlig daneben war.

Er beschimpfte sich selbst als einen »geschmäcklerischen Affen«. Sophie hatte ihn damals dafür bewundert, dass er nicht nur sein Konzept wegwerfen, sondern auch die Schauspieler dafür begeistern konnte, schließlich doch alles in der Originalzeit zu spielen, also zu der Zeit, als die Europäer ins unbekannte Amerika auswanderten, sich in der neuen Welt an die Religion klammerten und Hexenverbrennungen veranstalteten.

»Schauspieler sind schon eigene Menschen«, wirft Antonia ein. Sie hat bis jetzt nur zugehört. Sophie Stein lacht, ja, sie liebt ihre Kasperln, aber ganz verstehen kann sie sie nicht. »Man muss schon in dem Spital krank sein, sonst wird man nie ganz dahinter steigen, wieso erwachsene Menschen in Rollen schlüpfen, sich allabendlich verkleiden, schminken und anderen etwas vorspielen.«

Sophie sagt das mit großer Bestimmtheit, weil sie selbst diese Erfahrung gemacht hat: Eines Tages war eine Schauspielerin kurz vor der Vorstellung gestürzt und musste ins Krankenhaus. Da entschied Sophie Stein, damals die Regisseurin des Stückes: *Der Lappen muss hoch. Eine Vorstellung absagen, das gibt's nicht.*

So schnappte sich Sophie das Textbuch und rettete diesen Abend, indem sie die Rolle »einlas«. Sie stand also mit ihren Schauspielern auf der Bühne und war Teil der Aufführung. Eine unglaublich intensive Erfahrung. Sie hatte wochenlang die Proben geleitet, sie wusste, wo was wann passierte und vor allem auch warum. Sie hatte zugesehen, wie die Schauspielerin ihre Arbeit gemacht hatte, und so stand sie auf der Bühne und las ihren Text. Sie konnte jede Zeile dieser Rolle auswendig, aber sie hielt sich am Textbuch fest, schaute jedoch kein einziges Mal hinein. Am Ende bekam sie starken Applaus und strahlte.

Trotzdem sind Zuschauen, Regieführen und Kritiküben etwas ganz anderes, als selbst auf der Bühne zu stehen. Allein die Tatsache, von so vielen Augenpaaren angeschaut zu werden, ist schwer auszuhalten, wenn man dieses Schauspieler-Gen nicht hat. Außerdem sieht eine Szene ganz anders aus, wenn man selbst mittendrin ist. Am Ende war Sophie schweißgebadet zu der Überzeugung gekommen, dass auf der Bühne alles ganz anders ist. Sie hatte wohl die Panik überwunden, sie konnte sogar ein paarmal die eigenen Anweisungen befolgen: ruhig bleiben, zuhören, kraftvoll dastehen, auch wenn man das Gefühl hat, der gespielte Hass und die Vorwürfe, die andere Schauspieler aus nächster Nähe gegen dich abfeuern, könnten dich umwehen. In Arthur Millers *Hexenjagd* geht es immer um Hass und Verurteilungen und alle sind ständig in Lebensgefahr. Sophie verstand damals zum ersten Mal, dass Theaterspielen auch körperlich sehr anstrengend sein kann.

Sie ging nach diesem Abend ein bisschen anders mit den Schauspielern um. Vielleicht nachsichtiger. Sie weiß seither, wo ihr Platz für immer sein wird: auf dem Regiesessel und hinter den Kulissen. Dass sie dann sehr bald sogar hinter die Kulissen der Kulissen kommen würde, war erst im Rückblick kein Zufall. Wie sie ein Theater leiten würde, hatte sie sich schon länger vorgestellt. Sie hatte eine kleine, aber feine Sammlung von

Stücken, die sie irgendwann einmal machen wollte, sie hatte eine Liste von persönlichen Lieblingsmitarbeitern und beobachtete die jeweiligen Intendanten, die ihre Arbeitgeber waren, sehr genau: *Wie funktioniert die Theatermaschine? Was ist wichtig? Was muss man als Leiterin beachten?*

»Ich hab genau gewusst, wer wo ein Theater leitete und vor allem wie erfolgreich. Ich wusste auch immer, wann ein Wechsel in der Direktion geplant war. Ich hab mir alle Theaterräume in Wien und Umgebung genau angeschaut, weiß Gott!«

Die gemischten Teams, mit annähernd gleich viel Frauen und Männern, schienen ihr die erfolgreichsten zu sein. Eines Abends ist es dann passiert: Sie war in einer Vorstellung in diesem speziellen, einzigartigen, achteckigen Arena-Theater mit dem Glasspitz.

»Die Vorstellung, die gerade lief, dürfte eher langweilig gewesen sein, oder?« Mit dieser Frage unterbricht Antonia den Erzählfluss der Intendantin.

»Ja stimmt, ich bin danach mit einem kompletten Konzept im Kopf nach Hause gefahren, habe mich sofort hingesetzt und meine Vision von diesem Theater aufgeschrieben.«

Als die Sonne aufging, hat Sophie ihre Präsentationsmappe fertig gehabt. Von da an musste sie nur noch auf den richtigen Moment warten. Der kam ein Jahr später, als aufflog, dass der Direktor des Hauses sich mehr in kunstvoller Verschleierung von Fördergeldflüssen als künstlerisch interessanten Inszenierungen geübt hatte. Das Theater stand plötzlich ohne Leitung und mit einem Berg Schulden da. Die nötige Entschuldung war eine neue, unerwartete Schwierigkeit für Sophie.

Aber wenn Sophie Stein ihr Ziel fokussiert, lässt sie sich nicht aufhalten. Vom simplen Beinahebankrott eines Theaters schon gar nicht. Gemeinsam mit Alfred, ihrem zukünftigen Intendantinnen-Assistenten, hatte sie ein Finanzkonzept entworfen. Sie wussten beide, dass dieser Plan riskant war, aber sie rechneten mit vielen Zuschauern, die alle ausnahmslos bezahlen mussten. In ihrem Theater würde es keine Freikarten geben. Wie sie die Ehrengäste dazu bringen würde, auf die Freikarten für die Premiere zu verzichten und sie stattdessen zu kaufen, wusste Sophie damals noch nicht, aber sie würde es schaffen. Wie so vieles andere.

Wenige Tage nach einer gemeinsamen Planungsnacht war Sophie zusammen mit Alfred kurz vor Mittag beim Landeshauptmann vorstellig geworden.

»Oh, wenn ich jetzt an mich denke, muss ich schon sagen: Ich war mutig!«, erinnert sie sich daran. Der Mann hätte eigentlich erst drei Wochen später den nächsten freien Termin gehabt, da er aber Sophies Mutter sehr gut kannte und schätzte – die beiden hatten gemeinsam studiert –, schenkte er Sophie fünfzehn Minuten. Seiner persönlichen Assistentin standen Schweißperlen auf der Stirn, angesichts der Aufgabe, alle Folgetermine nach hinten verschieben zu müssen.

Sophie nahm vor dem Schreibtisch des Landeshauptmanns Platz und begann über ihre Träume zu sprechen, über die geplanten Stücke, das Ensemble und ihre Vision von einer zauberhaften, sich permanent verändernden Bühne. Schon nach wenigen Sätzen stand sie auf, um ihre Idee besser zu erklären. Am Ende kletterte sie auf den Schreibtisch des Landesfürsten und zeigte ihm, dass man auf einer Arenabühne mit großen Gesten spielt.

»Man muss sich immer bewusst sein, dass die Zuschauer auch den Rücken sehen.«

Und dann beschrieb sie die Eröffnungsszene ihrer ersten Premiere: »Eine Gruppe junger Leute überleben einen Flugzeugabsturz mitten im Urwald.«

Sophie stellte diese Bruchlandung so spannend dar, dass Alfred ebenso staunend wie die anderen im Raum daneben standen. Von diesen Plänen hatte Sophie ihm bisher nichts erzählt und er wusste nicht, was er über die Finanzierung des Projekts hätte sagen sollen. Was Sophie da entwarf, war ziemlich teuer. Alfred hatte vor allem keine Ahnung, wo dieses Budget herkommen sollte.

Doch der Landeshauptmann war so beeindruckt, dass er Sophie ein Probehalbjahr, bis zum Ende der Saison, zusagte. Der Spielplan war fertig, die Leute engagiert. Sophie konnte direkt von ihrem Vorgänger übernehmen. Kein leichtes Unterfangen, weil der Kerl ja Gelder veruntreut hatte, aber Sophie stellte ihr Finanzierungskonzept vor: Sie würde Sponsoren für das Theater begeistern und mit einer zusätzlichen Subvention des Landes die finanzielle Schieflage des Theaters auffangen. Das war ein ziemlich gewagter Plan, aber sie konnte Geldgeber durch ihre Begeisterung und ihre Vision, die Arenabühne mit Sommerkomödien zu bespielen, überzeugen. Was die realen, nackten Zahlen anging, so war Alfred der Profi. Er hatte die Fachhochschule immer gehasst und sie mit der Überzeugung, niemals in einer Bank arbeiten zu wollen, abgeschlossen. Aber Zahlen faszinieren ihn trotzdem.

Sophies kreative Arbeit in einem Zahlenwerk, einem Budget zu spiegeln, macht ihm Spaß.

Und deshalb ist er gut darin. Das war in dieser Phase Gold wert.

Später wurde ein Geschäftsführer engagiert und Alfred wechselte zur Arbeit an der Front im Theater, in den Direktionsdienst, bei jeder Vorstellung. Es macht ihm Spaß, selbst mitanzupacken. Bei rasanten Umbauten schleppt er Dekoteile über die Bühne oder schafft Möbel beiseite. Darüber hinaus ist er immer noch Sophies engster Vertrauter.

»Vor allem aber liebt er die Zusammenarbeit mit den Gauklern.« Sophie beschreibt ihren wichtigsten Mitarbeiter mit großer Begeisterung. Dass sie ohne ihn nicht so weit gekommen wäre, klingt glaubwürdig.

Antonia denkt währenddessen, dass sie sich wünschen würde, ein Vorgesetzter hätte auch nur halb so viel Freude und Lob für sie wie Sophie für ihren Mitarbeiter Alfred.

Gemeinsam waren Sophie und Alfred in dieser Aufbauphase wohl ein perfektes Team, sie konnten den Schuldenberg abtragen. Sophie klapperte jedes Jahr jeden potenziellen Ehrengast einzeln ab, erklärte immer wieder die Situation und warb für die Unterstützung ihres Theaters. Sie bekam viele Zusagen. Danach entwickelte sie ein weiteres Sponsorenkonzept: Die acht Tribünen des Theaters wurden aufgeteilt und benannt, wodurch jeder Besucher lesen konnte, wer das Theater unterstützt hatte.

»Ich hab Glück gehabt. Ein bisserl später haben Pandemie und Inflation die Budgets der Firmen komplett ausgetrocknet. Ich hätte keine einzige Zusage gekriegt.«

Aber in diesen Jahren, in denen sie immer wieder von Neuem die Schnorr-Touren absolvierte, in dieser Zeit gab es noch Geld für Kultursponsoring.

Dem Landeshauptmann blieb dann gar nichts anderes übrig, als Sophie zur Intendantin zu bestellen. Vor der Vertragsunterzeichnung hatte Sophie noch eine Hürde vor sich: Sie ging abermals ins Landhaus und schneite wieder unangemeldet ins Landeshauptmannbüro.

»Es ist so, Herr Landeshauptmann, ich hab meine Produktion für nächstes Jahr abgesichert, die Flugzeugabsturzgeschichte, du weißt schon. Mit den Sponsorengeldern und deiner Subvention geht sich alles aus.«

»Aber?«

»Aber der laufende Spielbetrieb, jetzt gerade, der braucht eine Extrasubvention, da ich einen sehr renommierten Regisseur engagieren möchte.«

Der Landeshauptmann war still, ein extrem schlechtes Zeichen, Sophie erhob die Stimme und stand alsbald wie Jeanne d'Arc, die kämpferische Jungfrau von Orléans, im Raum.

»Ich kann nicht alles, was mein Vorgänger, dieser Gangster, versenkt hat, auffangen. Aber es ist jedenfalls unternehmerisch klüger, ein bisschen mehr zu investieren, als das bereits investierte Geld ins Schuldenloch zu werfen und das Theater zu schließen.«

Der Landeshauptmann schaute Sophie lange an, bis er schließlich sagte: »Okay, ich werde diese ›Investition‹ veranlassen, also dieses Projekt dem entsprechenden Gremium vorlegen und absegnen lassen. Kultur ist Chefsache, unter einer Bedingung: Es gibt nie wieder extra Geld für dein Theater. Und du sprengst nie wieder meinen Terminplan!«

Sophie strahlte wie die aufgehende Sonne. Am Abend gab es ein lautverrücktes Theaterfest bis zum

Morgengrauen. Ab da hieß es Ärmel hochkrempeln und das »Flugzeugabsturzstück« auf die Beine stellen. Auch das gelang erfolgreich, nicht zuletzt, weil Sophie den Regisseur Mateo Ander engagierte.

Antonia geht neben Sophie Stein auf das Theater zu und versucht, sich vorzustellen, wie dieses Unternehmen zu leiten ist. Sie selbst würde so etwas nie riskieren. Sie fügt sich gerne in ein Team ein. Sie leitet gerne eine kleine Einheit. Aber sie könnte niemals ein Korps leiten. Da kommt dann jeder zu dir und will Entscheidungen. *Nein, das wär nix für mich. Oder ist es so, dass jede mit ihren Aufgaben wächst? Könnt ich es doch und weiß es nur nicht? Toni, Toni, du hast es nie probiert. Sophie Stein hat auch nicht gewusst, wie es geht, bis sie's gemacht hat.*

»Natürlich war ich oft verzagt.« Sophie seufzt und bleibt wieder stehen.

»In der dritten Saison hab ich beim Stück danebengehaut. Die Leute wollten keine englische Komödie. Da ist uns ein riesiges Minus übrig geblieben.«

»Und sind Sie doch wieder zum Landeshauptmann gegangen?«

Sophie schüttelt widerwillig den Kopf. »Nein, ich bin zur Bank gegangen und hab einen Kredit aufgenommen, mit meiner Wohnung als Sicherheit. Das weiß aber niemand, ja?«

»Sie haben Ihre gesamte Existenz riskiert, um das Theater durchzubringen?«

»Würd ich nie wieder tun«, stellt Sophie trocken klar, »aber manchmal muss man verrückt sein und es ist gut, dass man nicht weiß, was auf einen zukommt.«

»Sonst hätte man nie den Mut, es zu beginnen.«

»Genau. Der Einzige, der neben Alfred vom Kredit gewusst hat, ist Mateo. Er war ja von Anfang an dabei und wesentlich für unseren Erfolg.«

Sophie beginnt jetzt zu weinen. Sie verbirgt es nicht. Antonia wartet ab, bis sie sich wieder gefangen hat.

»Mateo hat das komplizierte Flugzeugabsturzstück als Eröffnungspremiere so spannend inszeniert. Das war herrlich. Er war noch so engagiert. Früher sind wir stundenlang zusammengesessen, haben Ideen für neue Stücke diskutiert.«

»Mit Mateo Ander hat also die Erfolgsgeschichte des Theaters begonnen.«

»Ja. Wir haben denselben Humor. Früher haben wir dauernd gelacht, Mateo war ein Clown, ein Komiker, ein völlig durchgeknallter, liebenswerter Irrer. Ein Theatertier.«

»Und jetzt?«

Sophie zuckt mit den Schultern. »Hm, ich weiß auch nicht, er ist über die Jahre bitter geworden und zynisch. Wir haben so vieles miteinander durchgestanden. Aber er war nie zufrieden. Nie war's ihm gut genug.«

Sophie geht voran in den Theaterraum, der nach allen Seiten hin offen ist. Als sie das Theater übernahm, gab es weder eine richtige Bühne noch Garderoben, zehn alte Scheinwerfer waren ihre »Lichttechnik«.

»Vor zwei Jahren haben wir den Felsen unter der Bühne ausgraben lassen, so ist die Unterbühne entstanden und die Hebebühne konnte eingebaut werden. Mateo hat immer Neues gefordert. Er hatte tausend Ideen, die unbedingt umgesetzt werden mussten. Nicht einmal, dass ich mich verschulden musste, hat ihn davon abgehalten, das Budget für die Bühne gröblichst zu überziehen.«

Antonia sieht den Theaterraum nun mit anderen Augen. *Da steckt so viel Arbeit drin, daran denkt man gar nicht, wenn man in eine Vorstellung geht.*

»Die Flugmaschine heuer ist wieder so ein Risiko. Wenn wir nicht komplett ausverkauft sind, kann ich die Gagen nicht bezahlen.«

Sophie wollte die *Shakespeare-reloaded*-Premiere abwarten. Danach musste etwas passieren, weil es schon während der Proben überaus unangenehme Auseinandersetzungen gegeben hat. Mateo war völlig uneinsichtig. Früher hat er nach billigeren Lösungen gesucht, wenn Sophie ihn darum bat. Jetzt bestand er auf seiner »künstlerischen Freiheit«. Das hat er noch nie getan, er nannte Sophie plötzlich »kleinkariert« und »kunstfeindlich«.

»Im Grunde hat er mich erpresst, ich hatte keine Chance, irgendwo einzusparen, um Mateos Extrawunsch zu bezahlen. Es endete mit einer lautstarken Auseinandersetzung. Dabei ist lautes Gekreische so überhaupt nicht mein Stil. Das hat mich geschockt, irgendetwas musste ich tun! Der erste Schritt war, Mateo nicht mehr in die Planung der nächsten Saison einzubeziehen. Wie ist das bloß passiert?« Sophie hat wieder Tränen in den Augen, aber sie kämpft gegen die Traurigkeit.

»Ist das immer so?«

»Was?«

»Na ja, dass der Regisseur das Budget sprengt. Oder andersrum, ich meine, warum haben Sie immer nur mit Herrn Ander zusammengearbeitet?«

»Es war die längste Zeit super, mein Team war eine Erfolgstruppe. Und wie er heuer so eigenartig wurde, so aggressiv, hab ich gehofft, dass es vorbeigeht. Ich war feig. Ich wollte ja schon längst mal mit einer jungen Regisseurin zusammenarbeiten, einfach mal einen neuen Blick auf die Welt werfen. Unsere Regieassi hat sich beworben. Das wäre spannend, dachte ich, aber ich hab keine Gelegenheit gefunden, mit Mateo darüber in Ruhe zu sprechen. Ja, ich war feig.«

Sophie setzt sich an die Bühnenkante und schaut sich im Raum um. So früh am Morgen hat sie ihr Theater noch nie bewusst wahrgenommen.

»Jetzt hat das Schicksal entschieden und ich muss ihm nicht sagen, dass ich ihm die Regie nicht mehr zutraue. Aber egal. Morgen in der Pressekonferenz kündige ich die Schließung des Theaters an. Ohne Vorstellungen keine Einnahmen. Wir sind pleite.«

Sophie lässt ihren Blick wieder über das Theater schweifen. Alles wäre für die Premiere heute Abend vorbereitet, die bunten Lichterketten schmücken die Bäume rund um das Theater, der Sitzplan für die Ehrengäste ist gemacht, das Haus ist bis auf den letzten Platz ausverkauft, ja, ausverkauft! Sophie hat die Tradition, keine einzige Karte herzuschenken, durchgezogen. Die Ehrengäste »spenden« und sind stolz darauf. Sie haben bereits alle überwiesen. Eine Premiere ist immer ihr persönlicher Event, nach dem Motto »Ich gehe in mein Theater«. In ein paar Stunden wären sie dann hier aufmarschiert und hätten sich fotografieren und interviewen lassen. Die Journalisten und Kamerateams sind organisiert, die Blumensträuße für die Schauspieler von einem Sponsor geliefert, es würde ein herrlich lauer Abend werden, einfach alles wäre bereit und perfekt.

»Das Verrückte ist, es wäre heute eine super Premiere geworden. Ganz sicher, bei allem Irrsinn, der abgelaufen ist. Die Leute hätten getobt.«

Sophie wird jedoch die Zuschauer, die nicht verständigt werden konnten, persönlich wieder nach Hause schicken müssen. *Gibt es etwas Traurigeres?*

»Wie würden Sie den Menschen Mateo Ander beschreiben?«, fragt Antonia in Sophies traurige Gedanken hinein.

»Als Mannmann, mit dem Anspruch, alles zu können und alles zu wissen. Er war so ein Herrscher-Regisseur, der jahrelang, was heißt jahrzehntelang in dieser Machtposition war. Er hatte die Verantwortung und wurde immer despotischer. Er hat allein entschieden und alles bestimmt. Die Schauspieler ›durften‹ Ideen einbringen. Wenn sie gut waren, hat er sie als seine eigenen bezeichnet und gerne verwendet. Aber einmischen hat sich keiner dürfen. Er hat sogar gute Vorschläge verworfen, nur weil sie von jemand anderem stammten.«

»Ich hab bis jetzt nichts Positives über Herrn Ander gehört, ›ungeduldig‹ ist noch das Netteste. Ist er immer so gewesen?«

»Nein, richtig schlimm wurde es erst heuer. Vielleicht ist er so hart und bösartig geworden, weil er sich zu wenig geschätzt gefühlt hat. Das ist Küchenpsychologie, ich weiß.«

Sophie erinnert sich an ein Gespräch, spätnachts nach einer verpatzten Probe. Mateo war plötzlich so offen, gestand ihr seine Selbstzweifel und trank einen Whisky nach dem anderen. Seine Frau Elisabeth musste eine zweite Flasche öffnen. Sophie trinkt keinen Alkohol, also hat Mateo an diesem Abend eine ganze Flasche Whisky allein ausgetrunken und viel geredet: »Wenn dir klar wird, du wiederholst dich nur selbst. Du hast alles schon einmal gemacht, hast nichts Neues mehr zu bieten. Das ist ekelhaft, dann ist es höchste Zeit. Ich muss aufhören, ich weiß, ich hab tolle Inszenierungen geliefert. Wenn ich mich nur mehr selbst zitiere, stört das keinen. Aber ich weiß es! Ich spüre, dass ich ausgebrannt bin und weiß, dass ich mich beklaue. Hier eine Idee, da eine lustige Lösung, wie ein Menschenfresser, der den eigenen Arm frisst.«

Mateo veranstaltete in dieser Nacht eine Selbstzerfleischung, die Sophie verstörte. »Ohne seine Frau Elisabeth wäre ich oft gar nicht mehr zu ihm durchgedrungen«, gesteht sie.

Mateos Ehefrau ist für Antonia noch ein Rätsel. Sie fragt sich, ob diese Frau sich überhaupt schon vorstellen kann, wie das Leben ohne den exaltierten Künstler sein wird. Fühlt sie den Verlust schon?

Sophie beschreibt ihre Strategie mit Mateos Ehefrau so: »Ich hab Elisabeth als Vermittlerin benützt, wenn er wieder durchgedreht ist. Sie ist die Einzige, die ihm zum Beispiel erklären konnte, dass wir keine neue Tonanlage kriegen. Also noch nicht. Nicht weil ich ihn belogen habe, sondern ganz banal, weil sie zu teuer ist. Ein Sponsor ist ausgefallen. Es geht weder um Sturheit noch um Eitelkeit oder Geiz, wie Mateo mir unterstellt hat, niemand wollte ihn austricksen, ich habe nichts hinter seinem Rücken ausgeheckt.«

Sophie zögert. »Ich hab den Verdacht, dass ihm manchmal langweilig war. Da waren keine Kicks mehr für ihn. Nichts, das ihn noch aus der Fassung bringen, aber auch nichts, das ihn wirklich begeistern hätte können. Gegen die Langeweile hat er etwas Schreckliches gefunden: das Vernichtungsspiel. Voriges Jahr hab ich es zum ersten Mal bemerkt und nicht gewusst, wie ich darauf reagieren soll.«

»Was meinen Sie mit Vernichtungsspiel?«, fragt Antonia.

»Das ging so«, antwortet Sophie. »Mateo suchte sich die Schwachstelle im Ensemble. Mit einem Killerinstinkt fand er die Person, die am leichtesten zu verunsichern war und begann schon am ersten Probentag, sie oder ihn zu kritisieren. Damit hörte er dann bis zum Schluss nicht auf. Letztes Jahr war es ein sehr junger Schauspieler, bis zur letzten Kritik nach der Generalprobe hat Mateo ihn vor allen runtergemacht und zerhackt. Egal, was diese schwache Person dann getan hat, ob sie sich bemüht oder revoltiert hat, Mateo war schneller, härter und mitunter einfach gnadenlos negativ. Er hat sich immer nur gegen dieses eine Opfer gewendet und die anderen wurden gelobt. Von außen konnte man beobachten, wie sehr die Person litt. Es war nicht nachvollziehbar, warum sie sich so behandeln ließ. Mateo wich nie zurück, im Gegenteil, er schlug immer heftiger zu.«

Sophie überlegt kurz und entscheidet dann, weiterhin ehrlich zu erzählen, jedoch nicht ohne Skrupel: »Oh, ich rede so schrecklich über ihn. Man darf doch über Tote nicht … ich bin grässlich, ich weiß gar nicht – warum erzähle ich das?«

»Vielleicht weil es die Wahrheit ist?«, meint Antonia. »Wer war es diesmal? Wen hat der Herr Ander in

Shakespeare reloaded ausgewählt? Wer war der oder die Schwächste?«

Sophie antwortet rasch: »Das war leider vom ersten Tag an klar. Es gibt einen Aberglauben unter uns Theaterleuten: Die Leseprobe entscheidet! Obwohl sie niemals sagen können, woran es liegt, aber alle sind sich einig, die Leseprobe entscheidet. Sie ist etwas Besonderes. Und so lief die Leseprobe vor acht Wochen dann ab: Die ›Entscheidung‹ stand kurz bevor …«

Sophie Stein erzählt, wie die junge Regieassistentin Äni mit ihr gemeinsam den Proberaum betrat, beide mit einem Stapel frisch gedruckter Textbücher im Arm. Irgendwo schlug ein Fenster im Wind. Sonst war es still in dem alten Fabrikgebäude. Noch. Der große, lang gestreckte Raum war leer. So wie Peter Brook ihn für seine Vorlesungen von *The empty space* beschrieben hat: ein nackter, leerer Raum. Die Startrampe für jede Theaterreise.

Sophie Stein checkt mit einem Seitenblick, ob die Polizistin ihr überhaupt zuhört. Die nickt:

»*Der leere Raum*, kenn ich!«

Sophie Stein fährt fort: »Hier kann alles entstehen, die Fantasie baut Bilder, obwohl man auf nackte Wände schaut. Stell einen Mann in diesen Raum und schon beginnt die Geschichte. Wenn ein zweiter Mensch dazukommt, eine Frau, entsteht Spannung. Sehen sie einander an? Gehen sie aufeinander zu? Die Stimmung verändert sich, wenn er sich setzt, während sie sich an die Wand lehnt. Schon blühen Bilder in den Köpfen der Zuschauer. Schalte eine Lampe an, ihr Lichtkegel trifft die Frau und für diesen Moment ist sie wichtiger als er. Aber wenn er zwischen sie und die Lampe tritt, wird die Frau von seinem Schatten verschluckt. Ein leerer Raum ist faszinierend. Nun, ich schweife ab. Sie wollten ja wissen, wer diesmal Mateos Opfer wurde: Liane Blau verpatzte Mateos Eröffnungsrede, indem sie ein bisschen zu spät kam und damit viel Aufmerksamkeit erntete. Damit hatte sie sich selbst ordentlich ›ins Knie geschossen‹, aber das konnte sie nicht ahnen.«

»Liane Blau? Auf sie wäre ich nie gekommen.«

Bezirksinspektorin Antonia Ranik ist wirklich erstaunt. »Er hat die erfahrene, routinierte Profischauspielerin für sein Vernichtungsspiel ausgesucht?«

Sophie Stein nickt.

»Aber die lässt sich doch nicht runtermachen, die weiß, wie sie sich wehren kann.«

»Ja, das hab ich auch gehofft.«

Antonia hat bis jetzt einfach nur zugehört und so einiges über den Toten erfahren, ohne Fragen stellen zu müssen. Jetzt klingt es wie die Geschichte über ein klassisches Mobbing. Antonia kann nur nicht glauben, dass Liane Blau tatsächlich das Opfer war. Sie ist eine Promi, wohl die erfahrenste Schauspielerin im Ensemble, sie würde sich doch nicht von dem Regisseur verletzen lassen.

Wie es sich anfühlt, heruntergemacht zu werden, kennt Antonia aus eigener Erfahrung. Sie erzählt Sophie Stein, wie ihr dieses Verhalten vom Kindergarten bis zur Ausbildung in der Polizeischule immer wieder begegnet ist. Sie hat sich aber in all den Jahren erfolgreich gewehrt und ist zu dem Schluss gekommen, dass man sofort dagegen angehen muss.

»Schon auf die erste abschätzige Bemerkung, auf den ersten Witz, der auf deine Kosten gemacht wird, musst du reagieren, und zwar direkt. Zumeist kommen danach noch zwei, drei Attacken, aber die kann man sogar weglächeln oder lieb und offen abfangen. Nur ja nie einstecken, übergehen oder runterschlucken. Damit macht man sich selbst klein.«

Nun ist Sophie Stein überrascht. Sie hätte nicht erwartet, dass die Polizistin eigene Erfahrungen mit Mobbing hat und dass sie darüber so offen spricht.

Antonia bemerkt, dass sie zu viel redet. Sie muss doch zuhören, die geplante Befragung hat ja längst begonnen und die Intendantin hat tatsächlich sehr viel Interessantes über den Toten berichtet.

»Wie ist es dann weitergegangen mit der Leseprobe und Liane Blau?«, fragt sie.

»Dieses Theaterritual beginnt immer gleich«, erklärt Sophie. »Textbuch aufschlagen, sich räuspern, einen Bleistift zücken, einen Schluck Wasser nehmen, erfolglos eine bequeme Sitzposition suchen, ausatmen, in die Runde schauen …«

Und dann wandte sich Mateo an die Schauspieler: »Lasst uns das Stück einfach lesen, ohne Kunst. Bitte sehr.«

Er lehnte sich zurück und schloss die Augen. Hans hatte die ersten Worte im Stück, als älterer, sehr reicher Bräutigam, der für die Hochzeit ein Viertagefest vorbereitet und es so richtig krachen lassen will. Ein Mann, der sich auf die Ehe mit Titania freut, und er las holprig, eintönig, eben einfach und ohne Kunst. Genau so, wie es verlangt worden war. Auch die anderen stolperten durch die ersten drei Seiten. Der Auftakt war geschafft, Erleichterung kroch durch den Raum, Mateo lehnte immer noch in seinem Stuhl und schaute mit geschlossenen Augen Richtung Decke.

»Äni, ich bitt dich, lies die Regiezeilen.«

»Abendstimmung, Oberon fährt vor, steigt aus und geht die Treppen zu Titanias Villa hoch. Titania kommt von der anderen Seite.«

»Szene drei: Lindschal, du bist dran, bitte sehr.«

Liane sprach leise, möglichst neutral. Die Ansage war ja »einfach lesen«.

»Oberon, was machst du hier? Lache nur, du, du Betrüger. In mein Bett kommt der heut nimmermehr, sag, was willst du hier?«

Und Hans schnurrte die Antwort herunter, er sei doch in Kürze ihr Mann und werde wohl von ihr erwartet. Sie seien verabredet und er habe Freude bei ihr erwartet.

Liane setzte zum nächsten Dialogsatz an: »Ach, du kommst zu mir? Warum bleibst du nicht bei deiner kleinen …«

Weiter kam sie nicht, denn Mateo schnitt ihr das Wort ab. »Nein, sei mir nicht böse, nein, so geht das nicht. Wir haben hier die Königin des Abends, die alle verwirrt, beherrscht und verführt, jawohl, sie verführt auch, die Gute. Also bitte, Lindschal, denk an diese grandiose Rolle und lies es noch mal. Bitte.«

Liane war verblüfft. Sie schaute irritiert zu Mateo, dann in die Runde und dann in das verdammte Textbuch. Sie wusste sehr genau, dass sie die Königin dieses Abends sein würde und dass sie tausend verschiedene Töne würde anschlagen müssen, um die Leute zu verzaubern. Aber das hier war die Leseprobe! Ohne Kunst! Was wollte Mateo von ihr? Er beugte sich vor, während alle anderen neugierig zusahen.

»Na, Lindschal, gibst uns die Ehre?«

Das klang so liebevoll und war so bös. Liane las die Sätze noch einmal und mischte Lachen zu den ersten Worten. Mateo unterbrach sie erneut genervt. Man müsse Titania ernst nehmen, die sei kein dummes Gurkerl, das sich über alles lustig macht.

Sophie fand Mateos Kritik ungerecht und falsch, sagte aber nichts. Auch die Kollegen reagierten alle einigermaßen verunsichert. Was war da los? Liane Blau war doch nicht erst gestern auf die Bühne gehüpft. Sie hatte eine wunderschöne Stimme und war »wie g'spuckt« für diese Königin.

Sie versuchte, »es« richtig zu machen. Woran sie schon an diesem ersten Tag, in der Leseprobe, scheiterte. Sie hätte den richtigen Ton gar nicht treffen können, weil Mateo auf ihr herumgehackt hätte, egal was sie sagte oder tat.

Sophie Stein erkannte ganz genau, was da ablief, war aber hilflos. Was hätte sie tun sollen? Den Regisseur vor allen zurechtweisen? Keine gute Idee.

Außerdem klang Liane Blau leider wirklich sehr bald sehr falsch. Sie war ungeschützt in Mateos Messer gelaufen. Egal, wie viel Erfahrung man mitbringt und wie viele Jubelkritiken man schon bekommen hat, wenn ein Regisseur das will, kann er jeden verunsichern. Da sind Schauspieler tatsächlich zart wie Kinder.

Die lustigen Szenen folgten als Unterbrechung, Mateo hatte Kabaretteinlagen geschrieben. Die Handwerkertruppe, die er ganz heutig haben wollte, bestand aus »Zettel«, dem Chef der Baufirma, einem Österreicher in erster Generation und den anderen polnischen, ungarischen und serbischen Bauarbeitern. Im Stück fallen diese Handwerker unter Zettels Leitung über Titanias Villa im Wald her und zerstören bei den Renovierungsarbeiten nur noch mehr. Jeder Zuschauer kennt Baustellenkatastrophen, damit spekulierte Mateo, und die Schauspieler waren dementsprechend extreme Typen. Schon bei dieser Leseprobe ernteten sie viele Lacher.

Mateo war bei der Leseprobe grundsätzlich gut gelaunt, er reagierte auf alle positiv, ausnahmslos auf alle, nur nicht auf Liane. Wenn sie dran war, seufzte er, so als ob er ein ganz schweres Schicksal zu ertragen hätte.

»Aber seine Kritik war falsch, dachte ich mir«, gesteht Sophie Stein nun ein. »Es ist acht Wochen her und ich höre Mateos Worte noch ganz deutlich, wie er die Schauspieler der Handwerkertruppe angefeuert hat. Je dumpfer und plumper sie ihre Sätze ablieferten, umso fröhlicher war er. Leseproben unterbricht man nicht. Also ich als Intendantin tue das nicht. Aber wenn ich's gemacht hätte, wäre dann alles anders gekommen? Hätte er hingeschmissen? Hätte er zugehört? Oder wäre er abgereist?«

»Sie meinen, jemand anderer hätte die Regie gemacht und er würde noch leben?«

Sophie Stein musste auf Antonias Frage unvermittelt lachen.

»Das ist verrückt, ich weiß, entschuldigen Sie. Wissen Sie, dieses Theater steht mitten im Wald, es ist überdacht und schützt die Zuschauer vor Regen, ja sogar Hagel hat es überstanden. Die Seitenteile sind jedoch offen, die Natur spielt hier immer mit. Deshalb müssen die Sommertheater-Komödien auch lauter und gröber sein, die Leute wollen sich gut unterhalten und keine Gedankenrallye machen müssen. Aus diesem Grund hat Mateo die Handwerkerszenen besonders rustikal umgeschrieben. Aber mir ging das zu weit. Besonders Zettels Furz-Witze fand ich unterirdisch.«

»Können Sie als Intendantin da nicht eingreifen?«, wundert sich Antonia.

»Ja, theoretisch könnte ich das. Aber Mateo hat jedes Gespräch verweigert und mich dumm und mutlos genannt. Ja, er hat tatsächlich behauptet, ich sei zu blöd, ich könne das nicht verstehen!«

Mateo ging mit diesen Witzen ganz bewusst über die Grenze des guten Geschmacks. Wenn Zettel jedes Mal furzen muss, wenn er sich setzt, dann ist das den Zuschauern eigentlich unendlich peinlich. Sophie zitiert Mateo: »Aber sie werden lachen, wenn auch unter ihrem Niveau, vertrau mir!«. Damit spekulierte Mateo und lächelte zufrieden. Die Zuschauer würden es lieben.

»Ich hab damals einfach gehofft, dass er diese plumpen Späße bald selbst wieder streichen würde. Während der Leseprobe hätte er nicht ein Wort aus seinem Stück gestrichen. Das wäre eine Niederlage für ihn gewesen, die er vor seinen Spielern nicht zugeben wollte. Ich bin sicher, er hätte getobt. Am Ende der Leseprobe gab es dann die Szenen zur Hochzeitsfeier mit Oberon und Titania. Die Stimmung kippte wieder. Mateo jammerte über Lianes falsche Töne. Da ist Liane dann störrisch geworden und sie hat Dinge gesagt wie ›Du musst dich klarer ausdrücken, was willst du?‹ Das war wohl ihr größter Fehler, denn Mateo änderte seine Haltung sofort. Er tröstete sie liebevoll: ›Das schaffen wir schon, gemeinsam kriegen wir alles hin. Dazu bin ich ja da!‹, und hat sie damit lächerlich gemacht.«

Im Nachhinein denkt Sophie Stein, dass der Regisseur davor noch nie mit so netten Worten so bösartig war. Sie an seiner Stelle hätte die Schauspielerin in Ruhe gelassen. »Die Blau« hätte nach ein paar Proben jede Regieanweisung ganz leicht befolgt. Sie ist ja erfahren genug. Aber darum ging es ihm nicht. Er hatte ein neues Opfer gefunden.

Nach diesem Tag schloss Sophie eine Wette mit sich ab: *Liane wird sich das nicht lange gefallen lassen. Sie schaut sich das einige Tage an und schmeißt dann hin. Oder sie wird bleiben und einen Riesenkrach veranstalten.* Sophie tippte auf die zweite Möglichkeit.

»Ich habe mir damals schon überlegt, wen ich als Ersatz anfragen könnte. So viele gute Schauspielerinnen, die in dem Alter noch bereit sind, bei einer so speziellen Sommertheater-Produktion mitzumachen, gibt es aber nicht. Diese Arbeit ist schon körperlich wahnsinnig anstrengend.«

Über all diese Gedanken hat die Intendantin bisher mit niemandem gesprochen. Sie tut es jetzt auch eher, um die ganze Entwicklung für sich richtig einzuordnen, als für die Aussage bei der Polizistin. Antonia wiederum hört sehr genau zu und registriert, wie sorgfältig Sophie ihre Worte wählt, so als ob sie sich vor jedem Satz fragen würde, ob sie so über den Toten sprechen darf.

»Die Leseprobe war zu Ende, Mateo applaudierte ganz allein, alle sprangen auf, ein Geplauder und Gelache setzte ein. So als ob man die schlechte Stimmung mit militant lustigen Späßchen und Witzen in eine gute hätte umwandeln können«, erzählt Sophie weiter. »Ich eröffnete den kleinen Imbiss und bedeutete Äni, dass der Sekt nun serviert werden könne.«

Während alle anderen gerne zugriffen und immer wieder laut lachten, beobachtete Sophie die Liane Blau, die immer noch auf ihrem Biedermeierstühlchen saß. Sophie schnappte zwei gefüllte Gläser und ging zu Liane, die dankend annahm. Auf die Probleme mit dem Regisseur angesprochen, erklärte sie ihr: »Mateo braucht anscheinend sehr viel Zuwendung. Die wird er von mir kriegen. Regisseure sind auch Kinder, die zu den Schauspielkindern in die Sandkiste kommen und erst mal alle Sandkuchen kaputt machen, damit sie genug Aufmerksamkeit bekommen. Das kenn ich, das wird schon.«

Sophie stimmte ihr bemüht optimistisch zu. Liane war wieder fröhlich und machte sich sogar über sich selbst lustig. »Pass auf, Lindschal, lustig ist oft todernst, das Lachen der Zuschauer kriegst du nicht geschenkt.«

Immerhin, der Anfang war, wenn auch etwas holprig, geschafft. Die Schauspieler gingen dann relativ rasch davon.

Sophie berichtet noch, dass sie mit Äni und Mateo zurückgeblieben war. Sie wollte ihn ansprechen, sie wollte ihn ermahnen, Liane Blau nicht fertigzumachen, so wie den jungen Schauspieler im Jahr davor, aber sie kam nicht an ihn heran:

»Nein, nein, nein«, murmelte Mateo. Äni musste ihm einen Cognac bringen. »Wir machen eine Komödie!«, zischte Mateo in den Raum. »Hat die Blau das nicht mitgekriegt?«

Äni lächelte möglichst neutral.

»Es steht doch am Titelblatt: *Sommernachtstraum reloaded, eine Komödie!*«

Mateo schleuderte sein Textbuch gegen die Wand.

»Was bitte kann man an dem Wort Komödie falsch verstehen?«

»Macht über andere zu haben, war also sehr wichtig für Mateo Ander«, stellt Antonia fest. »Ja, er hat Autorität besessen, konnte faszinieren und verführen, und die meisten ließen sich ja auf ihn ein«, bestätigt Sophie.

»Waren einige aus dem Ensemble auch verliebt in den Herrn Regisseur?«

»Wie kommen Sie denn darauf?«

»Das haben Sie doch gerade indirekt gesagt, oder?«

Sophie widerspricht nicht, sondern blickt zu Boden. Antonia hat also recht, sie hat soeben herausgefunden, dass der Verstorbene nicht nur die Macht liebte, sondern auch das Spiel mit den Gefühlen der Frauen.

»Er mochte also junge Frauen und hatte im Lauf der Jahre wohl so einige Seitensprünge«, stellt Antonia in den Raum.

Sophie ist so überrascht, dass sie bestätigt und erst dann überlegt, ob sie das hätte erzählen dürfen. *Warum nicht?*, denkt sie sich.

Einmal hat sie ihn darauf angesprochen. Da ist er plötzlich aggressiv geworden. »Halte dich aus meinem Privatleben raus. Es geht dich nichts an. Und lass meine Frau in Ruhe!«

So hat Sophie ihn noch nie erlebt, so bösartig hasserfüllt, deshalb hat sie das Thema künftig gemieden. Die Erinnerung an diese Begegnung ist Sophie unangenehm. Wozu das alles aufwärmen? Es ist vorbei. Mateo ist nicht mehr.

»Warum wollen Sie das alles wissen? Warum die vielen Fragen?«

»Das ist Routine, das mach ich automatisch, wenn wir zu einem Todesfall gerufen werden. Ich will rausfinden, was genau passiert ist, und so viel wie möglich über den Toten erfahren. Entschuldigen Sie, kleinen Moment.«

Antonia geht beiseite und tut, als würde sie telefonieren. Sie nickt ein paarmal, hört zu. Sie hat das Gespräch unterbrochen, weil sie nicht weiter auf Sophies Frage eingehen möchte. Noch ermittelt sie ja nicht offiziell in einem Mordfall. Sie kann unmöglich sagen, dass sie sich nur vom Instinkt leiten lässt und einfach ein komisches Gefühl hatte, als sie den Toten das erste Mal sah. Während sie Telefonieren spielt, gehen ihr Fragen zu Mateo Anders Seitensprüngen durch den Kopf. *Was hat er seiner Frau gesagt? Wusste sie davon? Und wo war diese zarte Person, wenn ihr Mann sie betrog? Sie war doch immer an seiner Seite. Wenn die Intendantin so viel über sein außereheliches Sexleben weiß, heißt das doch, dass er die Affären im Theater, also am Arbeitsplatz hatte. Das ist interessant.* Antonia steckt das Handy wieder weg.

»Ich stell mir vor, dass Herr Ander sehr geschickt dabei gewesen ist, seine erotischen Abenteuer zu verheimlichen. Seine Frau ist doch dauernd neben ihm.«

Sophie lacht bitter, Antonias Gedankenkette ist logisch und korrekt. Mateos »doppelte Spiele« sind in letzter Zeit nicht mehr sehr gut getarnt gewesen. Außerdem bleibt in einem Theater nichts geheim. Jeder redet und verrät Geheimnisse, auch wenn er oder sie beim Augenlicht der Mutter geschworen hat, niemals etwas weiterzuerzählen. Mateos Vorliebe für junge Frauen war schon lange ein offenes Geheimnis im Theater, alle wussten es. Zumeist ging er dafür in ein hübsches Hotel im Nachbarort.

»Mateo Ander liebte kurze Affären.«

In diesem Moment betritt Äni den Bühnenraum. Sie ist immer früher als alle anderen da, das ist Regieassistentinnenpflicht. Antonia schaut fragend zu Sophie und flüstert: »Die Regieassi auch?«

Doch Sophie entgegnet energisch: »Äni doch nicht! Die steht nicht auf Männer.«

Nachdem Äni gekommen ist, verabschiedet sich Sophie Stein und Antonia geht zur Regieassistentin, die etwas verloren auf der Bühne steht.

»Sie waren sicher eine der engsten Vertrauten des Regisseurs.«

»Ja, das ist meine fünfte Produktion mit Mateo, natürlich kenne ich ihn sehr gut.«

»Klingt nicht sehr begeistert?«

Äni steht unruhig vor Antonia Ranik. Dieses Befragtwerden macht sie nervös. Sie beugt sich vor und hebt einen Nagel vom Bühnenboden auf.

»Da könnt sich wer verletzen.«

»In der Kritik über die erste Premiere hier steht, dass der Regisseur begeisterten Applaus hatte.«

Äni nickt und erinnert sich an diese erste Zusammenarbeit. »Mateo war ein permanent unter Strom stehender Workaholic, damals. Er kannte jede Textzeile von Anfang an auswendig, hatte den Ablauf jeder Szene im Kopf. Er riss seine Schauspieler mit, machte den Damen charmante Komplimente und forderte die Männer heraus. Damit stachelte er alle auf, ihr Bestes zu geben. Sie probten bis Mitternacht, ohne zu murren. Und sie spielten verschiedene Varianten der Szenen durch. Sie vertrauten Mateo einfach, damals.«

»Und jetzt?«

Äni zuckt ratlos mit den Schultern und tritt von einem Bein aufs andere. Sie kann nicht mehr stillstehen. »Ich muss noch so viel vorbereiten, also zurückbauen. Ich meine, die Bühne schaut noch genauso aus wie gestern, die Möbel müssen ins Depot, die gehen sonst kaputt, tut mir leid.«

Äni hievt einen Tisch hoch und trägt ihn Richtung Hinterbühne. Antonia packt mit an. »Ich helf mit.«

Beim Schleppen des dritten sauschweren Tisches beginnt Äni dann doch, über ihren Chef zu reden. »Seine Veränderung ist ja nicht von heut auf morgen, sondern eher schleichend abgelaufen. Zu Beginn vom Shakespeare wurde es richtig schlimm. Er reagierte kleinlich und ungehalten, so als ob Fehler nur passierten, um ihn zu ärgern. Er nahm falsche Betonungen oder Ungenauigkeit im Spiel plötzlich wie eine absichtliche Kränkung gegen seine Person auf. Immer öfter vermutete Mateo, dass da gegen ihn intrigiert wurde. Ich glaube, ehrlich gesagt, dass er nicht mehr gut hört und das nicht zugeben will. Er hasste das Älterwerden. Außerdem hatte er Magenschmerzen, manchmal war er ganz grau im Gesicht. Er hatte immer Schmerzen, ist aber nicht zum Arzt.«

Äni schließt das Depot ab, die Möbel sind verstaut, sie würde das Gespräch gerne beenden.

»Meinen Sie, dass das der Grund für seine schlechten Launen war?«

»Ja vielleicht, vielleicht auch nicht. Jedenfalls ist es immer schlimmer geworden, er hat niemanden mehr gelten lassen und war so von oben herab. Herablassend, ja, das meine ich.«

»Herr Ander hat Sie aber sehr geschätzt.«

»Ja? Die Assistentin unterstützt und versorgt, aber selber denken soll sie nicht. Was ich über eine Szene oder ein Stück zu sagen habe, hat ihn nie interessiert. Assis sieht man nur, man hört sie nicht.«

»Gibt's denn jemanden, dem er zugehört hat?«

»Ein Mateo Ander braucht auch keinen Rat. Da hätte schon ein Theatergott persönlich vom Himmel heruntersteigen müssen, damit Mateo zugehört hätte. Vielleicht seiner Frau, aber er hat sie einfach zu oft angeschrien. Deshalb hat sie ihm auch kein Kontra mehr gegeben, sondern ihren Willen mit subtilen Mitteln durchgesetzt. Der Mann hat nie gelernt, sich selbst infrage zu stellen und eigene Fehler zu erkennen, geschweige denn sie einzugestehen und sie schließlich zu vermeiden.«

Äni wirkt plötzlich viel älter, als sie tatsächlich ist, denkt Antonia. Die weisen Betrachtungen passen nicht zu dem glatten Puppengesicht.

»Warum sind Sie eigentlich nicht Schauspielerin geworden?«

Darauf geht Äni nicht ein, sie zitiert lieber ihren Chef. »Der Regisseur hat immer recht! Das ist die erste Regel für die Zusammenarbeit am Regietisch. Mateo funktionierte so. Und wenn er nicht recht hatte und dies bemerkte, verteilte er die Schuld an andere und verkündete die zweite Regel: Wenn der Regisseur nicht recht haben sollte, tritt Regel Nummer eins in Kraft.«

»Herr Ander hat erfolgreiche Inszenierungen hingelegt, die Zuschauer kamen und die Kritiken waren fast immer gut. Warum war er unzufrieden?«

»Weil er nicht dorthin gekommen ist, wo er seiner Meinung nach hätt sein sollen.«

Antonia kann mit dieser allgemein gehaltenen Andeutung nichts anfangen.

»Na ja, Burgtheater, Josefstadt, mindestens.«

Äni holt einen Korb für kleine Requisiten. Antonia geht ihr einfach nach. Sie hat nun das Bild eines gekränkten Mannes im Kopf, der sich die Latte zu hoch gelegt hat. Seine Erfolge an diesem Theater waren dann ja nichts wert. Er, der Schauspieler beschimpfte, fühlte sich nicht genug wertgeschätzt, würde das aber nie so sagen. Er konnte ja nicht mal zugeben, dass ihm etwas fehlte.

»Er spielte den permanent Höchstleistung erbringenden Dompteur, der strahlend durch alle Kämpfe geht und Probleme locker löst. Aber er wurde dabei sehr müde.«

Antonia versteht nicht, was Äni mit müde meint.

»Bei der ersten *Shakespeare-reloaded*-Abendprobe heuer ist er plötzlich eingenickt. Ich hab ihn gestupst, kein Mensch hätt es bemerkt. Aber er hat getobt, dass alles falsch läuft, und er verlangte eine Hospitantin für seine ›offensichtlich überlastete‹ Assistentin!«

Äni drischt eine grüne Girlande in den Korb. Sie erinnert sich nicht nur an die Abendprobe, sondern auch an die Wut über Mateos Beleidigung.

»Ich war nicht überlastet. Das bin ich nie! Ich kann meinen Job, ich bin wirklich gut.« Äni will dieses Gespräch beenden. »Es tut mir leid, dass er so hat sterben müssen.«

Die Bühne ist leer geräumt, sie wirkt kahl. Das helle Tageslicht brennt den Theaterzauber weg.

»Darf ich Sie noch etwas Persönliches fragen?«

»Nein.«

»Wann wollen Sie denn beginnen?«

»Bitte?«

»Wann machen Sie endlich Ihre erste Regie?«

»Was?«

»Sie haben sich doch bei Sophie Stein beworben.«

»Ja.«

»Hätte Mateo Ander Sie unterstützt?«

»Er hätte alles getan, um mir das zu verpatzen. Assistentinnen können nie eine eigene Regiearbeit machen! Sie werden nur ihre Regisseure imitieren.«

»Er hat gar nicht gewusst, dass Sie sich beworben haben?«

»Natürlich nicht.«

Äni dreht sich um. »Es ist genug jetzt. Ich muss zur Intendantin.«

Antonia murmelt ein »Danke«. Sie hat noch ein bisschen Zeit, ehe der Kollege Berger eintreffen wird. Sie checkt ihr Handy: keine Nachricht. Der Chef schläft wahrscheinlich noch, der Einsatz letzte Nacht hat sicher noch länger gedauert.

Chefinspektor Hufnagl schläft nicht, im Gegenteil, er hat einen weiteren Notruf erhalten, er sitzt im Polizeiauto neben einem jungen Kollegen, das Auto rast eine kurvige Landstraße entlang. Hufnagl greift sicherheitshalber zum Bügel über dem Seitenfenster und dreht den Funk lauter.

»Bis jetzt wissen wir nur, dass der Schütze in dem Haus wohnt, er lebt da sehr abgeschieden, anscheinend seit Jahren arbeitslos, alleinstehend. Sein Name: Maringer Karl, Besitzer einiger Waffen. Die hat er nicht vorschriftsmäßig gelagert und er ist durch Schießübungen im Wald auffällig geworden. Die Kollegen hätten den Waffenschein heute einziehen sollen und die Waffen beschlagnahmen.«

»Und jetzt schießt er?«

»Auf ein Fahrzeug der Feuerwehr, die Kollegen sind unverletzt. Wir wissen nicht, ob er allein ist.«

»Wir sind gleich da. Danke und Ende.«

Hufnagl sucht die Einfahrt zu der Waldstraße und schaut kurz zum Kollegen hinterm Steuer. Der junge Mann ist ein bisschen blass.

»Keine Panik, wir halten Abstand, wir lassen uns nicht abschießen, ganz ruhig.«

Hufnagls Handy piept.

»Na, Ranik, jetzt net!«

»Kann ich später anrufen?«, poppt als automatische Antwort auf Antonias Handy auf. Sie beendet den Anruf, steckt das Handy weg und geht auf die Unterbühne hinunter. Dort begegnet sie Alfred, womit sie irgendwie gerechnet hat. Als Produktionsleiter kommt er als Erster, geht als Letzter und muss den Überblick haben.

Wie kann sie ihn dazu bringen, mehr zu erzählen? Nach einer kurzen Begrüßung lässt sie einen Versuchsballon steigen und fragt, was er von den Affären des Regisseurs gehalten hat. Alfred ist verblüfft. Er widerspricht ihr nicht, deshalb bleibt sie beim Thema: »Ich frage mich, wie das ist. Ich meine, wenn mein Chef permanent Pantscherln im Team hätte, wäre das ein Problem für mich. Beruf und Privates trennt man doch, oder?« Alfred steigt drauf ein. »Pantscherl klingt so lustig, aber da sind ja Menschen mit Gefühlen, über die der Herr Regisseur getrampelt ist.«

»Die Menschen waren junge Frauen und die haben ihn trampeln lassen.«

Alfred ist das Thema spürbar unangenehm: »Ja. Ich versteh's halt nicht. Die wissen doch, dass er verheiratet ist, also vielleicht ist das altmodisch, aber für mich ist das ein Tabu. Ich würde nie was mit einer verheirateten Frau anfangen.«

Antonia lächelt. *Altmodisch ist gut.*

Da die Hebebühne heruntergefahren ist, fällt Tageslicht von oben herein. Gnadenlos. Alfred wendet sich von der Hebebühne ab. »Da ist so viel Blut. Können wir das jetzt reinigen? Die Absperrbänder sind ja weg.«

Antonia nickt. »Ja, das ist okay. Sagen Sie, Mateo Ander wird unterschiedlich beschrieben, aber in einem sind sich alle einig: Er war charismatisch und hat andere begeistern können.«

»Ah, ja? Begeistern, hm, ja, die waren schon beeindruckt, die Mädels. Hab ich auch nie verstanden.«

»Mädels? Die Schauspielerinnen?«

»Nein, nein, die anderen.«

»Die anderen? Wen meinen Sie?«

»Na ja, Hospitantinnen zum Beispiel. Wir sind ein armes Theater, wir brauchen immer Hospitantinnen.« Alfred zögert. Soll er wirklich diese Interna preisgeben? Zu spät.

»Das sind die, die rund um die Uhr arbeiten, machen, was immer gerade anfällt, die ins Theater hineinschnuppern wollen und ziemlich heftig ausgenützt werden. Stimmt's?« Antonia fügt noch hinzu: »Sind eigentlich immer junge Frauen, oder?«

Alfred nickt und will nicht weitererzählen.

Antonia brütet vor sich hin, sie kommt zu keinem klaren Bild. »Wie war das mit dem Regisseur? Ich kann's mir einfach nicht vorstellen. Was haben die jungen Frauen an ihm gefunden? Oder verstehe ich da was falsch?«

»Nein, das hab ich schon so gemeint. Wir hatten zum Beispiel letztes Jahr diese Elsa. Eine Anwältin, die zwei Monate Zeit bis zum nächsten Job hatte und unbedingt mal beim Theater arbeiten wollte. Hinter der Bühne dabei sein, das war ihr Traum und wir haben sie aufgenommen. Sie hatte keine Ahnung von überhaupt nichts, aber für sie war das ein ›Abenteuerurlaub‹, bevor sie wieder zu Paragrafen, Prozessen und Gesetzestexten zurückgekehrt ist.«

Alfred beschreibt, dass Äni ihre Hospitantin Elsa vom ersten Augenblick an mochte. Mögen war das falsche Wort: »Ich glaub, Äni war verliebt in die Anwältin.« Alfred prüft mit einem kurzen Seitenblick, wie Antonia reagiert. Sie ist nur neugierig.

»Und, weiter?«

»Im Endspurt zur Premiere arbeitet die Bühnenmannschaft zumeist durch. Auch Äni legt sich kurz mal irgendwo aufs Ohr und macht dann weiter. Darüber hat die Anwältin nur den Kopf geschüttelt. ›Was ist mit Arbeitsrecht und so?‹«

Alfred erklärt jetzt: »Dieses Theater funktioniert nicht ohne die Verrückten, die nie auf die Uhr schauen und einfach arbeiten. Damit meine ich auch mich. Ich schwöre mir jedes Mal, dass ich nach acht Stunden nach Hause gehe. Aber halt nicht grade in der Endprobenwoche. Entweder hat man diese Leidenschaft in sich, oder man hat am Theater nichts verloren. Wenn dann am Premierenabend alles gut läuft und der Schlussapplaus mit Bravos hinter die Bühne tönt, dann ist alles vergessen, dann bist du stolz, dabei zu sein«, stellt er mit leuchtenden Augen fest. »Äni ist ja so ein leidenschaftlicher Theatermensch, sie hat Elsa mit dem Theatervirus infiziert. Am nächsten Tag ist die Anwältin mit einer Matratze angerückt und hat gesagt, dass sie sich die kommenden Nächte auch im Theater um die Ohren schlagen wird. Äni war begeistert, sie strahlte wie ein Theaterscheinwerfer.«

Alfred sieht die Polizistin fragend an. »Haben Sie ein Problem damit, dass Äni Frauen liebt?«

»Nein, warum? Außerdem geht mich das doch nichts an. Nur, was hat die Geschichte mit Mateo Ander zu tun?«

»Na ja, ich hab Elsa ins Umbauteam eingeteilt, weil sie von unserer ›Welt‹ so begeistert war. Und dann ist es halt passiert.«

Im schwarzen Overall sollte Elsa während der Vorstellung im »Umbaulicht«, einer schummrigen Beleuchtung, auf offener Bühne hinter einem Bühnenarbeiter herlaufen und Requisiten austauschen. Dazu dröhnte laute Musik und Elsa war bei der ersten Bühnenprobe komplett überfordert. Sie stolperte und verzögerte dadurch den Beginn der nächsten Szene. Doch das übliche Mateo-Donnerwetter blieb aus. Alfred hatte noch nie einen Menschen erlebt, der sich so auffällig unauffällig auf einer Bühne bewegt wie diese junge Frau.

Er muss beim Gedanken an diese Probe lachen: »Sie ist im Halbdunkel über die eigenen Füße gestolpert. Und dann stützt sie sich beim Aufstehen auf ein szenenentscheidendes Requisit, nämlich eine Vase aus Zuckerglas, die sofort zerbröselt. Alle halten erschrocken inne. Aber nach einer Schrecksekunde tönt aus dem Zuschauerraum: ›Gut, die Vase is hin, Damen und Herren, wir machen weiter, bitte sagt's dem Kollegen, dass er trotzdem in Ohnmacht fallen soll, auch wenn man ihm die Vase nur pantomimisch überzieht. Los geht's, zweiter Akt, macht es gut!‹ – und die Probe ging weiter! Ich war sicher, Mateo schmeißt Elsa raus. Aber er hat sie behalten.«

Elsa hat nicht gewusst, dass es so etwas wie Zuckerglas überhaupt gibt, geschweige denn, dass man extra Vasen produziert, die man einem Schauspieler über den Schädel ziehen kann. Eines wusste die Anwältin aber schon, nämlich dass Unwissenheit nicht vor Strafe schützt. Sie wartete an dem Abend vor dem Bühnenausgang, um sich bei Mateo zu entschuldigen.

Damit nahm das Drama seinen Lauf. Äni versuchte noch, Elsa zu warnen: »Er wird erzählen, dass er junge Frauen gar nicht spannend findet, dass nur du ihm aufgefallen bist. Morgen geht ihr Kaffee trinken, er wird deine Hände entdecken und nur ganz kurz berühren wollen. Wetten, dass er dich unglaublich sexy findet? Nur dich!« Aber Elsa hörte Äni gar nicht zu.

»Sie ist auf Mateos Verführungsspiel voll eingestiegen. Für sie waren diese Wochen eine faszinierende Abenteuerreise, während Äni sich wirklich in Elsa verliebt hatte«, erklärt Alfred.

Antonia versteht, was er meint. »Die Bewunderung von einer schönen, jungen Frau tut so einem Mann gut, stimmt's?«

»Ja, ich hab selber gehört, wie der alte Theaterfuchs sogar irgendeinen Klassiker zitiert hat: ›Mir ist, als kämst du aus meinem Traum, direkt in meine Arme, ein himmlisches Geschenk, ich glaube es kaum. Ich taumle trunken und bitte: geh niemals mehr fort von mir!‹«

»Und wie lang hat diese Affäre gedauert? Das müssen doch alle anderen mitgekriegt haben. Was hat seine Frau dazu gesagt?«

Alfred schüttelt den Kopf: »Keine Ahnung. Elsa ist nach der Premiere weggeblieben. Mir hat sie gesagt, dass sie doch lieber einen normalen Job machen wollte. Na ja, hab halt ich den Umbau übernommen.«

»Und Äni?«

»Die hat sich furchtbar aufgeregt über Elsa, dass sie bei so was mitspielt und dass sie doch als Anwältin klug genug sein müsste und nicht auf Mateo hätte hereinfallen dürfen. Äni war so enttäuscht.«

»Ich verstehe nur nicht, warum sie auf diese Frau wütend war? Mateo Ander war doch der Verführer«, wirft Antonia nun ein.

»Ja, Äni hasst ihn seither. Ich hab ihr geraten, sich doch mit ihren Plänen, selbst Regie zu führen, bei Sophie Stein zu bewerben. Damit sie nicht mehr mit Mateo zusammenarbeiten muss. Ich glaub auch, sie wäre gut.«

Antonia und Alfred schauen noch einmal auf die Hebebühne, auf der Mateos Blut eingetrocknet ist und dunkelschwarz an diesen Menschen erinnert. Die Atmosphäre ist bedrückend. Antonia verlässt die Unterbühne, hier ist nichts Neues zu entdecken. Alfred folgt ihr.

Hinter der Bühne wartet bereits der Kollege Berger. Er ist mit dem Streifenwagen nachgekommen und hat, wie ihm aufgetragen war, einen Zeitplan erstellt und den einzelnen Schauspielern Termine zur Befragung zugewiesen. »Alle waren kooperativ. Einzig Julie Marte war nicht erreichbar«, berichtet Berger und übergibt Antonia seinen Zeitplan.

»Danke, Kollege. Ich fang mit dem Herrn Falk an und Sie nehmen Ignaz West. Die haben den Regisseur beide schon länger gekannt. Beim West ist mir aufgefallen, dass seine Vita auf Wikipedia mit dem ersten Theaterengagement beginnt. Davor gibt's ihn irgendwie nicht. Schule, Ausbildung, Eltern, nix. Fragen'S ihn das?«

Berger nickt und fügt hinzu: »Der Chef ist sauer! Er erreicht Sie nicht.« Er will es nicht, aber er klingt wieder vorwurfsvoll: »Ich hab nicht sagen können, wo Sie sind. Können'S nicht Ihr Handy einschalten?«

»Entschuldigung, ich ruf ihn gleich an.«

»Jetzt is schon wurscht, der ist im Einsatz. Stellen Sie sich vor, da schießt einer wild aus seinem Haus heraus auf alles, was sich bewegt. Ein Amokläufer, bei uns am Land, tsisss, des gibt's net.«

Antonia schaut den Berger unverwandt an.

»Haben Sie keine Nachrichten g'hört?«

»Nein!«

Chefinspektor Hufnagl hat seine Leute gut organisiert, das Gelände rund um den Maringer Hof ist bereits großräumig abgeriegelt, als die Kollegen von der EKO, der Spezialeinheit Einsatzkommando Cobra eintreffen. Die normalen Polizisten haben den Wald umrundet und Straßensperren errichtet. Der Amokläufer kommt hier nicht mehr raus und reinkommen wird auch niemand unbemerkt.

Hufnagls Leute sind alle aus der Schusslinie gebracht, bekannt ist bis jetzt, dass der Schütze ein Jagdgewehr hat, mit dem er immer wieder überraschend aus verschiedenen Fenstern seines Hofes feuert.

Unlösbar ist im Moment das Problem mit dem Feuerwehrauto. Es ist zu schnell und zu nahe an den Hof herangefahren. Die Feuerwehrmänner kauern jetzt am Boden der Fahrerkabine, Hufnagl hält Funkkontakt mit dem Kommandanten im Wagen. Sobald sich da aber etwas bewegt, blitzen Schüsse. Die Feuerwehrleute sind in Lebensgefahr und müssen in Deckung bleiben. Keiner weiß, wie viel Munition im Haus ist. Hufnagl lässt seine Mitarbeiter im Innendienst herumtelefonieren, wer Kontakt zum Maringer Karl hatte, wer ihn besser kennt. Dieser Kollege kann jetzt vielleicht helfen, den Karl anzusprechen. Bis jetzt ist nur bekannt, dass er keine Familie hat.

Der Einsatzleiter der Cobra kommt zu Chefinspektor Hufnagl, der am Waldrand in sicherer Entfernung zum Hof Position bezogen hat: »Wir werden den Hof stürmen. Meine Leute bereiten sich jetzt drauf vor, Sie sollten …«

In dem Moment schlägt ein schweres Geschoss neben den Männern ein. Beide finden sich auf dem Waldboden wieder. Ihre Ohren klingeln. Das war der Knall, so nah! Und genau jetzt vibriert auch noch Hufnagls

Handy: Antonia Ranik! Er tastet zur Hosentasche, zieht das Handy heraus und brüllt:

»Nicht mehr anrufen, Herr Gott nochamal, Ranik, ich schmeiße Sie raus, wenn'S mi no amal anrufen, Ende!«

Antonia steht verärgert hinter der Bühne und fragt sich: *Warum muss der mich so anschreien?* Vor den Garderoben sind einige Schauspieler versammelt, Alfred bringt eine Jause, die Garderoberin ordnet Kostüme und hängt sie zum Auslüften an einen Baum. Die gesamte Szenerie ist so grotesk friedlich. Und in diese Idylle ist gerade das Gebrüll von Antonias Chef aus ihrem Handy gedonnert. Sie schaut in die verwunderten Gesichter und erklärt: »Wir haben noch einen Notruf, dort wird geschossen. Also, deswegen hat er so gebrüllt.«

»Der Amoklauf! Der Maringer Karl hat sich verschanzt.« Wieder ist es Alfred, der über alles informiert ist. »Das war vorhin in den Radionachrichten.«

Maringer?, denkt Antonia, *das ist doch der mit den vielen Tieren in dem einschichtigen Hof. Er macht hin und wieder Schießübungen. Den kenn ich.* Antonia erzählt jetzt natürlich nicht, dass sie schon zwei Mal beim Maringer Karl gewesen ist. Dieser Spinner ist wirklich eigen. Beim zweiten Besuch sollte sie Nachschau halten, wo der Herr Maringer seine Waffen aufbewahrt. Er wollte sie nicht ins Haus lassen und ohne Hausdurchsuchungsbefehl war sie chancenlos. Doch dann gelang es ihr, den Wirrkopf in ein Gespräch über seine Tiere zu verwickeln. Schließlich hat er ihr seine Katze gezeigt: »Schauen'S, so zerfetzt ist sie aus dem Wald zurückgekommen. Die wollen mich fertigmachen, denen is alles recht.«

Antonia beschloss, nicht zu fragen, wer mit »die« gemeint war. Sie ließ den Mann weitererzählen, er redete wirr von seinen Feinden und wie die ihn hassen. Währenddessen schaute sie sich unauffällig um und entdeckte den offen stehenden Waffenschrank: Da waren mehrere Gewehre. Der Schrank hätte definitiv abgeschlossen sein müssen. Aber weil Herr Maringer so aggressiv war, hatte Antonia keine Lust, ein Risiko einzugehen und ihn diesbezüglich abzumahnen. Sie konnte nun berichten, dass die Waffen nicht vorschriftsmäßig aufbewahrt wurden, den Rest sollte eine drei- oder vierköpfige Einsatzgruppe erledigen.

Die Nachricht vom Amoklauf bestätigt Antonia jetzt, dass es richtig gewesen ist, den offenen Waffenschrank nicht anzusprechen. Sie war allein dort. Jetzt hofft sie, dass die Kollegen alle unverletzt bleiben und die Sache gut zu Ende bringen würden.

Apropos zu Ende bringen. Antonia steht hinter der Bühne des Sommertheaters, beobachtet die Theaterleute, die über den Amoklauf sprechen, und fragt sich, ob wohl einer von ihnen gefährlich sein könnte. Man sieht den Leuten nicht gleich an, wozu sie fähig sind. Ihr Chef, der Hufnagl, meinte, dass sie es jedoch jedem zutrauen soll: »Ich hab mich da schon so verschätzt, Ranik, seien'S g'scheiter als ich. Lieber einen zu viel verhaften als einen zu wenig. Für eine unangemessene Amtshandlung können'S Ihnen entschuldigen, aber einer Frau, die dann doch von ihrem Mann verprügelt worden is, weil wir die Wegweisung net ausg'sprochen ham, können'S nix mehr sagen.«

Na gut, lieber einmal zu viel gefragt. Antonia hat sich die Entschuldigungsworte schon zurechtgelegt, die sie wird sagen müssen, falls der Regisseur wirklich »nur« gestolpert ist.

Die Damengarderobe ist zum Befragungsraum umfunktioniert worden. Antonia bittet Gerry Falk hinein, legt ihr Handy auf den Schminktisch und klickt die Aufnahmetaste. Ungefragt leiert Gerry Falk einen Satz herunter: »Jaja, ich habe nichts gegen die Aufnahme, Sie brauchen nicht die Staatsanwaltschaft beschäftigen.«

Antonia sieht den Schauspieler irritiert an.

»Das war der Text meiner Rolle im *Tatort* letzten Sonntag, da hab ich einen grässlichen Mörder gespielt. Ist doch passend, oder?«

»Ja, eigentlich schon.« Antonia hat das Gefühl, dass der renommierte Schauspieler sie irgendwie verarscht.

»Also, Herr Falk, Sie haben heute Nacht ein Fest in Ihrer Wohnung gefeiert«, stellt sie fest.

Nun ist Gerry Falk irritiert.

Jeder erwartet Fragen, wenn er zur Aussage gebeten wird. Antonia hingegen stellt etwas fest, so als ob sie schon alles wüsste, und provoziert damit überraschend ehrliche Antworten. Zunächst schaut sie ihr Gegenüber aber gerne ein paar Momente lang an. Die Menschen sprechen nicht nur mit Worten.

»Ihre Visavis-Nachbarinnen, zwei alte Damen, waren die ganze Nacht wach, wegen der lauten Musik. Die waren sehr ungehalten, auch wegen der Studentinnen.«

Gerry macht eine Gedankenpause, so als ob er sich sammeln müsste.

»Ja, das hat mit Mateos Tod zu tun.«

»Wie bitte?«

»Darum geht es doch, oder? Ich war schockiert über seinen Tod, ich bin nach Hause und war total unrund. Todmüde und doch aufgekratzt, in solchen Situationen brauche ich Ablenkung. Ich kann mit Aufregungen nicht gut umgehen. Als Privatperson, wissen Sie. Ich bin ja allein.«

Antonia versteht nicht, wovon er spricht. Statt nachzufragen, schaut sie ihn schweigend an, bis der Mann von sich aus weitererzählt.

»Ich habe mir ein Delikatessenbuffet vom *Schwarzen Kamel* kommen lassen und weil ich nichts davon essen konnte, und das ist wirklich Alarmstufe Rot bei mir, habe ich die Agentur angerufen, dass sie mir sofort vier Studentinnen schicken müssen. Schwarzhaarige bevorzugt. Prüfen Sie das gerne nach.« Er legt Antonia eine Visitenkarte hin.

»Gut, mach ich.« Antonia ist in Gedanken schon beim nächsten Thema. Irgendetwas muss es doch geben, das dieser Mann nicht so glatt und elegant beantworten kann. Sie hat das Gefühl, dass er immer noch seine *Tatort*-Rolle spielt.

»Warum sind Sie Schauspieler geworden, Herr Falk? Also, um präzise zu sein, Komiker?«

»Schauen Sie mich an.«

Antonia schaut in das runde, rotwangige Gesicht mit den abstehenden Stachelhaaren. Gerrys Augen lachen nicht. Gar nichts an ihm lacht.

»Wenn ich einen ganz normalen Satz sage, müssen die Leute lachen. Das hab ich schon in der Schule gemerkt. Während die anderen Jungs in die Höhe geschossen sind, mit breiten Schultern und Waschbrettbäuchen und den Mädels nachgepfiffen haben, war ich kugelrund, klein und komisch. Ich war der ›Sei lustig, Gerry!‹.«

Gerry holt weit aus mit seiner Erzählung, dass er sich als Teenager in die Dunkelheit eines Kinos flüchtete, die Schule uninteressant fand und dass ihn ein kleiner, dicker Filmschauspieler auf die Idee gebracht hat, die Aufnahmsprüfung für die Schauspielschule zu machen. »Erstaunlicherweise wurde ich aufgenommen. In jedem Jahrgang gibts einen Freak, wissen Sie. Ein Kleiner, ein Dicker oder ein Hässlicher, egal. Der Markt braucht ›Typen‹ und Komische sind sehr selten. Aber bei mir ist gleich alles aufeinandergetroffen.« Gerry sagt das mit ernstem Gesicht.

»Ich kann nicht glauben, dass Sie so etwas über sich selbst sagen.«

»Warum nicht? Ich kenne mich am besten. Dann müssen Sie nicht recherchieren. In der Zeit, in der meine Schulkollegen Jus oder Medizin studierten, habe ich die Gesetze des Lachens und die Grundkonstruktion der Komödie erforscht.«

»Das gibt's?« Antonia platzt damit heraus, obwohl sie doch nur zuhören will. Gerry wirkt bei seiner Erklärung so traurig.

»In der Schauspielschule kann man die klassischen Komikerrollen studieren. Ich war fleißig. Bei der Abschlussprüfung war ich schon ziemlich gut, müssen Sie wissen, aber etwas Wesentliches hat mir noch gefehlt: der Schmerz!«

»Was?«

»Wissen Sie, was ein Fiasko ist?«

Antonia schüttelt den Kopf. Sie hat den Verdacht, dass die Geschichten des Herrn Falk nicht wirklich etwas mit dem Tod des Regisseurs zu tun haben, aber sie ist zu neugierig, um ihn gleich zu unterbrechen. Gerry Falk ist in seinem Element, er spricht so gern über sich und die Faszination seines Berufs.

»Die Träne im Augenwinkel, die jeder spürt, aber keiner sieht! Wirklich komisch ist man nur im Fiasko. Wenn man etwas unbedingt erreichen will und scheitert, dann lachen die Leute. Traurigkeit und Verzweiflung sind die Gewürze, die wirkliche Komik ausmachen. Diese Gefühle kann man nicht künstlich erzeugen, man muss sie einmal wirklich erleben, tief, einschneidend und schmerzhaft. Bei mir war's eine katastrophal unglückliche Liebe. So einen wie mich heiratet man nicht. Ich hab mich völlig chancenlos in Hilde verliebt. Sie hat mir richtig fest wehgetan, die Grausame hat mir den Schmerz beigebracht.«

Antonia weiß nicht recht, wie sie mit dem Komiker umgehen soll, der jetzt auch noch fröhlich lacht.

»Einmal das Herz gebrochen und schon ist der Weg offen zu wahrer Komik, dann brüllen die Leute vor Lachen.«

»So sind Sie Komiker geworden?«

»Ja, ich bin der Quotendicke, jede Produktion braucht einen behäbig schnaufenden Kugelrunden, der lustig ist. Das mögen die Leute und ich lebe davon.«

»Danke für Ihre Offenheit, aber … warum erzählen Sie mir das?«

Gerry lächelt, streicht die widerborstigen Stichelhaare zum hundertsten Mal glatt und lässt wieder eine Nachdenkpause.

Er hat schöne Augen, denkt Antonia und wartet.

»Sie sollen verstehen, dass ich mit Frauen nichts zu tun haben will. Ich bin nur mit Männern zusammen, nicht sexuell oder erotisch, das dürfen Sie nicht glauben. Ich habe viele Freunde, ich reise viel und genieße das Leben. Essen und Weintrinken sind viel besser als Sex, wenn man nicht übertreibt.«

»Entschuldigen Sie, aber ich verstehe immer weniger. Sie wollen mit Frauen nichts zu tun haben? Aber was ist mit den schwarzhaarigen Studentinnen?«

»Ein bisschen Geduld noch, bitte, es is mir wichtig. Ich will nicht, dass irgendjemand anderer Unsinn über mich erzählt. Bitte.«

»Gut, Sie haben gestern Abend zu viel getrunken und weiter?«

»Ich musste früher regelmäßig Angebote ablehnen, weil ich Zeit zum Ausnüchtern brauchte. Ich war einsam. Da habe ich die Website dieser Agentur entdeckt.«

Gerry zeigt auf die Visitenkarte, die er vorhin vor Antonia auf den Tisch gelegt hat: *Liebeselfen – Boys and Girls*.

»Das ist ein Escortservice.«

»Den kennen Sie?«, staunt Gerry.

»Ja, weil die immer wieder sehr junge Mädchen vermitteln. Die Chefin ist amtsbekannt.«

»Oh, ist sie das? Ich bin damals jedenfalls neugierig geworden und habe diesen speziellen Zimmerservice zu mir nach Hause bestellt. Der erste war Peterchen, der hat sich bereitwillig ausgezogen, weil er erwartete, dass er mit dem Kunden Sex haben würde. Wie erstaunt war Peterchen, als dieser Job ganz anders verlief. Ich wollte einfach Gesellschaft, ein kleines Fest veranstalten, ich hab ihm Texte vorgetragen, die ich geschrieben habe. Jetzt bin ich mutiger, ich feiere Feste mit Girls.«

»Mit Frauen, die Sie bezahlen, möchten Sie also schon etwas zu tun haben?«

»Sie tun nur, was ich will, das ist herrlich. Und sie bedanken sich, wenn ich sie beschenke.«

»Was also war gestern Nacht?«

»Eine private Abschiedsparty zu Ehren von Mateo, er hat früher gerne getanzt. Es war ein großer Theaterabend mit Musik und Tanz. Die Inszenierung hätte Mateo gefallen.«

»Sie haben Regie geführt?«

»Ja, genau, Sie verstehen mich, Frau Bezirksinspektor. Das freut mich. Irgendwann hab ich gedacht, ich bin da ja nicht nur Freier, ich schreibe die Szenen, ich sage den Süßen, wie sie wo was machen sollen, und am Schluss gibt es eine kurze Performance. Das ist eigentlich wie in meinem Beruf, wie im Theater.«

»Und welche Musik haben Sie letzte Nacht gespielt?«

»*We Are the Champions* natürlich, und zwar sehr laut. Das haben die alten Krampfhennen gehört, Pardon, die zwei älteren Damen, die mich anzeigen.«

»Die tun was?«

»Mich anzeigen, Frau Bezirksinspektor! Ich war sicher, Sie wissen das schon.«

»Tja, leider bin ich gerade mit einem ziemlich spektakulären Todesfall in Ihrem Theater beschäftigt, ich kann mich im Moment nicht um Bagatelldelikte kümmern.«

Antonia funkelt Gerry Falk verärgert an. Seine Selbstgefälligkeit verstimmt sie. Oder ist es die Tatsache, dass sie vergessen hat, im Anzeigenregister nach Namen von Theaterleuten zu forschen?

»Wann werden Sie denn im richtigen Theater Regie führen?«

Gerry bleibt stumm, zum ersten Mal perlen keine Worte wohltemperiert aus ihm heraus.

Sein Gesicht wird grau und verschlossen.

»Sie kannten Mateo Ander schon lang. War er ein guter Regisseur?«

»Nein, nicht mehr, viel zu eitel und zu böse. Er hat den Zeitpunkt aufzuhören verpasst.«

»Haben Sie ihm das gesagt?«

»Wir reden nicht mehr miteinander.«

»Seit wann?«

Gerry Falk sieht Antonia nun ganz direkt an.

»Da es nichts mit seinem Tod zu tun hat, werde ich diese Frage nicht beantworten. Machen wir Schluss. Was ich von ihm halte, ist doch völlig egal.«

»Wenn's egal ist, sagen Sie mir den Grund.«

Gerry lächelt schon wieder, er kann so verschmitzt dreinschauen. Sogar dieses leise Lächeln ist schon komisch. Wenn Antonia den Komiker noch nicht befragt hätte, wenn sie gar nichts wüsste von ihm, würde sie jetzt wahrscheinlich lachen müssen.

»Ich muss gar nichts sagen, stimmt's? Also sage ich nichts.«

»Weil Sie mich nicht noch mal anlügen wollen.«

»Ich lüge nicht, dafür bin ich zu dumm.«

»Von ihrer Absprungsrampe für den Puckflug sehen Sie auf die Unterbühne. Ich jedenfalls konnte den Toten auf der Hebebühne von dort oben aus sehr gut sehen, gestern. Was haben Sie gesehen, bevor es passiert ist? Herr Falk?«

»Stehen Sie bitte auf.«

Antonia sieht Gerry Falk skeptisch an. *Er meint das ernst, okay, gut.* Sie steht auf.

Dann hievt er sich aus dem Stuhl und steht direkt vor ihr. Sein Kopf ist auf Höhe ihrer Brust. »Wenn man so klein ist wie ich, sieht man andere Dinge als die Großen. Ich lüge nicht.«

Antonia nickt, sie hat keine Fragen mehr, sie muss an die frische Luft.

Bin ich kleinkariert? Was ist dabei, wenn ein Mann Frauen aus dem Katalog bestellt wie andere einen Rasierapparat? Er bezahlt gut, die »Studentinnen« suchen sich diesen Job freiwillig aus. Das jedenfalls steht auf der Homepage und im Vertrag, den die Agentur schickt. »Liebeselfen« verdienen gut, es gibt offensichtlich Bedarf nach ihren Diensten. Trotzdem fühlt es sich falsch an. Gerrys Damen der Nacht sind ein bisschen älter als Antonias Tochter. Oh, dieses Bild muss sie rasch wieder verdrängen. Sie zieht das Bild des toten Regisseurs vor ihr inneres Auge und konzentriert sich darauf. Ob er wohl von Gerry Falks heimlicher Leidenschaft gewusst hat? Antonia schnappt ihr Handy und verlässt den Garderobenraum mit einem Kopfnicken.

Gerry schaut indessen in Lianes Schminkspiegel und lacht, er wird nie wieder in die Flugmaschine einsteigen müssen, nie wieder fliegen. Köstlich.

Antonias Kollege Berger, der einfache Streifenpolizist, steht vor Ignaz West im Cateringwagen, wo die Theaterleute normalerweise Kaffee kochen und Proviant für lange Proben einlagern. Ignaz öffnet eine Seitenklappe, man sieht durch die leere Tribüne bis zur Bühne hinüber und der Raum ist dadurch hell genug. Berger klickt die Recording-App in seinem Handy an, um Ignaz' Antworten aufzunehmen.

»Sie haben schon öfter mit Herrn Ander zusammengearbeitet?«

»Das erste Mal hat er mich 2015 zum Vorsprechen geholt: *Frühlingserwachen*, in München.«

»Wo genau?«

»Ähm, im Gärtnerplatz-Theater. Ich hab die Rolle nicht gekriegt, aber ein paar Monate später hat er mich dann nach Salzburg geholt. Auch für *Frühlingserwachen*.«

»Erklären Sie mir das bitte?«

»Was?«

»Dieses *Frühlingsdings*.«

»So heißt das Stück: *Frühlingserwachen*.«

Berger vertieft sich in seine Notizen. Da steht der Titel des Stückes ja wirklich. Gut, man kann nicht alles wissen. Berger jedenfalls war noch nie im Theater. Das ist ihm zu anstrengend.

»Sie haben danach noch fünf Mal mit dem Verstorbenen gearbeitet. Der hat Sie gemocht?«

»Ja, schon.«

»Warum?«

»Er will, dass man alles auch ohne Worte ausdrücken kann und weil ich Hochleistungssportler war, kann ich das gut. Und ich, ich beteilige mich nicht an dem Gezeter und Gejammer über ihn. Für mich war er kein Tyrann.«

Berger vermerkt in seinen Notizen, dass es innerhalb der Truppe wohl unterschiedliche Meinungen gegeben haben muss. Ignaz betont: »*Ich* hatte keine Schwierigkeiten mit Mateo.«

»Aber die anderen sehr wohl?«

»Ja, das war scheußlich. Der liegt da unten, aufgespießt. Grad hat er noch gelebt. Da muss man doch nicht über ihn herziehen. Ich habe das nie gemocht.«

»Gab's oft Streit mit ihm, mit Herrn Ander?«

»Nein, mit Mateo kann man nicht streiten. Das läuft eher immer so hintenherum. Direkt, offen, hat niemand gewagt, sich mit ihm anzulegen. Also, fast niemand.«

»Wer schon?«

»Hans. Hans Haberle, unser König.«

»Ihr König?«

»Ja, Oberon! Shakespeare hat …«

»Ach so, Sie meinen im Stück. Tut mir leid, ich kenn das nicht.«

»*Sommernachtstraum*? Shakespeare?«

Berger schüttelt den Kopf und beginnt, alles, was Theater ist, ein bisschen unsympathisch zu finden. Muss man Shakespeare kennen?

»Und der König hat mit dem Regisseur gestritten?«

»Offen, laut und vor allen. War nicht gut für ihn und ein supernegatives Beispiel für uns alle.«

»Warum?«

»Mateo ist dann so richtig fies geworden.«

Berger sieht von seinen Notizen hoch, und Ignaz bemerkt, was er gerade gesagt hat.

»Zu mir nicht.«

»Zu wem denn?«

»Am meisten zu Liane Blau, die hat er fertiggemacht. Ich glaube, sie wollte sogar hinschmeißen wegen ihm.«

»Waren Sie mit Mateo Ander befreundet?«

»Befreundet? Nein, mit Mateo kann man nicht befreundet sein.«

»Sie waren auf der Bühne, als es passiert ist.«

»Ja. Ich trete ziemlich am Anfang, in der dritten Szene, auf und komm erst zur Pause wieder von der Bühne runter. Wir, also Julie und ich, müssen durch die Zuschauer hinauslaufen und zum nächsten Auftritt rennen. Ich bin ja in allen Szenen mit Julie zusammen. Wir haben keine Zeit, auf die Unterbühne hinunterzugehen. Ich hab Mateo zwar gesehen, wie er die Tribüne runter und hinter die Bühne gelaufen ist. Normalerweise bricht man in so einer Situation die Probe ab, aber das war die Generalprobe. Wieso fragen Sie mich das eigentlich? Muss ich ein Alibi haben?«

Ignaz wird immer unruhiger. Gott sei Dank war der Polizist nicht bei der Generalprobe, dann wüsste er nämlich, dass die Lichtverhältnisse auf der Bühne und im Zuschauerraum zu diesem Zeitpunkt sehr düster sind. Scheinwerfer werden erst beim Auftauchen des durchsichtigen Stegs eingesetzt. Bis dahin mischen sich letzte Sonnenstrahlen, blaue Stunde und spärliches Bühnenlicht zu flirrenden Bildern, die immer mehr verschwimmen. Ignaz hätte die Bühne verlassen können, ohne dass es jemand bemerkt hätte.

Berger hat den Auftrag, so viel wie möglich über den Toten zu erfahren, die Abläufe vor seinem Tod zu rekonstruieren und die handelnden Akteure so gut wie möglich zu durchleuchten. Aber warum er dies tun soll, versteht er selbst nicht so ganz und er fragt sich jetzt, was er fragen und vor allem, was er antworten soll.

»Wo ist die Leiche jetzt?« Ignaz hat sich überwunden, »die Leiche« und nicht Mateo zu sagen, der doch ein Mensch in Ignaz' Nähe gewesen ist.

»Im Bezirkskrankenhaus. Auf der Pathologie, warum?«

»Nur so, ich will mir vorstellen können, wo er jetzt ist. Sagen Sie, warum müssen wir aussagen?«

»Routine, meine Chefin will wissen, was passiert ist, bevor der Regisseur gestorben ist.«

Ignaz steht auf. Er ist nervös. Da hilft ein Schluck Wasser.

»Warum sind Sie Schauspieler geworden?«

»Warum sind Sie Polizist geworden?«

Berger grinst, da schau her, der Bursche ist schnell.

»Das war gar nicht so geplant, ich bin auf Umwegen zur Polizei gekommen.«

»Sehen Sie, bei mir ist es genauso mit dem Theater. Ich wär jetzt eigentlich Profisportler. Geräteturnen und Ausdauersport. Ist das wichtig?«

Berger hebt die Hand zu der »Moment bitte«-Geste und blättert in seinen Notizen. Da steht nicht wahnsinnig viel und Berger weiß nicht recht, wie es weitergehen soll. Doch dann findet er doch einen Anhaltspunkt.

»Apropos Sportler. Wir haben Sie gegoogelt, natürlich, und nichts über Ihre Vergangenheit gefunden, wo sind Sie geboren, wo zur Schule gegangen? Sie können doch nicht mit der ersten Theaterpremiere vom Himmel gefallen sein.«

Ignaz lacht und Berger versteht nicht, was so komisch ist. Hat er sich schon wieder blamiert, so wie vorhin mit dem *Frühlingsdings*?

»Wissen Sie, dass Sie tatsächlich der Erste sind, dem auffällt, dass mein Lebenslauf in Wikipedia erst mit zwanzig beginnt? Sie werden das nicht überall herumerzählen, oder?«

»Nur ins Protokoll aufnehmen.«

»Oh, das ist natürlich total diskret! Danke. Ich bin in Salzburg geboren, ich bin Österreicher. Meine Eltern sind aus Persien. Sie waren dort beide Studenten und haben hier fertig studiert. Wir heißen Wesal und sie haben mich Elyar genannt. Das bedeutet Volkshelfer, lustig, nicht?«

Ignaz muss lachen, er erinnert sich plötzlich an seine Kindheit: »Ich habe mich Igi genannt. Igi will haben.«

Berger schaut Ignaz ein bisschen genervt an. Okay, er hat danach gefragt, aber dass er jetzt die gesamte Kindheit serviert bekommt, hat er eigentlich nicht bezweckt.

»Meine Eltern sind beide auf der Uni in Salzburg als Professoren geblieben. Ich hab schon mit neun angefangen zu turnen und hab das ganz intensiv gemacht. Mit zehn den ersten Wettbewerb gewonnen und dann war mein Zimmer bald mit diesen Goldschüsseln voll. Ich war sehr gut.«

Berger notiert ein paar Stichworte und überlegt, ob er noch etwas anderes fragen könnte.

»Ich wäre später sicher Trainer geworden. Aber das Schicksal hat mir Frau Professor Gütland vorbeigeschickt, die mich in die Theaterspielgruppe geholt hat. Nach der ersten Premiere war mir klar: Ich will Schauspieler werden. Meine Eltern wollten das gar nicht: Mach was Anständiges, Sohn! Ich hab mir die Ausbildung selber finanzieren müssen.«

»Sind Ihre Eltern nicht stolz auf Sie?«

Ignaz übergeht diese Frage, er hat die Eltern vor drei Jahren das letzte Mal gesehen. Sie waren nicht stolz auf ihn und er wollte beim Theater bleiben. Es war leichter für ihn, den Kontakt ganz abzubrechen, als sich dauernd rechtfertigen zu müssen. Seine Eltern sind so stur. Doch davon will er nicht erzählen und antwortet das, was er gesagt haben will. Das hat er bei einem Coaching für Interviews gelernt.

»Viele Schauspieler haben Künstlernamen, das ist doch ganz normal, oder? Ich hab mir halt diesen Namen ausgesucht: Ignaz West.«

Berger klappt sein Notizbuch zu und schaltet das Handy mit einem »Ende der Befragung, zehn Uhr fünfzig, danke« ab.

Ignaz steht auf, sieht den Polizisten fragend an. Antonia betritt, ohne anzuklopfen, den Cateringwagen.

»Schon fertig, Kollege?«

»Ähm … ja … eigentlich … ja.«

Berger kann ihr wenigstens die Vita des jungen Schauspielers liefern. Sie wendet sich an Ignaz: »Kommt Ihre Freundin?«

Ignaz verlässt einfach den Cateringwagen.

»Herr West?«

Ignaz dreht sich widerwillig um. »Wen meinen Sie?«

»Die junge Frau, die Sie so verliebt angeschaut hat, Julie Marte. Aber keine Sorge, Ihr Privatleben geht mich nichts an, ich will nur wissen, ob ich heute mit ihr sprechen kann?«

»Eher nicht.«

Antonia und Berger wechseln einen Blick.

»Die anderen müssen nicht wissen, dass wir zusammen sind. Irgendwer zerreißt sich dann immer das Maul oder spottet. Wir sind erst seit ein paar Wochen …«

»Mitten in den Proben isses passiert?«

»Ja.«

»Wie schön. Ich hab nicht die Absicht, Sie auszuspotten. Und von mir erfährt sicher niemand etwas. Ich will nur wissen, ob ich heute mit Julie sprechen kann.«

»Ich glaube nicht.«

»Ah ja. Und wissen Sie warum?«

Ignaz schweigt.

»Na gut, müssen wir sie halt suchen lassen. Auch gut.«

»Nein, müssen Sie nicht. Sie ist bei mir.«

»Dann fahr ich dorthin.«

»Das wird Ihnen heute nix nützen.«

»Herr West, bitte, reden'S mit mir, ganz normal.«

»Julie hat bis in der Früh nicht schlafen können, sie hat ein Schlafmittel genommen und wird sicher noch einige Zeit tief und fest schlafen.«

Bezirksinspektor Hufnagl ist nach dem nahen Einschlag des Projektils mit dem Leiter der Cobra hinter dicken, alten Bäumen in Deckung gegangen. Über Funk erfahren die beiden gerade, dass die Erstürmung des Hauses durch die Cobra-Einheit kurz bevorsteht. Trotzdem schüttelt Hufnagl missbilligend den Kopf: »Wollen'S wirklich an verwirrten einsamen Mann umbringen?«

»Nein. Ich will unsere Kollegen und vor allem die Feuerwehrleute im Einsatzfahrzeug schützen und in Sicherheit bringen.«

»Das mach ma scho, lassen'S uns a bisserl Zeit.«

»Wenn er auf das Feuerwehrauto schießt, kann er die Männer dadrin treffen und wenn er zufällig den Tank trifft, fliegt uns das Auto vielleicht um die Ohren. Das ist ein Benziner.«

»Da Karl war fünfundzwanzig Jahre Feuerwehrkommandant, der schießt net auf eigene Leut.«

Ein Kollege aus Hufnagls Einsatzgruppe robbt heran.

»Die Ranik, Herr Chefinspektor, die Ranik kennt den.«

»Wie bitte?«

»Der Kollege am Posten hat die Einsätze der letzten zwei Wochen durchgeschaut. Die Ranik war sogar erst letzte Woche am Hof. Der Maringer hat mit ihr geplaudert.«

»Ich würd's probieren. Holen'S sie her. Rasch!«

Der junge Polizist nickt und robbt wieder weg.

»Was haben Sie da gerade völlig autistisch eingeleitet?«

»Er holt mir die Ranik her, vielleicht findet sie einen Zugang zu dem Mann und wir kriegen ihn ohne Schießerei.«

»Die Ranik?«

»Ja, die is neu bei mir, sehr begabt, glaube ich, ehrgeizig, schnell, na ja und sie ist eine Frau. Vielleicht hört er ihr zu und redet mit ihr, wenn er sie schon kennt.«

Der EKO-Leiter zieht nur die Augenbrauen hoch. »Ihre Leut haben sicher den besseren Zugang zu den Hiesigen.«

»Und Ihre Leut san die besseren Schützen, hoff ich zumindest. Darauf verlass ich mich halt. Die müssen ihr Deckung geben.«

Einige Schüsse knallen. Der Maringer Karl schießt offensichtlich wieder um sich.

Ein Polizeiauto rast vom Theater weg durch den Wald, Richtung Bundesstraße.

»Wenn wir uns da jetzt überschlagen, ist das irgendwie kontraproduktiv, oder?! Ich fahr ja auch gern zügig, aber bitte …«

Antonia schlägt die Hände vors Gesicht und schreit. Der junge Polizist neben ihr am Steuer, der sie gerade vom Theater abgeholt hat, rast weiter, völlig ungerührt: »Frau Bezirksinspektor, ich kann das! Fahr- und Sicherheitstraining – goldene Nadel!«

Das Polizeiauto hetzt die Bundesstraße entlang, zunächst durch Felder mit halbhohem Kukuruz, dann beginnt der Wald, für Antonia ist es wie das Eintauchen in eine dunklere, kühle Welt. Sie richtet sich auf, atmet aus und entspannt sich ein bisschen. Doch dann biegt der junge Raser in die Zufahrtstraße zum Maringer Hof. Antonia umklammert den Griff über dem Seitenfenster. Sie wird durchgeschüttelt.

»Stehen bleiben! Sofort!«

Kurz darauf steht der Polizeiwagen wie anbetoniert hinter den Einsatzfahrzeugen, die den Weg zum Maringer Hof absperren. Antonia springt aus dem Wagen und übergibt sich.

Ihr Chef kommt hinzu, hält aber ein bisschen Abstand, bis Antonia sich wieder gefangen hat. Dann reicht er ihr eine Wasserflasche und sein Taschentuch.

»Also, der Karl hat durchdreht und er hat ein paar Gewehre und wahrscheinlich ein Maschinengewehr. Die ersten Schüsse waren noch aus einer Schrotflinte.«

»Warum lassen wir ihn nicht einfach ausspinnen, bis morgen?«

Hufnagl deutet Richtung Maringer Hof zum Feuerwehrauto.

»Die waren a bisserl übereifrig, die Kollegen von der Feuerwehr. Die sind zu nah hingefahren, jetzt sind sie eine riesengroße Zielscheibe.«

»Wie viele sind dadrin?«

»Fünf!«

»Naaaa, bitte.«

»Die können wir nicht bis morgen am Boden in der Fahrerkabine liegen lassen.«

Antonia überlegt: *Infos! Bevor ich zum Haus gehe und selber Zielscheibe werd, brauch ich Infos!*

»Er hat aber nicht direkt auf das Feuerwehrauto geschossen?«

»Nur auf den Kotflügel.«

Hufnagl bittet Antonia mit einem kurzen »Gemma« mitzukommen.

Sie entdeckt den EKO-Einsatzleiter erst jetzt. *Na gut, es wird ernst.* Sie denkt noch kurz an den Kollegen Berger, der jetzt allein bei den Theaterleuten ist. Dann konzentriert sie sich auf die neue Situation.

Währenddessen stehen einander zwei groß gewachsene Männer zwischen Garderoben und Bühne gegenüber: der Schauspieler Hans Haberle und der Polizist Berger. Und einige Theaterleute hören aufmerksam zu. Hans nimmt wieder diese breitbeinige Haltung ein, so als wollte er die anderen beschützen. Er ist der Älteste, der Doyen der Truppe, er sorgt sich um sie und blafft den Polizisten ein bisschen zu laut an: »Wir lassen uns doch nicht verhören, sind Sie bei Trost?«

»Was? Ich weiß jetzt nicht, was Sie meinen. Wir ›verhören‹ ja niemanden. Ich habe nur ein paar Fragen zum Ablauf der gestrigen Vorfälle.«

»Da können'S mich gleich vergessen, denn ich sehe schlecht, auf der Bühne in dem Schummerlicht erst recht, und ich war auch die ganze Zeit auf der Bühne.«

Hans verstummt, wendet sich ab. Er kämpft mit den schockierenden Bildern in seinem Kopf und der Gewissheit, dass Mateo Ander seit ein paar Stunden tot ist. Das hat Hans doch sehr getroffen. Bei allen Streitereien, bei allem Unsinn, den Mateo so verzapft hat. Hans ist zutiefst schockiert über die Art, wie der Regisseur gestorben ist.

Mateos Tod hat auch ein Vakuum hinterlassen. Heute wären sie beisammengesessen, hätten die Generalprobe besprochen und die Szenen noch mal »durchgeklopft«. Das heißt, sie hätten das gesamte Stück durchgesprochen, während sie im Kreis gesessen und alle Gänge und Aktionen mitgedacht hätten. Danach wäre jeder noch für sich allein durch die Kleinstadt marschiert oder durch die Felder, zum Auslüften, und dann hätten die letzten Vorbereitungen für die Premiere begonnen.

Jetzt haben alle so eine Leere in sich, heute an diesem Premierentag, der seinen Sinn verloren hat. Hans spürt Wut und Trauer in sich. Er hätte gerne, dass alle zusammenkommen und miteinander reden, vielleicht viel trinken, aber jedenfalls zusammen sind. Stattdessen soll er mit einem Polizisten reden?

Hans hat zwar beim Telefonat mit Berger zugestimmt, Fragen zu beantworten, aber je länger er darüber nachdenkt, desto weniger Lust hat er dazu. Nein, danke. Er kann ja auch gar nichts sagen. Er schaut auf die Bäume vor sich, die das Theatergelände umstehen, seit vielen, vielen Jahren. Diese Vorstellung beruhigt. Er hat sich wieder im Griff und sieht Berger an: »Ich bin direkt über der Stelle, wo Mateo ausgerutscht sein muss, gestanden. Verstehen Sie! Diese Vorstellung macht mich fertig, mir ist permanent schlecht. Ich hab nicht geschlafen. Was soll ich noch sagen? Wenn ich gekonnt hätte, hätte ich ihm geholfen, aber ich hab das überhaupt nicht mitgekriegt.«

»Sie kannten den Toten schon länger?«

»Ja, leider.«

»Wieso leider?«

»Wissen Sie … auch wenn man nicht schlecht über Tote spricht, ein guter Mensch war er nicht.«

Berger registriert: *Wieder einer, der den Regisseur nicht schätzte. Bis jetzt haben ihn alle für seine Arbeit gelobt. Aber menschlich dürfte es da Seltsamkeiten gegeben haben, selbstgefällig und überheblich wird er genannt.* Berger deutet auf die Damengarderobe und zieht sein Handy hervor.

»Kommen Sie? Es dauert nicht lang.«

»Ich will aber keine Fragen beantworten. Und das muss ich meines Wissens auch nicht. Wir sind nicht vor Gericht, ich bin kein Zeuge. Was soll das also?«

»Wir fragen uns, wie genau Herr Ander gestorben ist, was kurz davor passiert ist und ob irgendwer irgendetwas gesehen hat.«

»Ja, sicher, ich öffne einfach meine strenggeheimen Fußaugen mit dem Röntgenblick, die dann von oben herab durch die Bühnenbretter hindurch auf die Vorgänge auf der Unterbühne hinunterschauen. Ich kann Ihnen alles genau berichten.«

Berger schaut den Schauspieler unsicher, fast verzweifelt an. Er versteht schon wieder nicht.

»Was bitte sind Fußaugen?«

»Die hab ich gerade erfunden! Und deshalb kann ich Ihre Fragen zu gestern nicht beantworten. Ob ich Mateo schon länger kenne oder nicht, ist doch egal! In der Vergangenheit herumgraben bringt nichts, lassen Sie es. Der Mann ist elendiglich zugrunde gegangen. Wir sollten sein Andenken als Regisseur bewahren.«

Bergers Kopf raucht, der Schauspieler hat viel zu schnell, viel zu aggressiv und viel zu kompliziert auf ihn eingeredet.

»Ich hab geglaubt, Sie mögen ihn nicht.«

»Tu ich auch nicht, aber das ist doch völlig unerheblich.«

»Na ja …«

Nun ist es Hans, der nicht gleich versteht, was Berger meint. Hans fühlt einen riesengroßen Zorn in sich hochsteigen. Die gesamte Anspannung der letzten Stunden schnürt sich plötzlich heiß um seinen Brustkorb, er sieht den toten Mateo vor sich und muss einfach losschreien. Hans war früher extrem jähzornig. Seit er seine Frau getroffen hat, nicht mehr so oft, durch die Liebe ist er ruhiger geworden. Umso überraschter ist er jetzt selbst über diese laute Explosion.

»Was glaubt's ihr eigentlich? Da ist ein Mann gestorben, aufgespießt und verreckt und wir müssen jetzt aussagen? Ihr behandelts uns jetzt nicht wie Verbrecher! Wir verlieren grad alles. Lasst's uns in Ruhe!«

Kurz ist es still, Hans bemerkt erst jetzt, dass alle Kollegen zugehört haben. Seine Worte hallen durchs Theater hinaus, er hat einfach nichts mehr zu sagen und will auch mit niemandem mehr reden. Schon gar nicht über seine Beziehung zu Mateo. Er stapft davon.

Nach seinem Ausbruch, der so gar kein Ziel hatte, beginnen die Kollegen zu reden. Sie gehen dabei hin und her, ordnen Dinge, eine merkwürdige Betriebsamkeit von Menschen, die eigentlich außer Warten nichts zu tun haben.

Berger geht Hans instinktiv hinterher und beobachtet ihn aus einiger Distanz. Dann staunt er: Der Schauspieler trifft dort vorne auf dem Waldweg die Frau des Toten, die Witwe, die zierliche Elisabeth Ander. Sie steht natürlich auch auf der Befragungsliste der Polizisten, aber die Ranik hat gesagt, dass sie die Witwe zu Hause befragen und nicht hierherbitten will. *Hm.* Berger kratzt sich am Kinn. *Was will diese Frau jetzt hier? Und wie soll ich weitermachen?*

Die Chefin haben sie ihm abgezogen. Berger macht sich große Sorgen um sie, er hat die Funknachrichten mitgehört. Er denkt an die Kollegen. Die haben ihre

Dienstwaffe noch nie benützt. Also im Dienst. Auf dem Schießstand bei den vorgeschriebenen Übungen schon. Keiner von ihnen hat jemals auf einen Menschen geschossen und keiner wurde jemals angeschossen. Berger kann sich gut vorstellen, dass die Kollegen vor Ort einfach nur Angst haben. Gut, dass er diesem Fall hier im Theater zugeteilt ist – und doch wäre er lieber bei seinem Team. Lieber dabei sein, als nachher jemanden im Krankenhaus besuchen zu müssen. Oder schlimmer. Außerdem weiß er hier bei diesen seltsamen Theaterleuten nicht mehr weiter.

Berger braucht eine Anweisung von seiner Chefin. Er denkt: *Wenn's unpassend ist, nimmt sie schon nicht ab*, und deshalb ruft er kurzerhand Antonia Ranik an. Diese geht tatsächlich dran.

»Hallo, Chefin, soll ich weitermachen mit den Befragungen?«, fragt er unabsichtlich vorwurfsvoll. »Die beschweren sich alle. Sie verstehen nicht, warum wir sie nach einem Unfall so genau befragen, grad hat mich einer ang'schrien. Wie geht's Ihnen überhaupt?«

Zwei Cobra-Polizisten legen Antonia eine Schutzweste an, während sie mit Berger telefoniert. Sie bemüht sich um einen sachlichen, ruhigen Ton.

»Schauen'S einfach, was Sie noch rausfinden. Wenn einer nicht reden will, ist das auch gut. Was? Die Witwe ist auch da? Was macht sie? Mit dem Schauspieler? Aha. Es tut mir leid, ich muss jetzt, mir geht's eh gut, danke.«

Antonia steckt das Handy weg und zieht ihre Jacke über die Sicherheitsweste an, was nicht sehr bequem ist. Sie schüttelt den Kopf und denkt: *Er könnt auf den Kopf zielen, dann hilft mir die Weste nix. Wird er nicht. Er schießt überhaupt nicht auf mich. So schaut's aus. Er schießt nicht auf mich.*

Der ältere Cobra-Polizist übergibt ihr die Dienstpistole, die er für sie gehalten hat. Antonia zögert: »Ich hab noch nie im Dienst geschossen und ich will das auch nicht.«

»Aber es ist doch gut, wenn Sie's könnten. Wir passen auf!«

Antonia steckt die Waffe weg, schaut kurz zu Hufnagl und geht dann los, direkt auf den Hof zu, zwischen den Polizeiautos durch. Ein Polizist übergibt ihr das Megafon, sie schaltet es an.

»Herr Maringer! Karl! Ich bin's, die Antonia. Bezirksinspektorin Antonia Ranik! Hören'S mich? Ich war vorige Woche bei Ihnen. Wir haben über Ihre Tiere geredet. Hören Sie mich? Herr Maringer! Können'S mir nicht ein Zeichen geben? Irgendwas, damit ich da nicht sinnlos herumschrei! Herr Karl Maringer! Bitte, sagen'S was!«

Alle Aufmerksamkeit richtet sich auf den Maringer Hof, wo sich absolut nichts bewegt. Die Luft flirrt in der Sonne. Antonia hat das Gefühl, dass sogar die Vögel zu zwitschern aufhören. Da ist so eine Stille wie während einer Sonnenfinsternis.

»Karl, ich komme jetzt zu Ihnen! Reden Sie mit mir. Wir finden eine Lösung. Nur nicht schießen. Weil dann müssen alle Polizisten zurückschießen. Karl! Hören'S mich?«

Das Küchenfenster neben der Eingangstür wird aufgestoßen, die Scharfschützen fokussieren auf das Fenster. Karl Maringer ist wohl abgetaucht. Keiner hat Sichtkontakt.

»Ah, da sind'S, danke! Ich komme jetzt zum Fenster! Karl, ich will nur mit Ihnen reden. So wie letzte Woche! Wissen'S eh. Bis jetzt ist niemand verletzt, das ist gut. Es muss ja auch gar nichts mehr passieren. Hören'S mich?«

Antonia geht am Feuerwehrauto entlang, lugt hinein zu den Feuerwehrleuten, die auf dem Boden der Kabine kauern. Sie geht weiter, direkt zum Küchenfenster.

»Karl?«

»Die sollen verschwinden«, schreit Karl Maringer unvermittelt aus der Küche hinaus zu Antonia, die nicht ganz sicher ist, was er geschrien hat.

»Was?«

»Die sollen alle weg, verschwinden, ich komm nicht raus, ich red nichts, weg, weg!«

»Ja gut, das machen wir. Alle werden wegfahren. Wir fangen mit den Feuerwehrleuten an, gut?«

Antonia läuft zum Feuerwehrauto und schreit durchs Megafon.

»Die Feuerwehr fährt jetzt ab. Sofort!«

Hinter dem Lenkrad erscheint der Kommandant, er startet den Wagen, legt den Rückwärtsgang quietschend ein und langsam, sehr langsam rollt das Feuerwehrauto zurück. Der Rückwärtsgang piept, wie vorgeschrieben. Antonia empfindet dieses Piepen als sehr störend.

Wer hat diesen Ton erfunden? Er klingt so falsch, so schräg. Bitte aufhören!

Das Feuerwehrauto rollt weiter rückwärts.

Polizisten springen in die Polizeiwägen, starten die Motoren, um den Weg für das Feuerwehrauto frei zu machen. Das Feuerwehrauto rollt piepend durch das Polizeiautospalier.

Antonia kehrt zum Küchenfenster zurück, vorsichtshalber drückt sie sich an die Wand daneben und spürt: *Ich hab doch Angst. Durchatmen und beruhigen.* Sie kann die Angst jetzt gar nicht brauchen. *Der Karl schießt nicht auf mich, ich hab ihm nichts g'macht, der ist ein verwirrter, einsamer Mann, der tut mir nichts. Er schießt nicht auf mich.*

Antonia schaltet das Megafon für alle gut sichtbar, demonstrativ aus und stellt es neben sich. Sie spricht laut weiter. »Karl, hören'S mich? Ich komm zum Fenster, red' ma, gut? Bleiben'S weg vom Fenster, gut?«

Sie tritt vor das Fenster, hebt die Hände, schaut hinein. Da ist anscheinend niemand. Der Raum ist sehr dunkel. Auf dem Küchentisch bewegt sich etwas: die verwundete Katze.

»Ich weiß jetzt, wie das passiert ist mit der Katze, das sind Bisse von einem Dachs, ein Wunder, dass sie lebt. Geht's ihr besser?«

Damit erreicht sie den Mann in der Küche. »Von einem Dachs?«

Antonia lugt in den Raum, sie kann niemanden sehen. *Wo ist er?*

»Ja, ein Dachs, die Wunden links und rechts an der Flanke, da hat er sie erwischt. Man muss die Hautfetzen wieder drauflegen und verbinden.«

»Hab ich eh, aber sie blutet immer wieder.«

»Ich glaub, das ist gut, dann eitert die Wunde nicht. Sie muss viel trinken.«

»Frau Ranik? Was mach ma? Die sperren mich doch ein, oder? Aber das geht nicht.«

»Sie haben auf die Polizisten geschossen und besitzen Waffen, die nicht angemeldet sind, und die Schießübungen ... Ich meine, das geht halt nicht.«

»Aber ich kann nicht mitkommen.«

»Tut mir leid, das werden Sie müssen.«

In der Küche bewegt sich etwas, Antonia kneift die Augen zusammen. Plötzlich hört man Maringer schreien. »Aber was ist dann mit meinen Viechern? Wer kümmert sich um die Viecher?«

»Wenn Sie jetzt rauskommen und wir die Waffen mitnehmen können, werden'S nicht eing'sperrt. Noch is nix passiert. Kommen'S raus.«

»Aber die Viecher?«

»Wir kümmern uns um die, ich nehme die Katze, versprochen, bis Sie wieder da sind, das dauert nicht lange. Ich hab selbst einen Kater, gut? Bitte, kommen'S jetzt einfach raus. Hände übern Kopf, sonst müssen die Kollegen schießen.«

»Ich geb meine Waffen net her, die g'höan mir, die brauch ich, wer beschützt mir die Viecher sonst? Ich kann doch mein Gewehr nicht hergeben, ich bin doch ganz allein da.«

»Karl, niemand will den Viechern was tun, kommen'S doch einfach raus, Sie werden sehen, da passiert nichts. Sie müssen die Waffen nur besser verwahren.«

»Will ich net, geht niemand was an.«

Antonias Augen haben sich an das Dunkel in der Küche gewöhnt, jetzt sieht sie Karl Maringer auf dem Boden neben dem Küchentisch sitzen. Das Maschinengewehr neben sich. Er geht hoch auf die Knie und streichelt die verletzte Katze.

»Du wirst wieder, versprochen? Du bist eine Kämpferin.«

Karl steht auf. Antonia schaut kurz zu den Kollegen und ruft Maringer dann laut zu: »Kommen Sie jetzt? Ja?«

Karl nickt, er beugt sich automatisch hinunter zu einer Schrotflinte, die neben dem Maschinengewehr liegt. Antonia muss ihre Pistole ziehen.

»Liegen lassen! Rühren Sie das nicht an! Bitte, nicht anrühren.«

Karl schaut zu Antonia hoch, sein Gesicht verzieht sich, er ist unendlich enttäuscht.

»Ich bin Polizistin, ich muss eine Waffe haben. Aber ich hab noch nie im Dienst geschossen. Bitte, bleiben'S stehen, nicht runterbeugen. Ich muss schießen sonst. Bitte, lassen Sie das Gewehr liegen. Wie heißt die Katze?«

»Muali.« Karl Maringer richtet sich auf und wischt mit der Hand über die Augen. *Weint er?* Antonia lässt die Waffe sinken.

»Gut, die Muali kommt inzwischen zu mir und Sie holen sie dann ab. So schnell wie möglich, ja? Ich weiß nicht, wie mein Kater auf die Muali reagieren wird. Aber sie ist verletzt, da wird er auf Abstand bleiben. Und sie kommen jetzt raus. Hände hinterm Kopf, wissen'S eh.«

Antonia geht mit gezogener Waffe zum Hoftor, stößt es auf und bedeutet den Polizisten »Nicht schießen«.

Karl Maringer tritt aus der Tür und geht vom Bauernhaus weg. Mit den Händen hinter dem Kopf. Ein

Cobra-Polizist, der hinter einem Busch postiert ist, springt hoch und wenig später liegt Karl Maringer am Boden, die Hände auf den Rücken fixiert.

Antonia steckt die Waffe mit einem langen, tiefen Seufzer weg. Sie hat das Gefühl, dass sie jetzt doch wird weinen müssen. Aber das will sie nicht. Nicht vor den ganzen Haudegen da, und die jungen Kolleginnen sollen auch nichts zum Spotten kriegen. Antonia beugt sich vor und konzentriert sich auf einen hübschen Stein, der vor ihrem rechten Schuh liegt. Das hilft. Sie atmet wieder ruhiger und das brennende Gefühl in ihrer Kehle vergeht. Sie schaut hoch.

»Geht's wieder?« Hufnagl reicht Antonia die Hand.

»Türlich.«

Sie stützt sich kurz auf ihn. So cool ist sie doch nicht. Sie hatte wirklich Angst. Na ja, das wird sie mit der Polizeipsychologin besprechen, die soll echt gut sein in solchen Sachen. Der Maringer wird weggeführt.

»Irgendwer muss die Muali übernehmen.«

»Kollegin?«

»Die Katz! Ich hab versprochen, dass ich mich kümmere, aber ich hab gar keinen Kater. Ich bin allergisch auf Katzenhaare.«

Plötzlich muss die Ranik lachen. *Wie blöd ist das denn?* Sie kann die Katze unmöglich zu sich nehmen, aber sie will ihr Versprechen halten. Deshalb ruft sie laut zu den Kollegen.

»Hat einer von euch eine Katze zu Hause?«

Hufnagl hebt schmunzelnd den Zeigefinger.

»Ich mach das.«

»Sicher?«

»Sicher. Sie haben dem Maringer ja versprochen,

dass Sie sich kümmern, und ich hab zwei Katzen zu Hause. Ich mach das.«

Es ist das erste Lächeln zwischen Ranik und Hufnagl. Vielleicht werden sie doch noch ein gutes Team.

»Fahren'S nach Haus, ruhen Sie sich aus. Das ist ein Befehl.«

Apropos Team, Antonia muss an Berger denken. »Geht leider nicht, ich mag den Kollegen Berger nicht so lang allein lassen.«

Chefinspektor Hufnagl geht neben Antonia zu einem Polizeiauto.

»So, nach dreißig Stunden hab *ich* jetzt Dienstschluss. Feierabend. Das war ... also, wie Sie das gemacht haben ... danke, Kollegin.« Hufnagl nickt Antonia zu. »Wir würden wahrscheinlich immer noch dort stehen, wenn Sie net kommen wären. Gemma was trinken? An kleinen Schnaps?«

Antonia schüttelt den Kopf.

»Machen'S auch Schluss. Ich versteh Sie net. Verrennen'S Ihna da nicht a bisserl?«

»Ich muss einfach noch mehr wissen. Der Regisseur, der Tote, war verhasst im Ensemble. Er hat eine Schauspielerin fertiggemacht, er hatte Sex mit jungen Frauen, die beruflich abhängig von ihm waren, und er hat die Schauspieler und Mitarbeiter unter Druck gesetzt. Außerdem gibt es da einige Verbindungen aus der Vergangenheit, da sind wirklich einige, denen sein Tod ganz gut passt.«

»Nur wenn einer stirbt, muss es noch lang keinen Mörder geben.«

Antonia brütet vor sich hin.

»Als Ihr Vorgesetzter sag ich: hören'S auf. Keine Beweise, keine Indizien, des wird nix. Sie verschwenden Ihre Zeit. Und die vom Kollegen Berger.«

Antonia nickt und schaut ihren Chef an: »Der Maringer Karl hat wirklich ein Maschinengewehr. Also, den Cobra-Django hinterm Busch hätt er weggeschossen, wenn die den Bauernhof gestürmt hätten. Und zwar wie nix.«

Hufnagl grinst: »Sie meinen, Sie haben was gut? Morgen Mittag Endbericht, gut?«

Antonia sieht ihn überrascht an.

»Aber schlafen'S heut Nacht.«

»Ich hab eh …«

»Sie schauen furchtbar aus! Aber bitte … arbeiten'S halt weiter.«

»Danke.«

Berger steht neben Liane Blau auf der Bühne, er schaut hinunter auf die Hebebühne. Zwei Mitarbeiterinnen einer Reinigungsfirma schrubben das eingetrocknete Blut weg. Liane kann da nicht hinschauen. Das Geräusch der nassen Schrubber auf der Kunststoffoberfläche übertönt Lianes Worte, sie deutet auf eine zweite Öffnung im Bühnenboden: Von dort führt eine schmale, steile Treppe hinunter.

»Wenn die Hebebühne hochgefahren ist, kommt man nur über diese Treppe hinunter. Das geht dann zum Beispiel in ›Titanias Keller‹, wenn sie Oberons Lieblingswein holt.«

Berger versteht nicht, was Liane da erzählt, obwohl er jedes Wort hören kann. *Wovon redet sie?* Diese Frage ist ihm ganz deutlich ins Gesicht geschrieben. Berger war noch nie in einem Theater. Folglich war er auch noch nie auf einer Theaterbühne. Jetzt steht er in der Mitte der Spielfläche. Liane lächelt.

»Sie wollten doch wissen, wie es ist, auf einer Bühne zu stehen.«

Berger fühlt sich nicht wohl. Er schaut auf die Sitzreihen, blinzelt in die Sonne hinauf und fragt: »Sie haben gesagt, Sie gehen im ersten Teil ein Mal über diese Treppe hinunter?«

»Ja?«

»Da unten war so ein Krach, bitte noch einmal.«

Er hält ihr sein Handy für die Aufnahme hin.

»Ich gehe am Ende vom dritten Bild hier ab. Genauer gesagt, ich laufe hinunter und sofort weiter, raus aus der Unterbühne und hinter die Tribünen zum Gang A. Von dort komme ich dann zurück auf die Bühne. Das geht sich knapp aus. Gestern stand da eine Gehhilfe einer älteren Zuschauerin herum, da bin ich drübergeflogen und war auch schon zu spät beim Auftritt.«

»Für die Szene mit dem durchsichtigen Steg.«

»Ja. Ja. Ich bin direkt auf den Steg gelaufen. Da war nicht mal Zeit zu schauen, ob er wirklich hochgefahren ist. Das ist eine Überwindung, instinktiv würde man zurückzucken, wenn man in den ›Abgrund‹ hineinmuss. Ich hab das trainiert.«

Berger geht zur Kante des »Abgrunds« in der Mitte der Bühne, schaut zu den Putzfrauen hinunter. Er faltet sich plötzlich zusammen und sitzt unvermittelt am Bühnenrand, die Füße baumeln hinunter. Berger starrt auf die leeren Tribünen. Liane setzt sich neben ihn.

»Höhenangst?«

»Bei mir dreht sich sofort alles.«

»Bei mir auch. Wie gesagt, ich hab das oft geübt. Aber es geht ganz gut. Ich kann nur jetzt nicht hinunterschauen, weil ich Mateo sofort vor mir sehe.« Liane erinnert sich an gestern: »Im ersten Moment hab ich gedacht, die haben sich beim Umbauplan geirrt und schon für die übernächste Szene hergerichtet, da werden Titanias Kleider hochgefahren, weil sie abreisen will. Aber dann hab ich sein Gesicht erkannt! Das war so, als ob alles rundherum verschwinden würde, kein Geräusch, kein Licht, kein anderes Gesicht. Da war nur noch Mateo und überall Blut. Ist er gestürzt? Ich dachte, wir haben doch gerade miteinander gesprochen, warum steht er denn nicht auf? Wie soll ich da spielen? Er wird mich wieder kritisieren, weil ich alles falsch mache, er muss aufstehen! Dabei konnte er ja nicht mehr aufstehen.«

Liane wandert ziellos auf und ab. Für sie ist die Bühne ein vertrauter Ort, Berger hingegen fühlt sich hier deplatziert.

»Es hat nicht lang gedauert, bis die Hebebühne runtergefahren wurde und er da unten verschwunden ist, aber angefühlt hat es sich wie Stunden.«

Die Putzfrauen auf der Unterbühne unterhalten sich jetzt laut. Ist es Türkisch? Ihr fröhliches Gelächter passt so überhaupt nicht zu dem, was sie da tun. Berger lugt hinunter.

»Die wissen nicht, was sie da putzen.«

»Deshalb hat Alfred ja eine Firma engagiert. Unsere Putzfrau würde das nicht zusammenbringen, die würde nur heulen. Ich glaube, mir wird schlecht.«

»Können wir in Ihre Garderobe gehen?«

Vor ein paar Stunden ist Liane hier in ihrer Garderobe gesessen und dann doch nach Hause gefahren. Danach hat wohl irgendwer die Belüftungsklappen geöffnet, der vertraute Geruch ist weg. Jetzt nimmt der Polizist ihr gegenüber Platz, legt das Handy auf den Tisch und startet die Aufnahme erneut.

»Frau Liane Blau, Sie haben zum ersten Mal mit Herrn Ander zusammengearbeitet?«

Liane nickt, ist jedoch in ihren Gedanken weit weg. Sie betrachtet gerade ihre Hände. Der Glitzernagellack muss weg, ohne Titania ist der ja grässlich. Sie wird die Königin nicht mehr spielen. Was, wenn sie nie wieder auf die Bühne gehen kann? Wenn das gerade eben das letzte Mal gewesen ist, dass sie die Treppe zur Bühne hochgegangen ist? Wenn sie nie wieder in ein Kostüm schlüpfen und nie wieder vor dem Schminkspiegel sitzen würde, wenn sie nie wieder einen Text lernen, nie wieder Regieanweisungen befolgen müsste?

»Ich liebe diesen Beruf, ich würde ihn sehr vermissen«, hört sie sich sagen. Hat der Polizist überhaupt eine Frage gestellt, zu der diese Antwort passt?

»Und trotzdem wollten Sie hinschmeißen?«

»Wieso wissen Sie das?«

»Ihr Kollege, der Herr West, hat das erzählt.«

Liane ist verblüfft. Der Kollege West? Ach ja, nach dem großen Eklat, als Mateo sie angebrüllt hat, ist sie hier vor dem Spiegel gesessen und hat mit Julie gesprochen.

»Julie muss ihm das erzählt haben. Das hat sie erschreckt.«

»Aber Sie sind nicht ausgestiegen.«

»Ich lass mir doch meine Arbeit nicht wegnehmen, nicht von diesem selbstgefälligen Macho!«

Berger sieht die Schauspielerin nicht direkt an, sondern beobachtet sie im Spiegel. Sie sitzt kerzengerade und wählt ihre Worte sorgfältig. *Ist das, weil sie Schauspielerin ist? Wie redet die »normal«?* Irgendwas irritiert ihn enorm, irgendetwas passt bei dieser Frau überhaupt nicht zusammen. Plötzlich denkt er: *Ihr Gesicht! Das ist es.* Ihr Gesicht ist jünger als die Hände. Berger blättert in seinen Unterlagen: Sie ist dreiundsechzig, schaut aber höchstens aus wie fünfzig. Er denkt an seine Frau. Conni erzählt immer, dass ihre Chefin, die Filialleiterin in der Bank, »etwas machen lässt«. Conni meint, dass sie selbst mehr Falten um die Augen hat als die Chefin, die doch zwanzig Jahre älter ist. Hat die Schauspielerin auch »etwas machen lassen«?

»Sie hatten Probleme mit dem Regisseur?«

»Wer sagt das?«

»Alle. Eigentlich alle, mit denen wir bis jetzt gesprochen haben. Herr Ander hat Sie schlecht behandelt.«

»Und? Glauben Sie allen?«

Berger fühlt sich schon wieder deplatziert. »Es ist egal, was ich glaube. Ich stelle Fragen und schreibe auf, was Sie antworten.«

»Wenn ein Mensch durch einen grässlichen Unfall ums Leben kommt, ist es doch völlig egal, wer ihn mochte oder hasste.«

»Na ja. Hass ist ein Motiv für einen Mord, so wie Neid, Rache, Machtgier, Eifersucht und Liebe.«

Vor Liane Blaus innerem Auge tauchen die verletzenden Tiraden des Regisseurs wieder auf. »Er hätte mir seine Kritik unter vier Augen sagen können. Aber Mateo hat mich immer vor versammelter Mannschaft fertiggemacht. Ganz ehrlich? Ja, da habe ich ihn natürlich gehasst.«

Unter dem Garderobenständer mit ihren Kostümen entdeckt Liane einen Schal. Sie hat ihn schon gesucht und gerade jetzt hebt sie ihn auf. Ihre fahrigen Bewegungen weisen sogar Berger auf ihre Nervosität hin, obwohl er kaum Erfahrung mit Befragungen dieser Art hat. Sie begegnet seinem fragenden Blick. »Fragen Sie die anderen, warum er mich so behandelt hat. Ich kann es Ihnen nicht erklären.«

»Wie hat er Sie denn gekränkt? Ich kann mir das gar nicht vorstellen.«

Liane schaut den Polizisten forschend an, so als ob er einer wäre, der nicht Deutsch versteht, und beginnt dann langsam und eindringlich zu erklären: »Er hat mich zum Beispiel gleich am ersten Probentag fünf Stunden warten lassen. Die Regieassistentin hat mir später erzählt, dass Mateo am ersten Probentag nie mehr als drei Seiten Text durcharbeitet, da ist er abergläubisch. Also, er war es. Titanias erster Auftritt erfolgt auf Seite sieben! Und trotzdem musste ich zur Probe kommen. Ich fand's lustig, zuzuschauen, bis mir klar war, dass er überhaupt nicht vorhatte, an diesem Tag mit mir zu arbeiten.«

Liane tigert wieder auf und ab, je mehr sie erzählt, desto wütender wird sie.

»Bei dieser ersten Probe ist Hans bedächtig, mit Schreitschritten in den Raum gekommen, einen Teppich um die Schultern gehängt und eine Krone aus Klopapier um den Kopf geflochten. Er stolzierte auf seinen Thron zu: *King Oberon has entered the Building*. Die anderen Schauspieler sind sofort eingestiegen, haben sich verbeugt und seine Befehle ausgeführt. Den König spielen die anderen, wissen Sie.«

Liane sieht Berger fragend an: Hat er diesen Theatersatz verstanden? Eher nicht. Sie taucht wieder in die Erinnerung ein, die Lichtjahre entfernt scheint, fast wie in ein anderes Leben.

»Hans lümmelt also als Oberon auf seinem ›Thron‹, der Stuhl ist viel zu klein und durch seinen großen Körper völlig zugedeckt. Er blitzt mit seinen bubenhaften, blauen Augen in die eine oder andere Richtung, verstehen Sie? Oberon gibt so seine Anweisungen, anstatt die Diener direkt anzusprechen. Hans hat bei dieser ersten Probe erfunden, dass sein König nicht höflich, nicht despotisch, nicht machtverliebt oder gar schwach ist, nein, sein König ist einfach launisch. Verstehen Sie?«

»Das hat Sie gekränkt?«

Liane schmunzelt. »Nein, nein. Ich hatte tausend Ideen, wie ich als Titania einsteigen würde. Nach drei Stunden warten bin ich dann unrund geworden. Da hatte ich zum ersten Mal den Verdacht, dass der Spielführer das absichtlich macht. Als Lektion für mich.«

»Spielführer? Das ist schon wieder so ein Wort. Was meinen Sie damit?«

Liane lächelt wieder und erklärt, dass sie sich seit Längerem weigert, Männer wie Mateo Regisseur zu nennen. Die nehmen sich selbst viel zu wichtig, schon das Wort sprechen sie so bedeutungsvoll, so selbstverliebt, so besserwisserisch aus. »Räschschschiiiiissör.« Grauenvoll. Regieführen ist für Liane vor allem ein Handwerk. Regisseure, die den Namen verdienen, haben eine Vision von einem Stück, bringen Ideen mit, haben Bilder im Kopf und lassen die Schauspieler den Weg in diese Bilder bis zur Premiere gehen, ohne sie zu terrorisieren. Sie arbeiten gemeinsam daran, die Geschichte zum Leben zu erwecken.

»Die modernen Textzertrümmerer sind für mich höchstens Spielführer. *Hamlet* in der Bahnhofstoilette, *Die schöne Helena* im Fitnessstudio, vor Videowalls, mit Kameras auf der Bühne, lauter Musik, riesigen Neonschlangen, die völlig sinnfrei herumhängen, das alles interessiert mich nicht. Hundert nackte Männer auf der Bühne können einen Moment der Wahrhaftigkeit nicht ersetzen.«

Berger bemerkt, wie zornig die Schauspielerin jetzt gerade ist. »Was ist denn?«, fragt er ganz direkt.

Liane verliert die Beherrschung: »Wissen Sie, was er mir geantwortet hat, wie ich ihm widersprochen habe? ›Pass bloß auf, Lindschal!‹, hat er gespottet. ›Wer nicht mit der Zeit geht, geht mit der Zeit.‹«

Liane bemerkt die großen Augen, die der Polizist gerade macht. Er kennt Schauspieler nicht, er nimmt alles total ernst.

Sekundenschnell reißt sich Liane Blau zusammen und berichtet neutral, wie eine Nachrichtensprecherin. »Am Ende dieses ersten Probentages war ich superangespannt. Er hat mich zehn Minuten vor Schluss nach Hause geschickt, man stelle sich vor, ich habe fünf Stunden gewartet, ohne ein einziges Wort in dieser Probe zu sagen! ›Lindschal, denk doch inzwischen über Titanias königliche Art zu gehen nach. Da würde ich an deiner Stelle mal forschen!‹, hat er mir noch geraten. Irre, oder?«

Liane setzt sich wieder an den Schminktisch, öffnet einen Schuhkarton und legt all ihre Schminkutensilien sorgfältig hinein. »Brauche ich wohl nicht mehr. Wie ein Schulmäderl bin ich mit dem Tipp heimgegangen.«

»Sie meinen das mit der königlichen Art zu gehen? Oder was?«

Berger bemüht sich gerade richtig doll, diese Schauspielerin zu verstehen. Sie hat etwas Faszinierendes.

Sie wendet sich ihm jetzt zu und erklärt ihm die »Schauspielerei«: »Man kann sich einer Figur, also der Königin Titania zum Beispiel, über Äußerlichkeiten annähern. Die Körperhaltung oder die Art zu gehen geben dir eine Form. Wenn du weißt, wie sie geht, weißt du bald auch, wie sie spricht, fühlt und denkt.«

Liane lacht voll Bitterkeit über die eigene Dummheit. »Ich bin in meiner Wohnung auf und ab gegangen und habe den Titania-Gang probiert, so ein Schreiten, den Kopf hoch erhoben. Das fühlte sich gut an, bis ich vorm Spiegel war. Ich hab total lächerlich ausgesehen, wie eine verzweifelte Giraffe.«

Liane fiel der Urwald ein, der die Bühne am Schluss überwuchert. »Ich bin in den Garten, um dort auf den goldenen High Heels der Titania einherzustolzieren und dabei gütig zu lächeln. Nach drei ›Schreitschritten‹ hab ich mich verheddert und bin – tschack – der Länge nach hingeknallt. Gesicht nach unten, in den Gatsch.«

Berger versteht nicht, was Liane ihm erklären will, aber sie ist dabei so aufgeregt und zornig, dass er ihr gespannt zuhört und natürlich bei ihrer Landung im Dreck laut lachen muss.

»Ja, lustig. Ich habe nur leider nie die richtige Art zu schreiten gefunden! Der Spielführer hat mich jedes Mal, wirklich jedes Mal zurückgeschickt und noch einmal auftreten lassen, weil ich in seinen Augen keine Königin war. Verstehen Sie?«

Berger schüttelt nur ratlos den Kopf. Liane erklärt weiter:

»Können Sie sich die Blicke der Kollegen vorstellen, wenn die Probe zum zwanzigsten Mal unterbrochen wird, weil die dämliche Blau nicht richtig gehen kann?!«

Nun ja, Berger kann es sich nicht vorstellen, aber es muss sehr unangenehm sein, denkt er. Liane Blau wirkt aufgewühlt, fast hat Berger das Gefühl, sie trösten zu müssen.

»Irgendwie habe ich die ersten Probentage überstanden, obwohl Mateo permanent an mir herumnörgelte. Zu Beginn hab ich versucht, normal mit ihm zu sprechen. Augenverdrehen und gequältes Stöhnen des übellaunigen Spielführers und ein betretenes Schweigen der Kollegen war alles, was ich geerntet habe. Dann irgendwann wollte ich nicht mehr auffallen, einfach nur mitmachen. Als Hauptdarstellerin, die in den meisten Szenen auffallen soll, im Mittelpunkt stehen und die Handlung vorantreiben muss! Das ist so, als ob ein Koch das Backrohr nicht anschaltet. Wie soll da jemals ein guter Braten fertig werden? Ach, es war schon alles so vertrackt, am Ende der ersten Probenwoche bin ich, in meinem Alter, zum Kleinkind mutiert: ›Ja, Papa Regisseur, hilf mir, sag mir, wie das geht! Danke, wir schaffen das, juhu!‹ Und ich hab mich allen Ernstes gefragt: Ist es vielleicht so, dass eine Schauspielerin erst richtig gut sein kann, wenn sie zuvor kurz und klein gehackt worden ist?«

»Warum? Warum haben Sie sich das gefallen lassen?«, ruft Berger dazwischen. Er denkt an eine Schulung über gute Arbeitsbedingungen und zitiert wörtlich: »Ein toxisches Klima am Arbeitsplatz muss man sich nicht gefallen lassen.«

Nun lacht Liane laut und, wie Berger meint, bösartig. Sie bedankt sich für den netten Hinweis und steht auf. »Gestern, als Mateo zu Tode gekommen ist, war ich im Laufschritt unterwegs zu meinem Auftritt zwischen Tribüne C und D. Ich kann gar nichts dazu sagen. Ich weiß nicht, wie das passiert sein könnte. Das tut mir wirklich sehr leid, aber so ist es.«

Bergers Handy piept. Er ist darüber sehr erleichtert, irgendetwas an dieser Schauspielerin macht ihn unsicher. Vielleicht ist es auch ganz banal die Tatsache, dass sie so alt wie seine Mutter ist. Er steht auf und telefoniert. »Chefin? Wie geht's Ihnen?«

Antonia steht noch neben einem Kollegen am Polizeiposten und schaut in einen Computer.

»Mir geht's eh … Schreiben Sie einen Bericht! Ich schau noch zu der Witwe, die war so verwirrt, heut früh, bis später … ja gute Idee, das Café am Hauptplatz, dort treffen wir uns.«

Antonia hat nach ihrem Einsatz beim Amoklauf noch ein paar Interviews für die Journalisten hinter der Absperrung geben müssen. Dann hat sie Elisabeth Ander angerufen, um sich mit ihr beim Theater zu verabreden. Dabei hat sie erfahren, dass diese inzwischen schon wieder zurück zu ihrer Wohnung gefahren ist und sich mit ihr für später dort verabredet. So war noch Zeit geblieben, beim Polizeiposten vorbeizuschauen.

Sie beendet das Telefonat mit Berger und beugt sich vor. »Da ist die Anzeige, die Gerry Falk wegen Ruhestörung kassiert hat. Von den Studentinnen ist da nichts erwähnt«, erklärt der Kollege gerade.

»Und sonst? Irgendwas mit irgendwem vom Theater? Damit ich nicht wieder blöd dastehe.«

Der Kollege klickt weiter: »Hoppla, Frau Elisabeth Ander!«

Antonia setzt sich neben den Kollegen. »Drucken Sie mir das aus, bitte.«

Elisabeth Ander hievt einen großen Koffer die Kellerstiege rauf, erschrickt heftig und schreit: »Was um Gottes willen machen Sie da?«

Antonia ist durch die offen stehende Haustür eingetreten, hat Frau Ander die Treppe heraufkommen sehen und hat zu leise gegrüßt.

Elisabeth ist zart und klein, aber sehr kräftig. Antonia hat den Eindruck, dass die Frau ganz anders dasteht als am Morgen. *Hat sie sich wieder gefangen?*

»Es tut mir leid, Entschuldigung, ich bin ein bisserl zu früh. Wie geht es Ihnen?«

»Danke, alles bestens.«

Elisabeth schiebt den großen Koffer durch die offene Wohnungstür.

Sie spürt Antonias Blick im Rücken und erklärt: »Wir wären heute abgereist, also packe ich alles zusammen. Ich weiß nicht, wann Mateo beerdigt wird. Aber ich mag hier nicht bleiben.«

Elisabeth sammelt den Hausrat mit zügigen Bewegungen ein und verstaut alles in dem Koffer: Bilder, Gläser, Geschirr, Bücher, Kerzen, Kissen.

Seltsam, was macht sie da?, denkt Antonia. »Ich kann mir vorstellen, dass Sie nach Hause wollen.«

»Nur das nicht. Dort fliegt Mateos Geist um mich herum. Nein.«

Elisabeth steigt auf einen Stuhl, nimmt die Vorhänge ab und verstaut sie ebenfalls im Koffer. Sie begegnet Antonias erstauntem Blick.

»Unsere Wohnung reist mit uns mit und wir leben überall so wie zu Hause. Das gibt ihm Kraft für die Arbeit, Mateo braucht seine vertraute Umgebung.«

»Und Sie?«

»Ich? Ach.«

»Wo wollen Sie denn hin?«

»Ich werde jederzeit erreichbar sein, keine Sorge.«

»Weit weg?«

»Nach Frankreich, in ein kleines Dorf.«

»Ah, verstehe.«

»Nein, Sie verstehen gar nichts. Ich muss irgendwohin, wo Mateo noch nie war.«

Sie spricht anders, ja, sie bewegt sich sogar anders als heute Morgen, denkt Antonia. Elisabeth Ander sprudelt weiter: »Ich bin jetzt allein, das ist so neu für mich.«

Antonia fragt sich, ob die Witwe traurig ist. *Betäubt sie den Schmerz mit Aktivität?* Der erste Koffer ist bereits gefüllt. Elisabeth läuft beinahe zum Kellerabgang, Antonia muss ausweichen.

»Kann ich Ihnen helfen?«

»Nein, danke. Na ja, schon, dann bin ich schneller fertig, kommen Sie.«

Der Kellerraum ist gut ausgeleuchtet, Antonia übernimmt zwei große, leere Taschen, Elisabeth schiebt den nächsten großen Koffer die Treppe hoch. Sie hat offensichtlich die ursprüngliche Ausstattung der Mietwohnung hier heruntergeschafft.

»Wir sind meist zwei, drei Monate an einem Ort. Morgen wären wir nach Zürich gefahren.«

Antonia schaut sich um. Alles sehr sauber und geordnet hier unten. »So einen Keller hab ich ja noch nie gesehen.«

Elisabeth lacht: »Letztes Jahr war's noch anders hier, verdreckt und zugerammelt. Aber dann hatten sie Ratten und das hieß: alles ausräumen, putzen, neu ausmalen und komplett neu einrichten. Jetzt herrscht hier Ordnung, das mag ich.«

Elisabeth lacht ihr helles Lachen. Antonia versteht nicht, was sie so amüsiert. In den Regalen liegen Bilder, Kissen und Vorhänge ordentlich gefaltet nebeneinander. Dann Geschirr, Putzmittel und Tierfallen und ein paar braune, kleine Kartons, auf denen man mit etwas Fantasie Ratten erkennen kann.

In dem Moment rutscht Elisabeth ab und der große Koffer poltert noch einmal die Stufen hinunter. Antonia hilft beim zweiten Versuch und so schaffen sie es, auch den letzten Koffer in die Wohnung zu bringen.

»Ich komme immer zwei Tage vor Probenbeginn und wenn Mateo dann da ist, hat er alles wie zu Hause. Vom Kopfkissen bis zum Whisky für unseren *Good Night Cup*.«

Elisabeth rollt zwei volle Whiskyflaschen in Zeitungspapier und legt sie in den Koffer. »Mateo muss den Kopf frei haben für die Inszenierung. Das versteht jemand, der das Theater nicht kennt, einfach nicht.«

Antonia möchte gerne widersprechen, aber dann überlegt sie es sich anders: »Oh, ich … ja, stimmt.«

Im Flur liegt der weiße Strohhut, den Elisabeth am Morgen so verwirrt in Händen hielt. Jetzt stopft sie ihn in einen großen Plastiksack.

»Ich hab seinen Hut aufgesetzt und tief ins Gesicht gezogen, sonst hätt ich das nicht ausgehalten. Wie die mich anstarren, im Café. Aber sollen sie tratschen.«

Elisabeth steckt nun auch Jacken und Mäntel ihres Mannes in den Plastiksack.

»Auch wenn Sie das herzlos finden, aber ich nehme seine Kleider nicht mit. Seit dreißig Jahren habe ich seine Koffer gepackt. Jetzt nimmer.«

»Hat er denn auch Ihre gepackt?«

Elisabeth hält inne und muss wieder herzlich lachen. »Mein Mann? Kofferpacken?«

Die Vorstellung amüsiert Elisabeth über die Maßen. Antonia entdeckt eine halb leere Whiskyflasche auf dem Küchentisch, daneben ein halb volles Glas.

»Ich hab Ihren Mann leider nicht gekannt.«

»Ja natürlich, sonst würden Sie so was gar nicht fragen. Mateo ist ein genialer Regisseur. Der macht doch nicht den Haushalt.« Nun verstaut Elisabeth auch noch Schuhe ihres Mannes im Plastiksack.

Antonia hat am Seminar einer Trauerberaterin teilgenommen, die den Polizisten über Gefühle und Wünsche von Hinterbliebenen berichtete. Das sind die Menschen, an deren Türen Polizistinnen wie Antonia anläuten müssen, wenn jemand gestorben ist. Jemand, der geliebt wurde, der wichtig war, jemand, der nicht einfach weg sein darf. Die Hinterbliebenen hören oft gar nicht, was man ihnen sagt. Manchmal werden die Polizisten beschimpft. Die Überbringer der schrecklichen Nachricht werden gehasst. Das ist oft gar nicht so leicht zu verkraften. Man bewältigt diese Aufgabe besser, wenn man weiß, was die Betroffenen empfinden. Dem Seminar zufolge dauert es oft sehr lang, bis Witwen Kleider und Schuhe des Ehemannes weggeben können. Elisabeth ist kein Beweis für diese Theorie.

»Seine Sachen ohne ihn machen mir Angst. Ich glaub dann, er kommt gleich nach Hause. Aber das ist ja vorbei. Wir sind nicht mehr wir. Ach, wir sind ja schon lang nicht mehr so, wie wir waren. Das Schicksal setzt den Hobel an … Entschuldigen Sie, das ist ein Zitat.«

»Das *Hobellied* von Nestroy«, meint Antonia.

»Von Ferdinand Raimund, Sie kennen es?«

Antonia nickt.

»Hat sich Ihr Mann denn in letzter Zeit verändert?«

»Ja schon.«

»Die Mitarbeiter berichten von Wutausbrüchen und Schreiereien.«

Elisabeth lächelt und deutet: in ein Ohr rein, beim anderen wieder raus.

»Man darf das nicht so ernst nehmen. Er wütet ja am meisten gegen sich selbst. Er hasst diesen alten Mann, dem er im Spiegel begegnet.«

»Die Theaterleute nennen ihn Terrorist oder Tyrann.«

»Er hat halt keine Zeit mehr verschwenden wollen. Schauspieler sind oft so schlicht und können nicht mitdenken.«

»Sie waren immer bei den Proben, ich meine, haben Sie da viel mitgeredet?«

»Bei seiner Arbeit mit den Schauspielern? Nein. Ich sitze dabei, höre zu und später dann, zu Hause unter vier Augen, sprechen wir die Szenen durch.«

»Sie sitzen immer hinter ihrem Mann.«

»Ja? Und? Ich rede nie direkt mit Schauspielern. Das ist Mateos Provinz.«

»Sind Sie auch sonst immer dabei? Bühnenbildbesprechungen, Kostüme und so?«

»Ja. Ich kenne die Produktion in- und auswendig.«

»Mir wurde gesagt, dass Sie Julie Marte für die Rolle in *Sommernachtstraum reloaded* engagiert haben.«

Diese Frage ist wie Sand im Getriebe, Elisabeth geht in die Küche, nippt am Whiskyglas und versinkt in Gedanken, so als ob sie alleine wäre.

Antonia schielt auf ihr Handy: eine Nachricht von Berger. Er wartet schon im Café! Dann klickt sie rasch weiter, der Newsticker versorgt sie immer mit den aktuellen Nachrichten. Sie klickt Live-TV an. Antonia starrt plötzlich auf das Display: Sie ist in den Nachrichten.

In Alfreds Wohnzimmer laufen diese Nachrichten ebenfalls. Seine Kinder sind heute zu Besuch, er kocht gerade mit ihnen, das lieben sie. Sie dürfen sich immer ein Gericht ausdenken, gehen dann zusammen einkaufen und kochen mit dem Papa. Sein ältester Sohn schüttet gerade die Nudeln ins kochende Wasser, seine kleine Tochter zerkleinert eine Hawai-Ananas und der Mittlere schneidet Würstchen klein.

Wie dieser »Supersugo« schmecken wird, wissen sie nicht, aber das ist auch egal. Alfred hat die Kinder so selten, er will jede Minute intensiv nützen, damit sie ihn nicht vergessen. Wenn die drei wieder weg sind, muss er sein Herz zuschließen. Er vermisst sie dann sehr. Immer wenn die Kinder kommen, holt Alfred auch seine Mutter aus dem Seniorenheim. Eine liebenswürdige, alte Dame, leider komplett dement. Sie erkennt niemanden mehr.

Aber irgendwie nimmt sie ihre Enkelkinder doch wahr, meint ihr Sohn.

Sie hat die bunten Fernsehbilder so gern, die beruhigen sie und deshalb läuft der Fernseher, ohne Ton. Die Kinder warten darauf, dass der Papa ihr Sugo noch würzt, aber Alfred hält plötzlich inne: Er sieht Antonia Ranik beim Fernsehinterview. Sie wirkt müde, gerade deutet sie auf den Maringer Hof und stellt sich auf die Zehenspitzen, um besser zum Hoftor zu sehen. Alfred dreht rasch lauter.

»Wir haben nicht damit gerechnet, dass er ein Maschinengewehr hat. Erst wie ich direkt am Fenster gestanden bin, hab ich es gesehen.«

»Wer ist das, Papa?«

»Eine Polizistin.«

Antonia klickt das Interview vom Handydisplay weg. Es ist so seltsam, sich selbst zu sehen.

Aus Elisabeths Küche hört sie Geschirrgeklapper. Antonia steht allein im Wohnzimmer der Anders. Ihr

Blick wandert durch den leeren Raum. Auf dem Tisch türmen sich Zeitschriften, zuoberst liegt eine dunkelrote Mappe mit goldener Aufschrift:

Liebeselfen – Theaterstück von Gerry Falk.

Plötzlich steht Elisabeth mit zwei vollen Whiskygläsern hinter Antonia: »Möchten Sie das lesen?«

»Oh, Entschuldigung, ich wollte nicht ...«

»Nein, nein. Gerry hat es geschrieben.« Elisabeth lacht. »Wissen Sie, jeder Schauspieler schreibt ein Stück. Vor allem die Erfolgreichen glauben, dass sie es besser können.«

»Und?«

»Der kleine Dicke wollte auch noch selbst Regie machen! Ich meine, das ist doch ein Beruf! Mateo hat ihn davor bewahrt, sich zu blamieren.«

»Wie?«

»Er hat ihm ganz direkt gesagt, dass dieses Stück niemals aufgeführt werden wird. Es ist schlecht. Die Wahrheit ist dem Menschen zumutbar. Übrigens, das hier ist mein Altpapierstapel. Ich schmeiße es ohnehin weg. Lesen Sie kurz rein, dann verstehen Sie, was ich meine.«

Antonia steckt die Mappe in ihren Rucksack.

»Warum haben Sie Julie Marte engagiert, warum nicht Ihr Mann?«

»Mateo telefoniert nicht. Julies Vorsprechen war eine Katastrophe. So was habe ich noch nie erlebt, aber ich denke, sie hat unsere Aufregung gespürt und war verunsichert. Diese Rolle ist ein Geschenk, die muss sie spielen, auch weil sie dann endlich in der Nähe ihres Vaters ist.«

Antonia kann sehr gut mitdenken, wenn sie so konzentriert zuhört, aber hier streikt ihre Aufnahmefähigkeit.

»Ihres Vaters?«

»Ja, Julie ist Mateos Tochter.« Elisabeth wechselt wieder in den seichten Plauderton von vorhin und reicht Antonia ein Whiskyglas. »Probieren Sie, das ist ein sehr alter Schotte. Mein Mann hatte eine kurze Affäre mit Julies Mutter, Oda Marte, ein kleiner Ausrutscher, nicht die große Liebe, einfach ein bisschen Spaß mit einer Fremden. Und dann war die schwanger. Er wollte für seine Tochter sorgen, er wollte sie aufwachsen sehen und für sie da sein. Nur mit ihrer Mutter zusammenleben wollte er nie.«

Antonia sieht Elisabeth fassungslos an und denkt: *Wie kann sie so über ihren Mann reden?*

Elisabeth antwortet, als ob Antonia die Frage nicht nur gedacht hätte.

»Oda war enttäuscht und ist vor der Geburt nach Frankreich ausgewandert. Dort nannte sie die Tochter Julie. Sie hat Mateo jeglichen Kontakt mit Julie verboten und dem Mädchen eine Fantasiegeschichte über den Vater aufgetischt.«

Elisabeth trinkt, Antonia nippt am Glas und versucht, die Geschichte im Fluss zu halten: »Sie muss also nach Österreich zurückgekommen sein.«

Elisabeth lächelt. »Da war Julie zehn, ja, dann war's leichter, sie zu beobachten, bis sie erwachsen war. Mateo ist sehr glücklich, dass sein Zauberwesen Schauspielerin geworden ist.« Elisabeth lacht wieder glucksend. »Dass niemandem die Ähnlichkeit zwischen den beiden auffällt!«

Antonia stellt die wesentliche Frage: »Weiß sie es?«

»Nein. Das Märchen ihrer Mutter über den französischen Vater, der bei einer Expedition in Südamerika verunglückte, ist so wichtig für Julie, das wollten wir nicht zerstören. Mateo konnte mit ihr zusammen sein, das hat ihm so viel bedeutet.«

Antonia hat vorhin beim Altpapierstapel den Regisseur auf dem Cover eines Magazins gesehen. Sie lässt ihren Blick jetzt wieder dorthin schweifen und staunt: »Er schaut wirklich wie Julie aus.«

»Umgekehrt.«

»Ich verstehe nicht.«

»Sie sieht aus wie er. Dass sie das nicht bemerkt, na ja, sie ist mit anderen Dingen beschäftigt. Wir haben auch große Freude mit ihrer Liebesgeschichte.«

»Zwischen ihr und Ignaz.«

»Ist das nicht süß? Die sind so verliebt. Ignaz ist durch diese Beziehung in sich selbst angekommen. Wir kennen den jungen Mann einige Jahre, mit Julie wird's besser. Für ihn.«

Antonia versteht nicht genau, was Elisabeth damit meint. Sie spürt nur, dass es da einen Widerstand in Elisabeth gibt. Sie scheint Ignaz von sich wegzuschieben. Insgesamt ist die Stimmung im Raum spooky. Antonia zählt die Quadrate auf dem Teppich. Das funktioniert als Brücke zur Wirklichkeit.

»Von mir erfährt Julie nichts. Aber darf ich Sie nach Julies Mutter fragen?«

Elisabeths Mine verfinstert sich. »Oda Marte, ja, Julie hätte eine bessere Mutter verdient.«

Antonia schielt auf ihr Handy: fünf Anrufe von Berger. Der arme Kerl sitzt im Café und wartet. Die Zeit vergeht so schnell, Antonia müsste los, aber sie kann jetzt einfach nicht weg. Sie hat Angst, dass Elisabeth später nicht mehr so offen und ehrlich zu ihr sein wird.

Nicht mal ein SMS kann sie schreiben, sie bleibt mit der vollen Aufmerksamkeit bei Elisabeth, die ihr Glas leert und nachschenkt. Sie prosten einander zu und Antonia taucht ihre Zunge in den Whisky, während Elisabeth nach einem großen Schluck fröhlich weiterredet.

»Oda versteht nichts vom Theater, nichts vom Beruf ihrer Tochter. Julie ist eine besondere junge Frau, die eine besondere Zeit durchlebt. Ach, ich hätte ihr gerne alle Zusammenhänge erklärt. Aber es ist sicher besser so.«

Antonia hat die ganze Zeit versucht, Elisabeth in ihre Sicht der Welt nachzufolgen, deshalb fragt sie jetzt: »Wie ist es, eine Tochter zu haben, ohne selbst Mutter zu sein?«

»Wir reden viel miteinander. Julie ist so verliebt, sie könnte permanent über Ignaz sprechen. Normalerweise tut sie das ja mit ihrer Mama. Aber Oda verschwindet jedes Jahr für acht Wochen in ein Schweigeseminar. Ohne Internet, Mobiltelefon oder Zeitungen, sie spricht nichts in dieser Zeit. Können Sie sich das vorstellen? Nicht sprechen? Auch wenn das Kind dich braucht!«

»Na ja, Julie ist erwachsen.«

Irgendetwas macht Antonia unrund. Elisabeths demonstrative Betulichkeit ist so typisch für eine kinderlose Frau. Antonias Tochter hat auch oft ohne die Mutter auskommen müssen. *Und, hat ihr das geschadet? Nein.*

»Oda war schon im Schweigeseminar, als wir Julie engagiert haben, und sie war noch nicht zurück, als die Liebesgeschichte mit Ignaz begonnen hat. Das alles hat die Mutter nicht gewusst. Und jetzt ist sie im Krankenhaus und entzieht sich wieder ihrer Verantwortung als Mutter.«

»Warum ist Oda Marte im Krankenhaus?«

»Angeblich das Herz. Ich glaub das aber nicht!«

»Weil die Mutter nicht da war, hat Julie sich also Ihnen anvertraut«, schlussfolgert Antonia.

»Ja, sie hat jemanden gebraucht, mit dem sie über ihre Gefühle zu Ignaz reden kann«, erklärt Elisabeth.

Warum erzählt sie mir das? Antonia wird nicht schlau aus Elisabeth. Julie vertraut der Frau offensichtlich, aber sie hätte sich ihr gegenüber sicher nicht so geöffnet, wenn sie gewusst hätte, warum sie die Rolle wirklich bekam. *Warum werde ich jetzt eingeweiht? Das ist zu intim!*, denkt Antonia. Dass ein Mann Kontakt zu seiner Tochter haben will, ist ja noch nachvollziehbar. Aber dass er mit der Tochter so eng zusammenarbeitet, ohne sich als ihr Vater zu erkennen zu geben, ist doch sehr unsympathisch. Antonia darf jedoch nicht bewerten oder emotional Anteil nehmen. *Eigene Gefühle haben in einem Fall nichts zu suchen, Toni!* Sie versucht, die verschiedenen Informationen der Witwe einzuordnen. Und stellt dann fest: »Julie hat unmittelbar nach Mateo Anders Tod laut geschluchzt, habe ich gehört. Ich selbst habe sie weinen gesehen. Das heißt doch, sie weiß, dass er ihr Vater war.«

»Sicher nicht«, empört sich Elisabeth.

»Aber er könnte es ihr doch gesagt haben, glauben Sie nicht?«

»Nein! Schauen Sie, wir wären heute abgereist«, entgegnet Elisabeth aufgebracht. »Morgen beginnen die Proben in Zürich. Mein Mann hatte keine Zeit für eine Tochter. Sie hat so geweint, weil sie sehr empfindsam ist.«

Da war es wieder, dieses »Unangenehm-berührt-Sein« in Antonia.

Doch Elisabeth ist nicht zu stoppen: »Außerdem gibt es noch ein wichtiges Detail in dem Drama. Die schöne Tochter hat eine Mutter und die hat ihr Kind ein Leben lang angelogen. Hatten wir das Recht, diese Geschichte zu zerstören?« In Elisabeths Stimme war ein leiser, spöttischer Unterton.

Antonia wendet ein: »Aber Julie hat ein Recht auf die Wahrheit.«

»Mateo hat bezahlt, wozu er verpflichtet war, und er hat den Wunsch der Mutter respektiert. Außerdem ist er verheiratet und hat einen anstrengenden Beruf. Wir sind Vagabunden.«

Antonia unterbricht Elisabeth und ist selbst überrascht, wie ungehalten sie ist.

»Und was ist mit Ihnen?«

»Mit mir?«

»Sie klingen wie die Verkäuferin an der Wursttheke im Supermarkt. Dabei waren Sie mit dem Mann verheiratet, als Julie entstanden ist, er hat Sie betrogen. Waren Sie nicht verletzt?«

»Mateo hatte eine Nacht lang Spaß, das ist doch kein Drama.«

»Weil Ihr Mann Sie schon damals immer wieder betrogen hat?«

»Na und?«, ist Elisabeths verwirrende Antwort.

Antonia betrachtet das schöne Gesicht dieser rätselhaften Frau. Ihre Antworten sind immer überraschend. Jede andere Frau hätte den fremdgehenden Ehemann zumindest mit einer Spitze über seine unbeherrschbare Triebhaftigkeit bedacht. Elisabeth hingegen ist gelassen:

»Ich war erleichtert, als ich ihm draufgekommen bin. Endlich hat er es auch gemacht.«

Sie lächelt milde und prostet Antonia noch einmal zu. Elisabeth trinkt rasch, ist schon ein bisschen betrunken und fährt mit warmer Stimme fort: »Als junge Ehefrau bin ich viel herumgeflogen mit den Männern. Ich hab Mateo damals oft betrogen.«

»Und später?«

»Was?«

»Später ist nur mehr er fremdgegangen?«

»Wie schon gesagt: Na und? Sie glauben sicher auch, dass ich furchtbar leide. Aber ich bin gerne die Betrogene, weil es mich entspannt. Ich mag Sex nicht mehr.«

Elisabeth verstaut die Zeitschrift mit ihrem Mann auf dem Cover nun doch im Koffer. Antonia nutzt die Gelegenheit und gießt den Whisky in den Topf eines Gummibaumes. Draußen wird die Sonne sehr bald hinter dem Wald verschwinden. Die blaue Stunde, die Mateo so geliebt hat, wird bald anbrechen.

»Ich weiß gar nicht, wie das Leben ohne ihn wird«, sagt Elisabeth mit veränderter Stimme.

Sie drückt ihr Knie auf den Kofferdeckel, lässt die Schlösser klicken, hebt den Koffer auf die Rollen und schiebt ihn in den Flur. Die Polizistin scheint sie vergessen zu haben und beschließt mit sich selbst: *Ich mach mir jetzt eine Eierspeis.*

Elisabeth schließt die Küchentür hinter sich, direkt vor Antonia, die ihr nachgehen wollte.

»Frau Ander? Ich wollte Sie noch fragen, wie es letztes Jahr zu dieser Anzeige gegen Ihren Mann gekommen ist.«

Elisabeths Stimme gellt durch die geschlossene Tür: »Ich bin sehr müde und hungrig. Lassen Sie mich in Ruhe!«

Das Café am Hauptplatz wird um achtzehn Uhr geschlossen. Berger steht davor, steigt von einem Fuß auf den anderen und schaut zur Kirchturmuhr hoch. Er ist hin- und hergerissen zwischen Sorge und Grant. Wenn er wenigstens nicht zu rauchen aufgehört hätte!

Er erblickt ein Auto und regt sich auf: *Welcher Idiot fährt da in die Fußgängerzone! Das gibt eine schöne Anzeige, mein Herr.* Das Autofenster öffnet sich.

»Es tut mir wahnsinnig leid, Kollege, steigen'S ein, bitte.«

Er steigt ein. Wieder wird er vorwurfsvoll klingen, obwohl er das gar nicht will. Wenn die Chefin ihn zwei Stunden warten lässt, ist das halt so. Es könnte ja auch regnen.

»Wo kann man hier was essen? Ich hab ein Loch im Bauch.«

»Fahren wir zur Tankstelle, das geht am schnellsten.«

Antonia fährt los und die Zeit vergeht wieder für beide gleich schnell.

Früher gab es fünfzehn Gasthäuser in der Kleinstadt, die meisten haben in den letzten Jahren aufgegeben und das *Gasthaus zum Hausknecht* hat heute Ruhetag.

Die Tankstelle hat sich deshalb als inoffizieller Treffpunkt etabliert. Als Berger und Antonia eintreten, richten sich alle Blicke auf Antonia, die in Zivil gekleidet ist und von einem Polizisten begleitet wird. Vielleicht wird sie auch erkannt, weil ihr Gesicht in den Nachrichten gezeigt wurde. Sie ist aber so müde und hungrig, dass sie sich nicht um die neugierigen Blicke kümmern mag. Sie bestellt Würstel, die beiden gehen zu einem Stehtisch.

»Schad, dass ich nicht mit war«, meint Berger.

»Die Witwe hätt dann nicht so viel erzählt, fürchte ich.«

»Weil Sie ihr Vertrauen gewonnen haben, so von Frau zu Frau?«

Antonia übergeht Bergers spöttischen Ton, den hätte sie ihm gar nicht zugetraut. *Es ist ein Fehler, Toni, die Leute zu schnell zu beurteilen. Du übersiehst dann so viel.*

Berger hat recht, sie hat auf diese Vertrauensmasche gesetzt und ist überrascht, wie gut die Witwe darauf eingestiegen ist. Aber jetzt konzentriert sie sich auf andere Dinge.

»Was war da mit der Witwe und Haberle?«

»Ich versteh Sie nicht.« Berger steht auf der Leitung.

»Sie haben mir doch am Telefon berichtet …«

»Ach so, ja, Hans Haberle und die Witwe wirken sehr vertraut auf mich. Er hat heute Vormittag, als sie beim Theater war, den Arm um sie gelegt. Ich hatte den Eindruck, er tröstet sie.«

»Hm, seltsam. Kann ich jetzt auch nicht einordnen. Und sonst?«, fragt Antonia.

Berger berichtet von Ignaz' Befragung und was er über seine Eltern gegoogelt hat.

»Die zwei Professoren haben einen Verein für armutsgefährdete Kinder. Schauen Sie, das ist ein Foto von der Familie.«

»Jössas, Ignaz West sieht seiner Mutter sehr ähnlich.«

»Er war Hochleistungssportler.«

»Aha?«

»Er wollte dann aber Schauspieler werden und hat sich umbenannt. Er sagt, viele Schauspieler haben Künstlernamen. Komisch, oder?«

»Schauen Sie sich den Verein der Eltern an. Wer sind die Mitglieder? Wie finanzieren sie den Verein? Was genau machen sie da? Ist der Sohn dabei? Und können Sie bitte auch Liane Blau noch genauer anschauen? Bei ihr ist es leichter, etwas herauszufinden. Über sie gibt's viel im Netz, sie ist oft in den Medien. Wie lebt die eigentlich? Ich hab das Gefühl, dass sie den Regisseur von früher kennt. Das wäre auch interessant.«

»Finden Sie?«

»Natürlich. Wobei, finden tu ich persönlich nichts. Es hat mich zu interessieren.«

»Was?«

»Man nennt das Ermitteln.«

»Das kann ich nicht, ich bin ein einfacher Streifenpolizist.«

»Sie sind in meinem Team und entwickeln sich weiter. Man lernt nie aus oder wie heißt das?«

Berger schüttelt missmutig den Kopf. Antonia lässt ihn in seinem Grant schmoren und genießt ihre Würstel, bevor sie kalt sind. Kauend provoziert sie ihn: »Wollen Sie nicht auch ein bisserl weiterkommen? Ein bisserl Abwechslung schadet nicht. Ein bisserl die Karriereleiter raufklettern? Bisserl mehr verdienen? Wäre das nix?«

»Geh, hören'S doch auf.«

Nach einer langen anstrengenden Pause stellt Berger fest: »Die Befragungen müssen Sie durchführen. Diese Schauspieler sind so komisch. Ich verstehe sie einfach nicht, die Gaukler … ja genau, Gaukler hats g'sagt.«

»Kollege?«

»Die Regieassistentin, diese Äni, nennt die Schauspieler ›Gaukler‹, die haben alle diese Sehnsucht, auf die Bühne zu gehen. ›Wenn man nicht in dem Spital krank ist, kann man das nicht verstehen‹, sagt sie.«

»Krank sind die, aha.«

»Na ja, sie sagt so: ›Welcher erwachsene Mann legt sich einen Teppich um die Schultern, setzt eine Krone aus Klopapier auf und stolziert damit herum wie King Charles bei einer Parade vor dem Buckingham Palace? Das versteht man nur, wenn man auch das Schauspielergen hat.‹ Also, ich verstehe es jedenfalls nicht.« Berger lacht. »Sie ist sehr nett, diese Äni. So ernsthaft. Die arbeitet rund um die Uhr, sie will selber Regie machen und weiß jetzt nicht, wie's weitergeht. Wenn die Vorstellungen abgesagt werden, steht sie plötzlich ohne Job da. Das ist schon hart.«

»Die hat Sie ja ganz schön beeindruckt«, bemerkt Antonia.

Berger lächelt verlegen.

»Sie ist hübsch und sehr gescheit. Vü g'scheiter als i.«

»Sie wissen schon, dass die vom andern Ufer ist.«

Berger zieht die Stirn in Falten.

»Die steht auf Frauen, tut mir leid.«

»Und ich bin verheiratet und werde meine Frau heute wieder nicht sehen. Und mir reichts jetzt ein bisserl. Warum soll ich überhaupt ermitteln? ›Unglücklich gestürzt‹ werden wir am Schluss in den Bericht schreiben, so schaut's aus, Frau Chef.«

»Dienstschluss, Berger.« Antonia ist todmüde.

Wenig später lässt sich Antonia von Berger am Hauptplatz absetzen. Den Spaziergang durch die Fußgängerzone hat sie sich verordnet. So viele Eindrücke wollen geordnet werden.

»Hallo, Nachtvogel!« Die Stimme kennt sie. Alfred Militsch, wie schön.

»Was machen Sie hier?«

»Dasselbe wie Sie, Frau Bezirksinspektor, heimgehen. Wir haben die Pressekonferenz vorbereitet. Der Bürgermeister stellt den Stadtsaal zur Verfügung. Wir brauchen viel Platz. Die Medien sind geil auf die grauslichen Details vom Tod auf der Unterbühne.«

Die beiden gehen nebeneinander. Antonia sieht Alfred an. Es ist schön, ihn zu treffen, am Ende eines völlig verrückten Tages. Sie meint: »Ich muss noch ein bisschen gehen.«

»Darf ich jetzt Sie beschützen?«

»Können Sie das? … Ah ja.«

Antonia deutet auf ihr Kinn, wo Alfreds Faust gestern Nacht gelandet ist. Sie hat das Gefühl, als ob diese »Begegnung« schon viel länger her ist. Alfred erinnert sich nicht so gern daran.

»Das wollt ich nicht, ehrlich, es tut mir so leid.«

Antonia streicht über ihr Kinn, da ist ein Hämatom, das wird erfahrungsgemäß dunkelblau.

»So ein präziser Schlag ist kein Zufall.«

»Kickbox-Training.«

»Echt? Passt gar nicht zu Ihnen.«

»Is auch nicht meins. Aber ich kann's halt.«

Sie gehen weiter. Antonia hält kurz inne und stellt fest: »Wahnsinn.«

»Was?«

»Ich hätt heute sterben können.«

»Es war in den Nachrichten. Sie sind eine Heldin.«

Antonia muss lachen, eine Heldin? Wie sie da in der kugelsicheren Weste auf das Küchenfenster zugegangen ist, hat sie sich gar nicht heldinnenhaft gefühlt, sie wollte weglaufen. Sie ist nur weitergegangen, weil alle Polizisten zugeschaut haben. Diese Mischung aus Ehrgeiz, Stolz und Pflichtgefühl, die man in der Ausbildung entwickelt, war tatsächlich stärker als der Wunsch, wegzulaufen. *Ich riskier mein Leben, weil das mein Job ist!*

Vor dem Küchenfenster dachte sie: *War mein Leben gut? Wenn der mich jetzt erschießt, weil er halt die Waffen hat und sich angegriffen fühlt, kann ich dann sagen, mein Leben war gut?*

Darauf hatte sie keine Antwort, spürte aber den brennenden Wunsch, nicht gerade jetzt sterben zu müssen. Sie entgegnet Alfred: »Ich bin keine Heldin, überhaupt nicht.«

Die beiden spazieren rund um den historischen Stadtkern, da stehen Parkbänke. Alfred setzt sich auf eine der Bänke. »Der Karl hätte nicht auf Sie geschossen.«

»Kennen Sie ihn?« Antonia setzt sich zu ihm.

»Natürlich, alle kennen den. Sie haben ihm ja nix getan, der hätt nie auf Sie geschossen.«

»Er hat ein Maschinengewehr in der Küche stehen, echt jetzt. Der hätt uns alle einfach niedermähen können.«

»Nein, ich glaube das würde er nie … Gut, dass Sie … dass Sie leben.«

Die Kirchturmuhr schlägt zehn Mal, der Mond ist fast voll.

Alfred seufzt sich eine Sorge von der Seele.

»Was ist?«

»Wegen morgen.«

Antonia hat gerade Alfreds Hände angeschaut. Sie sind kräftig und schön. *Der kleine Finger eines Mannes ist wie sein Johannes. Oh Gott! Was denk ich da?*

Sie wendet sich ab und konzentriert sich auf den Sternenhimmel, während er über seine Sorgen spricht: »Ich fürchte mich vor den Journalisten, was die fragen werden! Das war vorhin schon so deprimierend. Über hundert Leute sind trotz aller E-Mails und Nachrichten zur Premiere gekommen. Wir mussten sie heimschicken und morgen ist dann der große Abschied von den Schauspielern.«

»Was wird aus dem Theater?«

»Nix. Es wird zugesperrt.«

Antonia fröstelt ein wenig. Alfred legt ihr seine Jacke um. Sie denkt: *Alles war bereit für die Premiere. Der ganze Aufwand, für nix*?

»Die Produktion ist doch fertig.«

»Ja, klar«, nickt Alfred.

»Wieso übernimmt die Regieassistentin nicht? Die weiß doch alles.«

Alfred sieht Antonia prüfend an, sie erklärt, was sie meint: »Die Generalprobe hat bis zur Pause funktioniert, man könnte eine normale Premiere spielen. Die Arbeit des Regisseurs ist doch fertig, oder?«

»Wir brauchen ihn nicht mehr, stimmt.«

Antonia fröstelt wieder. »Is dir nicht kalt?«

»Nein.«

Er legt den Arm um sie und zieht sie näher an sich heran. »Komm her.«

Antonia lächelt, es ist schon eine Zeit her, dass sie sich an einen Mann angelehnt hat, aber es fühlt sich gut an. Sie kehrt gedanklich zum Thema zurück: »Ganz blöd gefragt: Wem gehört das Stück rein rechtlich? Der Intendantin? Dem Theater? Dem Regisseur? Er hat eine moderne Fassung von *Sommernachtstraum* geschrieben, also hält er die Rechte daran, stimmt's?«

»Ja«, bestätigt Alfred. »Die Witwe muss der Aufführung auf jeden Fall zustimmen, würde ich sagen. Die erbt seine Rechte.«

Antonia sieht, wie die Idee in Alfred zu arbeiten beginnt. Er denkt schon weiter.

»Wie verkauft man das? Was erzählen wir den Leuten? Die Zuschauer müssen ja zurückkommen und abgesehen davon müssen auch die Schauspieler … Wir müssten das vor der Pressekonferenz entscheiden …«

Plötzlich spürt Alfred, dass Antonia gleichmäßig atmend an seiner Schulter einschläft. Er hält sie fest und küsst sie auf die Stirn. Eine überaus attraktive Frau, die ganz entspannt in seinem Arm liegt, die Strenge, die immer im Gesicht der Polizistin zu lesen ist, hat bei der schlafenden Frau Pause. Er stiehlt sich einen Kuss. Auf die Lippen. Antonia erwidert den Kuss schlaftrunken, ehe sie aus dem Träumeland auftaucht. *Ach.*

Sie lassen es beide dabei, stehen auf. Antonia lächelt: »Du musst mich nicht nach Hause bringen.«

Alfred streicht ihr eine Haarsträhne aus der Stirn. »Schlaf gut.« Und jeder geht in seine Richtung davon.

Erst im Hotelzimmer bemerkt Antonia, dass sie noch seine Jacke um die Schultern hat. Gut, dann muss sie ihn anrufen. Sie lässt sich aufs Bett fallen und freut sich aufs Schlafen. Kurz nach Mitternacht erwacht sie aber wieder. Sie hat wirr geträumt. Das Bild des toten Regisseurs und die blassen Gesichter der Theaterleute vor ihrem inneren Auge machen sie wieder hellwach. Schlafen kann sie später. Sie geht hinunter in die Hotellobby zum Empfang, nur im Licht ihres Handydisplays betritt sie den Raum hinter der Theke. Na, bitte sehr! Dort findet sie alles, was sie braucht.

Antonia ist nicht die Einzige, die sich die zweite unruhige Nacht um die Ohren schlägt. Hans Haberle, zum Beispiel, ist allein in seiner Theaterwohnung. Er hat längst aufgegeben, dem Schlaf hinterherzujagen. Der von vielen Vorstellungen gegerbte Schauspieler, der die Berg- und Talfahrten der Befindlichkeiten von Gauklern vor einer Premiere nur zu gut kennt und dabei recht gelassen bleibt, dieser Riegel von einem Mann ist seit dem Vorfall bedrückt und verunsichert. Er fühlt sich einsam, er vermisst seine Frau. Und er stellt sich vor, was jetzt kommen wird. Mateo wird bald beerdigt werden müssen. Hans war schon auf vielen Begräbnissen. Da nimmt man gerührt, ergriffen oder still Abschied von den Verstorbenen. Man hat ihre Gesichter auf netten Fotos vor sich. Aber so direkt nach dem Sterben hat Hans noch nie einen Toten gesehen.

Vor der Generalprobe, als Mateo die Ansprache an seine »Kämpfer« hielt, war Hans noch so wütend gewesen, ja, er gesteht es sich jetzt ein. Er hätte Mateo in diesem Moment gerne seine Faust in den Bauch gedroschen. Damit der spüren sollte, wie oft er seine Kämpfer gekränkt hat. Aber Hans hat seine Fäuste in die altenglisch-shakespearische Pluderhose vergraben, ein gekünsteltes Lächeln aufgesetzt und Mateos Rede über sich ergehen lassen. Er ist kein Schläger. Aber er fragt sich jetzt, ob irgendein anderer aus der Truppe hingeschlagen haben könnte.

Hans holt ein Sixpack Bier, ein paar Flaschen Weißwein und Mineralwasser aus dem Eiskasten und stellt alles klirrend auf dem kleinen Tisch im Vorgarten der Wohnanlage ab. Kurz darauf erscheinen auch Ignaz und Julie und setzen sich auf die Sitzgruppe.

So haben sie es während der Proben auch oft gemacht. Das Klirren der Flaschen war das Zeichen für die Kollegen. Als Hans mit Gläsern zurückkommt, haben Ignaz und Julie schon zwei Bier geöffnet.

In den lauen Nächten nach langen Proben ist die Truppe hier auch häufig zusammengekommen. Gerry brachte jedes Mal »Futter« mit, einige Tüten Knabberzeug, die alle hassten und doch verschlangen, ehe der Mond über den Horizont glitt.

Nun sitzen Ignaz und Julie nebeneinander und vergessen, dass sie ihre Liebe vor neugierigen Blicken beschützen wollen. Gerry kommt wie immer mit »Proviant« dazu, die Kollegen von der Handwerkertruppe in *Sommernachtstraum reloaded* tauchen ebenfalls im Vorgarten auf und bringen noch mehr Bier mit.

Eine sanfte, leise Stimme sagt: »Guten Abend.«

Elisabeth steht mit ihrem halb vollen Whiskyglas in der Gartentür und schaut lächelnd in die Runde. Hans bittet sie an den Tisch: »Komm doch.«

Mit Mateo ist sie nie herübergekommen. Aber jetzt ist sie ja allein.

Wie immer, wenn alle schon versammelt sind, kommt Liane mit einer Wasserflasche. Jedes Mal will sie keinen Alkohol trinken und jedes Mal wird sie überraschenderweise überredet, doch ein Schlückchen zu nehmen. Heute Nacht begleitet sie ihr Freund Mirkan, alle nicken ihm zu. Es läuft wie immer ab. Und doch ist alles anders. Man sagt es nicht, frau spürt es nur und keiner wagt, über Mateos Tod zu sprechen. Worüber, um Gottes willen, soll man aber sonst reden? Hans beobachtet Mirkan und fragt sich, wie viel Liane ihm wohl über die Proben erzählt hat. Hans hat dieses Interview auch gelesen, in dem sie über die Liebe zu diesem Mann erzählte und dass sie nicht mehr mit diesem Gefühl gerechnet hat.

»Ja, Altwerden ist nichts für Feiglinge, weil es einfach nicht lustig ist, wenn man nicht mehr so schnell wie früher laufen kann, Dinge vergisst und permanent irgendwelche Schmerzen spürt, an Stellen, die frau bis dato gar nicht kannte«, wurde Liane Blau in diesem Zeitungsinterview zitiert. Sie sagte auch, dass sie zum Angriff übergegangen sei: mit Krafttraining und der Zehntausend-Schritte-Regel. Jeden Tag, ohne Ausreden, ohne Ruhepausentag. An ihrem Einundsechzigsten war sie fit wie ein Turnschuh und dank Tante Botox bezweifelten die Leute, dass Liane auch nur einen Tag älter als fünfzig sein konnte.

»Das tut der Seele gut. Ich habe dem verhassten Älterwerden ein Schnippchen geschlagen«, sagte sie dem Journalisten, »und genau da bin ich Mirkan begegnet.«

Wie die Begegnung ablief und was danach mit den beiden passierte, hat Liane Hans einmal spätnachts anvertraut, als alle anderen schon gegangen waren und er über sich und die Liebe zu seiner Frau erzählte.

Mirkan war eines Tages ans Set von Lianes Dreharbeiten gekommen, weil er für den Tonassistenten einsprang. Normalerweise sitzt er in seinem Tonstudio und arbeitet für große Filmproduktionen, abgeschottet in der Dunkelheit, allein mit tausend Geräuschen und Melodien, um die Filmstory zu unterstützen.

Aber wenn Not am Mann ist, dann geht der Chef persönlich an ein Filmset. Das macht ihm Spaß. Dieser Job ist anstrengend, wenn die Szenen zum Beispiel in einem kleinen Raum spielen und der Ton »geangelt« werden muss. Dabei arbeitet der Assistent mit einer langen Teleskopstange, die einer Angel gleicht. An deren Ende ist das Mikro befestigt. Der Assi steht zumeist mit hochgestreckten Armen und »angelt«, eben keinen Fisch, sondern die Sätze der Schauspieler. Man muss gut trainiert sein, um diese Position immer wieder minutenlang durchzuhalten. Mirkan ist, ganz für sich und ohne Applaus, einfach stolz, dass er das immer noch kann und dass er noch nie einen Mikrofehler gehabt hat. Wenn das Kommando der Regie ertönt: »Alle bereit? Ton? Läuft! Kamera? Läuft! Uuuuund bitte!«, dann beginnt die Schauspielerin zu sprechen. Immer wieder passiert es jedoch, dass sie von dem schrillen Schrei »Mikro!« unterbrochen wird. Das ist der Albtraum jedes Tonassis. Die Szene wird sofort beendet und alle müssen noch mal von vorne beginnen: »Alle auf Anfang bitte!«, weil der Assi das Mikro zu tief gehalten hat und es am oberen Bildrand aufgetaucht ist, also im Film sichtbar wäre. So ein Mikrofehler ist Mirkan noch nie passiert, er weiß immer, wo die obere Bildkante ist.

An diesem Drehtag hatte Liane ihren letzten Auftritt in einem Krimi. Sie spielte die Nachbarin, die wichtige Hinweise zum Mord geben könnte, den Ermittlern mit ihrer Wichtigtuerei aber dermaßen auf die Nerven geht, dass die ihr nicht zuhören. Die ersten Szenen spielten auf der Straße, was bedeutet, dass die Schauspielerin »verkabelt« wird. Ein winziges Mikro steckt im Ausschnitt und der Tonassi muss der Schauspielerin zumindest ins Dekolleté greifen, das Mikro anstecken und dann das Kabel und den Sender im Kostüm verstauen. Liane hat die Eigenart, das Kabel vom Mikro zum Sender über die Schulter und unter dem BH am Rücken laufen zu lassen sowie den Sender direkt in den Unterhosenrand nach innen gedreht festzuklemmen. So kann sie ihn nicht verlieren. Sie hat das tausendmal gemacht.

An diesem Tag hatte sie aber nicht mitbekommen, dass der Tonassi, mit dem sie schon drei Tage zusammengearbeitet hatte, nicht da war. Mirkan stand hinter ihr und zögerte, weil Liane ihr Kleid öffnete und meinte:

»Steck ihn mir einfach rein, Schatzi!«

Mirkan wich irritiert zurück, Liane spürte dies, drehte sich um und dann sahen sie einander in die Augen. Danach war alles anders, obwohl rasch klar war, wohin Mirkan was stecken sollte.

Der Dreh endete mit einer Szene in einem engen Vorraum, wo der Ton geangelt werden musste, und alles lief problemlos ab.

Lianes letzter Satz lautete: »Junger Mann, nur weil ich Ihre Mutter sein könnte, heißt das nicht, dass ich gaga bin!«, und bei diesem Satz passierte es: »Mikro!«

Mirkans Mikrofehler-Premiere. Er musste sich sehr zusammenreißen, damit er den Fluch, der ihm auf der Zunge lag, nicht hinausschleuderte. Liane beobachtete, wie dieser Typ sich gegen die Wand lehnte, die Augen schloss und beinahe explodiert wäre. Sie hatte ihn die ganze Zeit schon beobachtet und er wusste das. Natürlich. Er hob die Augenbraue, schüttelte den Kopf. »Das ist mir noch nie passiert.«

Liane schaute in seine grünen Augen, für sie die schönsten grünen Augen der Welt, ja, so was sei ihr auch noch nie passiert. Und sie meinte natürlich nicht den Mikrofehler.

Liane lud Mirkan auf einen Spritzwein im Gastgarten nebenan ein und das war der Beginn einer herrlichen Romanze. Er war der erste Mann seit Langem, den sie sexy fand. Gleichzeitig hatte sie Panik, seine Blicke auf ihrer älteren, faltigen Haut zu spüren. Sie selbst war oft genug über die vielen Schrumpeln an den unterschiedlichsten Stellen ihres Körpers erschrocken. Wie würde ein junger Mann das erleben? Er ist fünfzehn Jahre jünger als Liane. Die coole Socke in ihr brüllte, dass der Typ ja wisse, dass er kein Girly vor sich hatte und dass er trotzdem ganz offensichtlich mit ihr geflirtet hatte. Da konnte man mal sehen, wie tief der Quatsch von der verflossenen Jugend und dem hässlichen, alten Körper eingegraben war.

Als er dann in ihrer Wohnung vor ihr stand, zitterten ihre Knie und sie redete gespreizt. Sie musste irgendwann über sich selbst lachen. Die Leichtigkeit kehrte zurück und sie schafften es ins Bett. Sex ist doch einfach, man verlernt ihn nicht. Allerdings war Liane ganz sicher, dass sie das noch besser hinkriegen würden, definitiv. Aber fürs erste Mal war es schon ganz gut. Sie verabredeten sich zum zweiten Versuch. Ein wunderbarer Grund für ein Rendezvous, oder? Liane taucht aus ihrer Erinnerung auf und sieht Mirkan zärtlich an. *Es ist unendlich traurig, dass diese Beziehung keine Zukunft hat*, denkt sie.

Die Bilder der Schauspieler sind wie in einer Galerie an Antonias Wand gepinnt. Sie hat ihr Hotelzimmer in ein oldschool Büro umfunktioniert, statt Screens hängt Packpapier an den Wänden. Sie erstellt ein buntes Puzzle aus Post-its.

Liane Blau ist … natürlich blau, Julie … rot, ist doch klar. In der Mitte: Mateo Ander, dazu ein weißes, leeres Blatt, größer als die bunten Klebezettel, mit genug Platz für Notizen. Antonia zieht Verbindungen zwischen den einzelnen Theaterleuten, die bei Mateo Ander zusammenlaufen. Sie tritt zurück und betrachtet das Gesamtbild: Er ist die Spinne im Netz.

Dann vertieft sie sich in Bergers Bericht über die Doyenne des Ensembles, Liane Blau, die der Regisseur offensichtlich gemobbt hat im »Vernichtungsspiel«, wie Sophie Stein es beschrieben hat. Das kann Wut provozieren, die in Hass umschlägt. Berger notierte, dass es nie zum Eklat zwischen Liane Blau und dem Regisseur gekommen ist. Die Schauspielerin hat alles immer ertragen und ihre Wut runtergeschluckt. Auch wenn sie zutiefst verletzt wurde, war sie doch immer beherrscht und zeigte ihre Gefühle nicht nach außen.

Wenn ein Mitglied der Truppe immer wieder niedergemacht wird, könnte doch irgendjemand sagen: Stopp, in meiner Gegenwart darf niemand so behandelt werden, denkt Antonia. Auch das könnte passiert sein. Wer würde sich wohl für Liane Blau einsetzen und sogar in die Konfrontation mit dem Regisseur gehen?

Das Schwierigste ist, die Generalprobe bis zum Zeitpunkt von Mateo Anders Tod zu rekonstruieren. Da gibt es viele mögliche Versionen. Jeder Spieler hat seine persönliche Geschichte und Antonia muss wie bei einem Puzzle das Gesamtbild zusammensetzen.

Am liebsten wäre ich auf der Unterbühne, wenn die Vorstellung läuft. Um alles zu beobachten, wie eine Überwachungskamera oder das berühmte Mäuschen. Dann könnte ich alles mitverfolgen und wüsste, wer wann wo war. Träum weiter, Toni. Es wird ja keine weiteren Vorstellungen mehr geben. Oder vielleicht doch?

Antonia diskutiert mit Antonia – ein schlechtes Zeichen, sie steckt fest. Sie geht in ihrem Hotelzimmer rund ums Bett, vom linken Nachtkästchen zum rechten. Die Diskussion mit sich selbst ist kraftraubend, weil sie sich so oft widerspricht. Sie kreist immer wieder um den allerersten Eindruck, den sie beim Anblick der Leiche hatte, und fragt sich, ob niemand sonst diesen Eindruck gehabt hat. Sie hätte den Kollegen Berger fragen können. Wie dumm, dass sie das vergessen hat. *Was hat sich der Berger gedacht? Und worüber denkt er jetzt nach? Wenn er überhaupt über diesen »Fall« nachdenkt?*

Berger reibt sich müde die viereckigen Augen und druckt einen weiteren Zeitungsartikel aus. Am Tisch stapeln sich schon einige.

»Sag amal, Schatzi, was machst du da?«, fragt Conni hinter ihm. Er zuckt zusammen, sie hat doch vorher noch tief und fest geschlafen.

»Ich, ich verändere mich ein bisserl.«

»Mitten in der Nacht?«

»Hättest du nicht auch gern mehr Geld im Familienbudget?«

»Bist du ang'soffen?«

Berger hält demonstrativ sein Kaffeehäferl hoch. Conni wickelt die Decke enger um sich, kommt näher und schaut auf den Bildschirm: diverse Fotos der berühmten Schauspielerin Liane Blau. Berger schließt die Augen, das wird jetzt kompliziert.

»Das ist die Hauptdarstellerin in *Sommernachtstraum reloaded* und ich soll ein Protokoll über sie anlegen. Wie sie lebt und so.«

»Wer will das wissen?«

»Meine Chefin. Meine neue Chefin, der ich vorgestern zugeteilt worden bin, für den Toten im Theater und jetzt muss ich ermitteln. Das g'hört zum Job.«

»Ich versuche dann später zu verstehen, was du da redest, gut? Es ist zwei Uhr fünfzig! Ich stehe um sieben auf und bring den Junior in die Schule.«

Ohne seine Antwort abzuwarten, geht Conni wieder zurück ins Bett und Berger verschiebt das »Wie erkläre ich ihr, was ich da mache« auf später. Er konzentriert sich auf ein Interview, genauer, das einzige Interview, das die Blau zu ihrem Privatleben gegeben hat. Er wird die Gaukler nie verstehen, die sind so verdreht.

Aber da irrt der Berger, Schauspieler sind fast immer wie alle anderen Menschen auch. Fast immer. In Hans' Vorgarten stehen einige leere Flaschen auf dem Tisch, die Tüten mit dem Knabberzeugs sind leer und Hans schenkt Wein nach. Alle heben die Gläser und trinken auf den Verstorbenen. Elisabeth lehnt ganz selbstverständlich an Hans' Schulter. Einige lächeln schon und lallen gerührt vom Abschiednehmen.

Der Schauspieler, der den Zettel, also den Chef der Handwerkertruppe spielt, hat definitiv zu viel getrunken, er ist gerade in der »Mitfühlen und alles verstehen«-Phase und wendet sich um: »Hey, Liane, bist du traurig oder froh?«

Liane taucht aus ihren Gedanken auf: *Wie bitte? Was ist das für eine Frage?* Sie spricht nie über ihre Gefühle und in diesem Zusammenhang schon gar nicht. Sie schüttelt unwillig den Kopf und lehnt sich an Mirkan an. Sie ist sich sicher nicht bewusst, wie arrogant das wirkt.

»Sprichst du nicht mit mir, oder was?«, fragt der Zettel-Darsteller mit Nachdruck.

Liane gibt sich Mühe, aber der Wein benebelt ihren Kopf, auch sie hat nicht geschlafen und ist irgendwie komplett drüber. *Traurig oder froh? Haha. Das ist doch nicht das Problem.* Sie flüstert Mirkan zu, dass sie gehen mag.

»Was ist mit dir, Mirkan? Du sagst ja auch nichts. Warum?«

Mirkan hat den ganzen Abend hindurch geschwiegen. Aber nicht, weil er diese Leute uninteressant findet, sondern weil er versucht, sie zu verstehen. Wie die miteinander umgehen, und warum. Diese Fragen stellt er sich oft seit letzter Woche. Liane hatte ihn zu einer Abendprobe eingeladen. Na ja, sie meinte überdeutlich, dass sie ihn unbedingt dabeihaben wollte.

Die große Schwierigkeit bei Proben für eine Komödie besteht vor allem kurz vor der Generalprobe in der Abwesenheit des Publikums. Werden sie lachen? Wann werden sie lachen? Laut oder verhalten und leise? Wie lange? Welche Pointe zündet? Welche nicht? Einer Komödie tut es oft gut, wenn in den Endproben doch ein paar Leute zusehen und *Sommernachtstraum reloaded* war definitiv in diesem Stadium, alle sehnten sich nach der Reaktion des Publikums. Alfred hatte ein paar Freunde organisiert, Liane hatte Mirkan dazu geholt und Julie hatte ihre Mutter Oda eingeladen, die inzwischen vom Schweigeseminar zurückgekehrt war. Mateo holte die gesamte Mannschaft von hinter den Kulissen dazu: Kostüm, Maske, Bühnenbild, Pressebüro, alle waren im Zuschauerraum verteilt, wie normales Publikum.

Alles begann gut. Mateo demonstrierte Zufriedenheit. »Lasst es krachen!«, rief er den Schauspielern zu.

Alle waren verwundert. Was war mit Mateo passiert? Diese »Wir sind ein Superteam«-Attitüde passte so gar nicht zu seinem bisherigen Benehmen. Hans sah Mateo prüfend an und sagte sich dann: *Na gut, den Versuch ist es wert. Wenn wir die Szenen wirklich ohne*

Unterbrechung durchspielen können, wird sich auch Spielfreude einstellen.

Die ersten Sätze wurden von Hans und Gerry serviert. Schon beim dritten konnte man Mirkan lachen hören. Das löste die Spannung. Hans stand auf der Bühne und hatte dieses Grinsen im Gesicht, er freute sich, wie ein kleiner Junge zu Weihnachten. Na bitte, der Typ lacht. Diese Freude war ansteckend, die anderen Spieler waren plötzlich auch präsenter. Die erste Szene begann zu leben. Zum ersten Mal seit der Leseprobe saß Mateo stumm hinterm Regietisch und hörte nur zu. Er flüsterte nicht mit seiner Frau, er gab seiner Regieassi keine Anweisungen, er saß einfach da und sah zu. Für die Schauspieler war das, als ob sie in Watte boxen würden. Wenn man so daran gewöhnt ist, dass abgebrochen wird, ist jeder Satz, der ohne Korrektur weitergeht, herrlich ungewöhnlich. Die gesamte Truppe gab sich einen Ruck, spielte schneller und rasanter. Ignaz und Julie kamen ins Schwitzen, weil die Zeit zwischen den Auftritten, die sie im Laufschritt hinter sich bringen mussten, immer knapper wurde. Mirkan war beim Zuschauen wirklich »eingestiegen«, er hatte die Magie des Abends gespürt und vergessen, dass da Schauspieler einen auswendig gelernten Text hersagten, auf Zeichen die Bühne betraten und alles, was sie da machten, oft und oft eintrainiert hatten. Es wirkte phasenweise schon so, als ob »es« gerade passieren würde. Einige Male gelang es sogar Liane, »einfach zu spielen«. Wenn das passierte, konnte Mirkan herzlich lachen. Er spürte aber sofort den prüfenden Blick des Regisseurs quer über die Tribünen hinweg. Was genau es war, hätte Mirkan nicht zu sagen vermocht, aber er musste Liane recht geben: Dieser Mann war seltsam.

»Musik, Umbau zweiter Teil, keine Pause, es geht weiter!«, rief Mateo und die Truppe formierte sich: Am Beginn des zweiten Teiles war eine mitreißende Mischkulanz aus alter Musik und E-Gitarre mit Schlagzeug geplant, um die Zuschauer aus den Pausenunterhaltungen zurückzurufen, aber außer Mateo kannte noch niemand den musikalischen Beginn nach der Pause.

An diesem Punkt im Stück ist alles offen: Wird die Hochzeit doch noch stattfinden? Die Verbindung zwischen Titania und Oberon war wie eine Konzernfusion, alle Mitspieler haben auch wirtschaftliche Interessen. Alle wollen, dass Titania ihrem Oberon verzeiht. Werden die zwei Jungen aus dem Irrgarten der Gefühle und der heftigen Auseinandersetzungen zueinanderfinden? Zwischen den Stationen dieser Höllenfahrt einer Liebe in den Abgrund des Hasses tritt die Handwerkertruppe immer wieder auf. Während sie ihre Witze reißen, wird die Villa mehr und mehr zerstört. Ein tiefes Loch wird mit großen Bohrmaschinen in die Wand gefräst. Mateo hatte hier den schlimmsten Albtraum eines Hausbesitzers inszeniert. Es war schaurig-schön, diesen Handwerkern zuzusehen, wie bei einem Autounfall: Es ist grässlich, aber man kann nicht wegschauen. Das Publikum würde brüllen vor lachen.

Dann kam die Szene mit dem Puckflug: Gerry kreiste über den Zuschauertribünen, landete mitten auf der Bühne und kämpfte mit der Tücke des Objekts. Es war schwer, seine überaus große Körperfülle aus einem überaus engen Flugapparat herauszuschälen, mit dem Anspruch, dies auch noch halbwegs elegant zu tun. Er fluchte und schimpfte. Das war bei dieser ersten Probe mit Publikum nur nicht mehr der Feentroll-Puck, der da Gift und Galle spie. Das war Gerry persönlich und er wurde immer zorniger. Bis er schließlich völlig aufgelöst brüllte: »Sieht denn keiner hier, dass ich Hilfe brauche? Was ist mit euch, ich komme hier nicht allein raus, verdammt noch mal, Hilfe!« Dabei stolperte er, fiel zu Boden und verstrickte sich nur noch mehr in das Flugapparatgeschirr. Es war höllisch für ihn.

Als er hochblickte, sah er lachende Gesichter. Trotz aller Tragik war sein Kampf mit der Flugmaschine so lustig. Lianes Freund Mirkan zum Beispiel glaubte, dass dies zur Szene gehörte, und hätte am liebsten applaudiert, weil er über diese Nummer so lachen musste. Die Kostümbildnerin Marion lachte ebenfalls, sogar Mateo grinste, obwohl er wusste, dass dies nicht zur Inszenierung gehörte. Aber es war saukomisch!

Gerry explodierte fast vor Zorn. Da war wieder dieses verhasste Ausgelachtwerden. »Nein, ich lasse mich hier nicht zum Deppen machen. Schluss, es reicht, aus, Schluss!«

Er riss sich die Gurte endgültig vom Körper, schleuderte sie von der Bühne, verließ dieselbe und schrie: »Die Probe ist für mich zu Ende, ich komme erst wieder, wenn dieses verfluchte Mistzeug funktioniert, Dilettanten alle miteinander.«

Stille.

»Hallo!? Wir proben. Auftritt Handwerker!«, kommandierte Mateo laut und nun doch wieder aggressiv. Seine anfangs noch so positive Stimmung schien gekippt zu sein.

Die Handwerker standen bereit, aber keiner traute sich, ohne das vereinbarte Stichwort von Puck weiterzuspielen, und das war eben nicht gekommen, weil

Gerry, also Puck, ja gerade fluchend verschwunden war. Aber nach Mateos Kommando rasten die Handwerker mit viel zu lautem Getöse auf die Bühne. Ihre Späße, die schon in locker hingeflachstem Ton sehr derbe waren, gerieten in der Übertreibung auf der Bühne zur Groteske, die überhaupt nicht zum bisherigen Stil der Aufführung passte. Die Handwerker schlugen weiter zu, sie bohrten, hämmerten und klopften an der alten Villa herum. Dreck würde spritzen, Staubwolken hochwirbeln und schließlich ein beeindruckender Wassereinbruch über die Bühne rauschen. Dies alles wurde in dieser Probe natürlich nur angedeutet.

Die richtige Bühnentechnik würde auch erst in den nächsten Tagen hinzukommen. So spielte jeder Handwerkerdarsteller mit seiner persönlichen Vorstellung der Baustellenkatastrophe. Sie wurden noch lauter und verkrampfter. Mateo raufte sich die Haare. Das Chaos auf der Bühne steigerte sich, weil sich nun auch noch einige Textfehler einschlichen.

Titania, Liane, kam genau da hinzu. Was schon unter normalen Umständen eine große Konzentration erforderte, weil die ineinander verwobenen Sätze nur in exaktem Rhythmus Sinn ergeben. Wenn aber, wie es nun geschah, schon Titanias erster Satz überschrien wurde, ging die ganze Spielerei mit Worten und Gesten daneben.

An dieser Stelle hätte Königin Titania mit Zettel, dem Chef der Handwerker, einen ziemlich heftigen Streit haben sollen. Das wiederum wäre das Zeichen für die verwirrten, jungen Verliebten Julie und Ignaz als Anele und Leander gewesen: Sie sollten zwischen den Tribünen wieder auftauchen und auch noch in die Szene hineinschreien. Auch diese Phase hätte sehr komisch sein sollen. Das war aber wegen der verrutschten Handwerkerszene völlig unmöglich. Oberon erschien am oberen Ende einer Tribüne und erkannte sofort, dass hier nicht mehr weiterzuspielen war. Liane hingegen versuchte verzweifelt, die Szene noch zu retten.

Mateo saß erstarrt hinterm Regietisch, bis er hochsprang: »Aus! Aus! Aus! Wie oft noch? Wie oft habe ich dir gesagt: Wenn du nicht gehört hast, was der andere sagt, kannst du nicht antworten. Das nennt man Dialog! Lindschal! Und was ist mit dem Rhythmus? Habt ihr den alle an der Garderobe abgegeben? Wie kann man so dämlich sein und einfach losschreien? Liane, bitte, habe die Güte und erkläre uns, was du da machst? Jedenfalls nichts, was wir geprobt hätten. Hier warten alle auf ein Stichwort, das die Gnädigste einfach nicht bringt.«

Liane wurde weiß vor Zorn und die Kollegen standen fassungslos daneben. Lag es tatsächlich nur an ihr? Sie wollte zurückschreien, aber Mateo kam ihr zuvor. Laut donnerte er los. »Lindschal! Theater ist Verabredung. Geht das in dein hübsches Köpferl hinein?«

Mirkan sprang auf, das also war einer der Wutausbrüche des Regisseurs, die Liane beschrieben hatte. Mirkan wollte nicht zulassen, dass seine geliebte Liane so behandelt wurde, er war entschlossen, sich einmischen, aber Liane bedeutete ihm, das nicht zu tun.

Mateo wetterte weiter: »Ich schaue mir das nicht länger an, so eine Frechheit. Spielt, was ihr wollt, nicht mit mir, nicht mit mir. Aus, aus, aus.«

Schreiend verließ Mateo die Probe. »Wenn man mit der schlechtesten aller Schauspielerinnen gestraft ist, kann das nur schiefgehen. Ich kapituliere vor so viel Blödheit und Unvermögen. Macht, was ihr wollt. Ohne mich!«

So hatte die Probe damals geendet und alle Spieler waren kleinlaut verschwunden. Mirkan hatte eine weinende Liane nach Hause gebracht. Am nächsten Morgen war sie zur Probe gefahren und hatte erstaunt berichtet, dass alles wieder gut laufe und der zweite Teil zu funktionieren beginne. Seither war Mirkan verwirrt. Er verstand die Welt, in der seine geliebte Liane gerade war, einfach nicht.

Und jetzt im Vorgarten schauen alle zu Mirkan. Er stellt also die Frage, die ihn schon so lange beschäftigt: »Ich war zu dieser Abendprobe eingeladen und habe erlebt, wie der Typ – entschuldigen Sie, Frau Ander –, wie der Regisseur meine Frau angebrüllt hat.«

»Ja und?«

»Das war unterirdisch, respektlos, falsch. Ich frage mich: Warum hat ihr keiner geholfen? Warum hat niemand von euch gesagt: ›Hör auf!‹?«

Das ist eine schreckliche Frage. Jeder in der Truppe hat sie sich schon gestellt und gedacht: *Ich hätte was sagen sollen. Aber was? Und wann?*

Aber irgendwie ist es nie dazu gekommen.

Elisabeth schaut zu Hans, nickt ihm zu, er wendet sich an Liane: »Weißt du, am Tag vor dieser Horrorprobe habe ich Mateo gesagt, dass es nicht mehr so weitergeht. Dass er uns, insbesondere dich, nicht dauernd unterbrechen darf, dass er uns damit fertigmacht und dass wir endlich mal durchspielen müssen. Da hat er zur Abwechslung mich angebrüllt.« Zu den Kollegen meint

Hans nun: »Das müsst ihr doch gehört haben! Ihr wart doch alle da! Aber plötzlich war ich allein. Die Abendprobe am Tag drauf war seine Revanche. Er hat mir demonstriert, dass es ohne Unterbrechungen nicht geht.«

Liane versteht die Welt nicht mehr: »Warum hast du mir das nicht gesagt? Ich hab nicht mitgekriegt, dass du dich mit ihm angelegt hast. Für mich!« Liane hat Tränen in den Augen. *Wenn ich das gewusst hätte!*

Hans ist verlegen, ihm fällt jetzt nichts Besseres ein, als noch mal Wein nachzuschenken, und er meint: »Wir hätten aber trotzdem eine geile Premiere gespielt!«

»Ja, stimmt. Sogar die verfluchte Flugmaschine, scheiße, die funktioniert wirklich. Jetzt hätt ich sie im Griff. Ich würde nimmer so fluchen«, fügt Gerry hinzu und schaukelt seinen dicken Bauch dabei hin und her. Die Kollegen lachen. Die Probe mit der verpatzten Landung wird wohl niemand vergessen.

Ignaz hebt sein Glas und alle prosten in den Himmel: »In diesem Sinne sag ich: Addio, Mateo!« Die Sterne funkeln über der Straße am Himmel, als ob sie Mateo den Gruß überbringen könnten.

Wenige Stunden später, nach einem Frühstück im Café am Hauptplatz geht Bezirksinspektorin Antonia Ranik wieder die Straße entlang, vorbei an den kleinen Vorgärten, und steht viel zu früh vor der Haustür, um Elisabeth Ander einen weiteren Besuch abzustatten. Antonia diskutiert mit sich. *Kann ich jetzt schon anläuten? Soll ich noch warten?*

Da hört sie plötzlich laute Stimmen hinter der Tür. Die genauen Worte sind nicht zu verstehen, aber die Wut klingt mit.

Dann hört Antonia ganz deutlich den Ausruf »Verschwinde. Geh, geh!«

Das ist Elisabeths Stimme. Die Haustür fliegt auf und Ignaz stürmt heraus. Antonia kann gerade noch ausweichen und verschwindet hinter der Tür. Der junge Mann ist offensichtlich so wütend, dass er sie gar nicht wahrnimmt, er läuft davon. Die Haustür steht offen, Antonia tritt ein. Sie findet Elisabeth noch im Flur stehend.

»Guten Morgen, Frau Ander.«

»Fragen Sie mich jetzt nicht, ob alles in Ordnung ist.«

»Ist es das denn? Ich hab Sie schreien gehört.«

Elisabeth verliert die Fassung. Wieder trifft Antonia diese andere Elisabeth Ander, die so viel kraftvoller ist als die zarte Frau hinter Mateo.

»Dieser freche Kerl, ist das zu fassen? Und ich habe Mateo davon abgehalten, ihn rauszuschmeißen. Ich hab nicht geahnt, dass der so aggressiv werden kann!«

»Ihr Mann wollte Ignaz West rausschmeißen?«

»Ja.«

»Hat er ihn nicht geschätzt? Das habe ich zumindest gehört.«

»Ach, nein!« Elisabeth lächelt nachsichtig und ist wieder nett. »Für Mateo war Ignaz der Sohn, den er nie hatte. In einem gewissen Alter werden Männer da sentimental. Mateo wollte an Ignaz weitergeben, was er über das Theater weiß. Jaja, sagen Sie nichts, ich muss mich erst daran gewöhnen, das richtig zu sagen: was Mateo über das Theater wusste!«

Elisabeth lässt eine kurze Pause. Antonia findet die Aussagen von Elisabeth einigermaßen widersprüchlich. *Das macht man doch nur, wenn man jemanden mag*, denkt sie und konzentriert sich lieber aufs Zuschauen: Menschen reden nicht nur mit Worten. Elisabeths Körper ist streng aufgerichtet, der Kopf ein wenig geneigt, so als ob sie imaginäre Hörner in einen Gegner rammen wollte.

»Mein Mann war fasziniert von Ignaz. Ich wusste lange nicht, dass Mateo ihm Geld geborgt hat. Wofür? Keine Ahnung, aber es war viel und er hat es nie zurückgezahlt. Im Gegenteil, bei der jeweils nächsten Produktion hat er noch mehr verlangt. Mateo hat ihn längst als Schauspieler nicht mehr interessant gefunden, aber die Hoffnung war halt immer, dass er wenigstens einen Teil der Schulden abzahlen kann, wenn er engagiert wird.«

»Nur damit ich das richtig verstehe: Ihr Mann hat diesem jungen Schauspieler Geld geliehen?«

»Ja.«

»Warum?«

Antonia ist Elisabeth ungebeten in ihre Wohnung nachgefolgt und fragt nun nach: »Das war doch ein heftiger Streit vorhin?«

»Er hat mir frech erklärt, dass er seine Schulden nicht zurückzahlen wird. Es gibt nichts Schriftliches, er fühlt sich nicht verpflichtet. Ich bin ja nur die Witwe.«

Antonia blättert in ihren Handynotizen. Ignaz stand auf ihrer Liste, aber nur als Julies Freund. Vor ein paar Stunden war Antonia nur auf die junge Schauspielerin konzentriert gewesen, die ja mit Ignaz zusammenwohnt. Aber nun hat Antonia einige Fragen an Ignaz.

»Hat Ihr Mann dem Schauspieler denn gesagt, dass er das Geld wiederhaben will?«

»Sehr deutlich, das konnte man nicht missverstehen. Und er hat ihm auch gesagt, dass er ihn nie wieder engagieren wird. Da war ich dabei.«

»Wie hat Ignaz West reagiert?«

»Er hat gelacht. Das machst du doch nie! Ich hab kein Geld, lass mich mitspielen, dann kann ich dir meine Schulden zurückzahlen.« Elisabeth ist wieder ruhig und beherrscht.

»Das Erschreckende ist, dass Ignaz so verächtlich über meinen Mann spricht. Wenn ich nicht erlebt hätte, wie die zwei früher miteinander umgegangen sind, dann würde ich sagen: Ignaz hasst meinen Mann.«

»Das passiert oft.«

»Bitte?«

»Ihr Gefühl stimmt wahrscheinlich, Ignaz hasst Ihren Mann jetzt. Er muss eine Begründung für sich finden, warum er seine Schulden nicht zurückzahlen muss. Dass er einfach kein Geld hat, kann er wahrscheinlich nicht zugeben.«

»Er könnte es in Raten zurückzahlen«, wirft Elisabeth ein. »Wenn er mir das anbieten würde, dann würde ich darauf verzichten. Aber so? Nein, nicht mit mir.«

Antonia beschließt, ihren Terminplan nicht einzuhalten, sie will sofort mit Ignaz West sprechen. Aber noch ist sie bei Elisabeth. »Ich muss Sie noch etwas fragen, Frau Ander: Ich habe eine Anzeige gegen Ihren Mann gefunden, er soll Sie letzten Sommer während der Probenzeit hier geschlagen und misshandelt haben.«

Elisabeth lächelt und geht einfach weg. Ehe sie die Tür zum Schlafzimmer hinter sich schließt, sagt sie noch: »Seien'S mir nicht bös, ich kann nimmer.«

Antonia empfindet Mitleid mit der Witwe. Es ist sicher gut, bald abzureisen. Sie wird ohne ihren Mann weiterleben. Sie wird nie wieder hinter ihm stehen. Erst wenn man eine Rolle abstreift, bemerkt man, wie schwer die Fesseln waren.

Doch Elisabeth kommt nur Momente später zurück, wieder fröhlich und heiter erklärt sie: »Das war wirklich sehr lustig, wissen Sie. Wir hatten letztes Jahr diese Zuckerglasvasen in der Produktion. Eine von unseren Vasen haben wir als Muster verwendet. Mein Mann hat dann eine Zuckerglaskopie mit nach Hause gebracht und wollte mir demonstrieren, dass der Schauspieler auf der Bühne so eine Vase über den Schädel gezogen kriegt, ohne verletzt zu werden. Mateo hat, stellen Sie sich das vor, die echte Vase erwischt und mir eine hübsche Platzwunde verpasst. Ist das nicht lustig? Der Arzt im Krankenhaus hat das natürlich nicht verstanden und er war ein bisschen übereifrig. Daher hat er gleich Anzeige erstattet.«

»Ja, und zwar wegen schwerer Körperverletzung«, ergänzt Antonia.

»Das war so verrückt. Mein Mann ist kein Gewalttäter … gewesen. Wirklich.«

»Der Arzt hat in seiner Meldung bei der Polizei ein Scheidungsdrama erwähnt.«

»Ja, natürlich, darum ging es in dem Stück! Die Ehefrau wird so wütend, dass sie ihrem Mann eine Vase über den Kopf schlägt und er … ach … das ist doch Schnee von gestern. Wir haben das alles geklärt. Ich muss mich jetzt hinlegen, seien Sie mir nicht bös.«

Antonia verlässt das Haus. *Komische Geschichte, aber wenn Elisabeth das so sagt … diese Frau hat seit zwei Tagen ein völlig neues Leben. Das ist sicher verstörend,* denkt Antonia. Die Gedanken über eine alles umfassende Veränderung im Leben faszinieren sie. Sie hat bei ihrer Scheidung damals ja etwas Ähnliches erlebt. Nach vielen gemeinsamen Jahren stand sie alleine da und musste sich auch erst neu sortieren. Aber wenn es nicht freiwillig geschieht, sondern der Partner von einem Tag auf den anderen einfach stirbt? Wie geht es einem dann?

Nach der Auseinandersetzung mit Elisabeth geht Ignaz zurück in seine Wohnung am Ende der Straße. Julie hat gar nicht bemerkt, dass er weg war. Sie hat bis spät in die Nacht auf einen Anruf der Ärztin gewartet, um endlich zu hören, dass es ihrer Mutter besser ging. Aber der kam nicht. Sie ist sehr spät erschöpft eingeschlafen.

Ignaz schlüpft einfach wieder zu ihr ins Bett. Julie zu umarmen ist für ihn wie das Entwischen in eine andere Welt, an einen Ort, der nur ihnen beiden gehört, weit weg von den Streitereien und den Problemen. Julie ist noch nicht ganz wach. Noch im Träumeland hält sie die Augen geschlossen, spürt Ignaz hinter sich, seine Hände, die sie zärtlich streicheln, und lässt ihn ein. Dieses Ineinanderverschlungensein ist so leicht und sanft und beide fühlen sich im anderen geborgen. Alle Probleme, alles Bedrohliche bleibt drüben, in der Wirklichkeit. Julie lächelt, sie würde am liebsten in dieser Zwischenwelt bleiben, mit Ignaz natürlich. Sie lässt sich in die gemeinsamen Bewegungen fallen, die festen Berührungen seiner Finger lassen sie seufzen und eine herrliche, alles umfassende Hitze zieht von dort unten bis hinauf in ihren Kopf. Der Moment des Zerfließens, wenn sich die eigenen Grenzen auflösen, könnte ewig dauern. Gleichzeitig spürt sie seine Explosion, er umarmt sie fest. Nicht aufwachen, nicht zurückkehren, einfach dableiben, miteinander – die beiden schlafen noch einmal eng umschlungen ein.

Antonia ist vor Ignaz' Wohnungstür angelangt. Sie klingelt. Es dauert einige Zeit, bis Ignaz öffnet, er wirkt verschlafen und bietet frischen Kaffee an. Antonia nimmt an. So redet es sich leichter. *Warum tut er so, als wäre er eben erst aus dem Bett gekrochen? Er hat sich doch gerade noch mit Elisabeth gestritten.* Sie folgt Ignaz in die Küche und denkt: *Er ist ein guter Schauspieler … Spielt er mir gerade etwas vor?*

Das Gespräch dreht sich sofort um Julie. »Sie schläft noch«, erklärt Ignaz. »Seit ihre Mutter ins Krankenhaus eingeliefert werden musste, kann sie kaum schlafen. Und dann auch noch Mateos Tod … Das ist zu viel für sie.«

Ignaz schlürft den Kaffee.

Antonia muss daran denken, dass Elisabeth Julies Mutter den kleinen »Ausrutscher meines Mannes« genannt hat und fragt sich: *Weiß Ignaz, dass Julie Mateos Tochter ist?*

»Was ist eigentlich mit Julies Vater?«

»Den gibt es schon lang nicht mehr, der ist kurz nach Julies Geburt gestorben.«

»Aha«, nickt Antonia. *Der junge Mann ist also völlig ahnungslos.*

»Julies Mutter haben Sie aber schon kennengelernt?«

»Oda Marte? Ja, klar, sie ist letzte Woche ohne Vorwarnung ins Café am Hauptplatz gekommen, wo die gesamte Truppe versammelt war. Oda war fröhlich und lustig, wollte alle kennenlernen, umarmte ihre Tochter immer wieder, lachte und verkündete, dass sie bei den Proben zuschauen will. Sie war dann ausgerechnet bei der Abendprobe dabei, die Mateo brüllend abgebrochen hat. Da ist sie geflüchtet und sofort nach Wien gefahren.«

»Warum?« Antonia unterbricht Ignaz. »Das verstehe ich jetzt nicht.«

»Na ja, ich glaub, sie hat sich über Mateo aufgeregt, weil er so rumgebrüllt hat und ja auch Julie mit seinen Beschimpfungen gemeint hat. Am nächsten Tag hat Julie einen Anruf aus dem AKH bekommen, dass ihre Mutter in der Nacht eingeliefert und am Herzen operiert worden sei. Julie war in Tränen aufgelöst, völlig panisch. An dem Tag war bis zum Abend probenfrei, also bin ich mit ihr ins Krankenhaus gerast.«

»Das muss ja furchtbar gewesen sein für euch.«

»Ja, und es geht noch weiter. Oda war auf der Intensivstation und noch nicht bei Bewusstsein. Die Ärztin meinte, bis sie aufwacht, soll Julie ein paar persönliche Dinge für ihre Mutter bringen. Es war gut für sie, etwas zu tun zu haben. Also sind wir in Odas Wohnung gefahren …«

Ignaz erzählt weiter und Antonia versucht, sich diese verrückte Geschichte vorzustellen.

Julie hatte ihre Mutter in ihrer Kindheit und Jugend als zwanghaft ordentlich erlebt, aber als Ignaz und Julie ihre Wohnung betraten, erschraken beide: Hier herrschte Chaos. Einige Schränke standen offen, Laden waren durchstöbert, viele Dinge lagen am Boden. War hier eingebrochen worden? Julie ging langsam von Zimmer zu Zimmer. Sie war in einem ganz persönlichen

Horrorfilm. Seit sie denken kann, hatte sie unter Mutters neurotischem Ordnungsfimmel gelitten. Noch nie hatte sie die Wohnung unordentlich gesehen, da war immer alles perfekt gewesen.

»Ich kenne Julie ja noch nicht so lang«, meint Ignaz, »aber ich verstehe jetzt besser, warum sie so eine Chaosqueen ist. Wenn ich so eine Mutter hätte, wäre mir alles Geordnete, Perfekte auch ein Horror. Verstehen Sie?«

»Noch nicht ganz«, erwidert Antonia.

»Na ja, Julie tippt Bilder an, um sie schief hängen zu lassen, sie rückt Tische, Stühle und Lampen zur Seite, damit sie nicht in einer Linie stehen. Chaos zieht sie magisch an, nichts in ihrer Umgebung soll symmetrisch sein. Ein Kritiker hatte sogar über sie geschrieben, und er meinte das durchaus positiv: ›Julie Marte, die Meisterin der Umwege, die niemals direkt auf etwas zugeht‹.«

»Was war denn in dieser Wohnung passiert?«

Antonia wird leise ungeduldig.

»Keine Ahnung«, antwortet Ignaz, »irgendwer ist da durchgetobt wie ein Wirbelsturm. Dann haben wir das Chaos näher betrachtet und bemerkt, dass scheinbar nichts fehlte.«

»Wie können Sie das wissen?«

»Der wertvolle Schmuck war noch da, der Safe ungeöffnet. Julie ist mit mir Schritt für Schritt durch die Wohnung gegangen. Sie war überzeugt, dass da jemand auf der Suche nach etwas gewesen ist. Während ich ein paar Sachen zusammengepackt habe, ist Julie noch einmal durch alle Zimmer gegangen. Dann sind wir ins Krankenhaus, haben die Sachen für Oda abgegeben, sind zur Probe gerast und gerade zum ersten Auftritt ins Theater gekommen.«

Mateo vertraute darauf, dass Julie und Ignaz rechtzeitig kommen würden. Ihr Auftritt als Anele und Leander erfolgte erst in der dritten Szene des ersten Aktes. Bis dahin würde sein Liebespaar schon da sein. Er sollte recht behalten.

Auf dem Weg zur Bühne war Julie immer noch panisch vor Angst um ihre Mutter, Ignaz nahm Julies Hand: »Wir spielen jetzt und dann, nachher denkst du wieder an sie, gut?«

Das war wie ein Schwur, den nur sie beide kannten. Und dann »flogen« sie auf die Bühne und lieferten die Probe fast perfekt ab. Die Zuschauer würden bei der Vorstellung den Atem anhalten, wenn die beiden rasch zwischen Liebesszenen und Kämpfen wechselten. Immer wenn Puck einen seiner Zaubertränke einsetzt, ändert sich die Stimmung zwischen den Verliebten. Himmelhoch jauchzend und zu Tode betrübt, Mateo hat diese Achterbahn der Gefühle wirklich spannend inszeniert. Und Julie und Ignaz liefern sich einfach aus: Sie rasen über die Bühne, prügeln einander und sind im nächsten Moment eng umschlungen glücklich. Alle haben so was schon mal erlebt: den Wirbelsturm der ersten großen Liebe. Vielleicht ist es schon einige Zeit her, aber wir erinnern uns.

Nun, das hatten Julie und Ignaz sehr, sehr gut gespielt bei der Probe. Erst nach der Kritik für die anderen

Schauspieler, die Mateo an dem Abend extrem genau und detailliert machte, erst als alle nach Hause fuhren, kam er zu Julie und Ignaz, um zu erfahren, warum sie zu spät gekommen waren. Er fragte sie das in einem gereizten, aggressiven Ton, den Julie nicht ertragen konnte. Sie schüttelte den Kopf und ging einfach davon. Ignaz hielt Mateo tatsächlich am Arm fest: Julie jetzt nachzugehen, sei falsch, und er erzählte Mateo von Julies Mutter.

Ignaz macht eine kurze Pause, dann fährt er fort.

»Mateo hat seltsam reagiert, so betroffen und gleich wieder wütend, weil ich ihn nicht informiert habe. Komisch.«

Antonia wechselt lieber das Thema, sie weiß ja, warum Mateo so interessiert war. »Sie haben meinem Kollegen gesagt, man kann mit Mateo Ander nicht befreundet sein.«

»Hab ich das?«

In welchem amerikanischen TV-Krimi hat er das gesehen?, ärgert sich Antonia. Coole Typen antworten dort immer mit einer Gegenfrage. Oder Zeugen, die nicht die Wahrheit sagen wollen, aber vor einer glatten Lüge zurückschrecken. Antonia wird die Frage nicht wiederholen, weil sie ganz sicher ist, dass Ignaz sie verstanden hat. Sie wartet einfach ab, wie er sich da herauswindet. Aber er entscheidet sich offensichtlich anders. Sein Blick bleibt direkt, flackert nicht rum, die Stimme geht nicht hoch, der Körper sendet keine verräterischen Signale. Der junge Mann hat sich für die Wahrheit entschieden:

»Man muss jemanden mögen für eine Freundschaft.«

»Sie haben Mateo doch gemocht, oder?«

»Nein. Ich war höflich und hab ihm gezeigt, wenn ich was toll fand. Oft war das eh nicht. Mateo hat nur mehr ganz selten was Tolles gemacht. Seine guten Regiezeiten sind … waren vorbei. Das hat er auch gewusst, deshalb ist er ja so oft ausgezuckt. Nur, wer schreit, hat nicht recht.«

»War er nicht ein väterlicher Freund für Sie? Er hat Ihnen doch … geholfen, oder?«

»Ja, schon, zu Beginn, ja, das ist Jahre her. Wissen Sie, Elisabeth ist so harmoniesüchtig. Sie will nicht wahrhaben, dass die meisten von uns freundlich mit Mateo umgehen, weil wir Angst haben vor ihm.«

»Das verstehe ich nicht. Wovor hatten Sie denn Angst?«

»Wenn man ihm widersprochen hat, kam sofort die Drohung: ›Bitte sehr, wenn dir was nicht passt, geh ganz einfach, ich zwinge dich zu nix!‹ Wo soll man denn hingehen, mitten in der Probenzeit? Du musst ja auch die Miete bezahlen. Wenn du tatsächlich nicht zur Probe kommst, kann das Theater dich rausschmeißen. So schaut's aus.«

Ignaz ist nicht mehr so cool wie zu Beginn des Gespräches. Antonia spürt deutlich, dass er sich aufregt, als er sagt: »Wer soll sich das leisten können? Da klappst du den Mund zu und machst deine Arbeit …«

Er spricht nicht weiter, weil die Tür zum Schlafzimmer aufgeht. Julie betritt den Raum. Sie wirkt verschlafen, ist aber komplett angezogen.

Irgendwie ist sie gar nicht richtig da, denkt Antonia und wird neugierig. Julie beachtet sie zunächst gar nicht, sondern redet nur mit Ignaz: »Die Ärztin hat angerufen, meine Mutter ist aufgewacht und will mit mir reden. Es geht ihr nicht gut.«

Inzwischen hat Ignaz Kaffee in eine Tasse gegossen, Milch und Zucker dazugemischt, er weiß, wie sie den Kaffee trinkt, die beiden haben eine Beziehung.

»So viel Zeit muss sein, trink.«

»Wir müssen sofort hinfahren.«

»Julie, wir können jetzt nicht weg. Sophie hat ein Ensemblegespräch ausgerufen, verpflichtend, für alle, da müssen wir hin.«

»Ich muss gar nichts.«

Die beiden stehen einander aufgebracht gegenüber. Kämpfen und aufeinander losgehen haben sie wochenlang bei den Proben trainiert. Antonia steht auf und stellt sich vorsichtshalber dazwischen.

»Was wollen Sie denn hier?«, fragt Julie irritiert.

»Einen Vorschlag machen.«

»Was?«

»Ich habe heute Mittag einen Termin in Wien und kann Sie zum Krankenhaus bringen. Bei der Pressekonferenz heute Nachmittag muss ich wieder da sein. Herr West geht zum Gespräch mit der Intendantin. Wann ist das denn?«

»In einer halben Stunde, im Theater.«

»Gut. Und ich hol mein Auto und warte vorm Haus. Essen Sie was, mit leerem Magen ins Krankenhaus gehen ist keine gute Idee.«

Am Weg zum Auto ruft Antonia den Kollegen Berger an: »In einer halben Stunde findet im Theater ein Ensemblegespräch statt. Gehen'S dort hin, vielleicht hören Sie was Interessantes, auch wenn Sie dort vielleicht ein bisserl warten müssen. Sie könnten ja noch die anderen Schauspieler befragen.«

»Die waren aber zum Zeitpunkt des Vorfalls fast alle im Cateringwagen.«

»Ach, Kollege Berger, lassen Sie sich was einfallen, ich will nur wissen, was dort besprochen wird, es muss Sie ja auch niemand sehen.«

»Aha. Ja. Gut. Verstehe. Unsichtbar soll ich mich machen. Gut.«

Liane Blau steht am Fenster ihrer Theaterwohnung und erschrickt: Da unten vor dem Haus läuft doch die Polizistin! Liane spürt Angst. Mit wem telefoniert sie? Wird sie in ihre Wohnung kommen? Nein, sie steigt eilig in ihr Auto, startet den Motor und fährt davon. Liane ist erleichtert. Am Fenster steht sie schon seit einiger Zeit, weil sie nicht mehr schlafen kann. Der klassische Theateralbtraum hat sie heimgesucht: Sie steht in der Garderobe, wird über Lautsprecher zum Auftritt eingerufen und auf dem Weg zur Bühne wird ihr klar, dass sie den Text nicht weiß. Der ist weg, komplett weg. Sie weiß plötzlich nicht mal mehr, in welchem Stück sie gerade spielt. Prüfend schaut sie an sich hinunter, um vom Kostüm, das sie trägt, einen Hinweis auf das Stück zu bekommen. Sie trägt ein langes flatterndes Miederkleid, eine Robe, eine festliche Robe, und spürt etwas auf ihrem Kopf. In dem schmalen Flur, der in unendlichen Biegungen zur Bühne führt, gibt es keinen Spiegel, sie tastet über ihren Kopf. Das könnte eine Krone sein, eine glitzernde Kette liegt auf ihrem Dekolleté, schwere Ohrringe baumeln neben ihren Wangen, sie trägt einen Ring mit einem großen Stein. Vermutlich spielt sie eine Königin, in einem historischen Stück. Die schwere Feuerschutztür öffnet sich vor ihr, drei Kollegen kommen gerade von der Bühne. Gott sei Dank! »Bitte, was spielen wir?«, fragt sie voll Hoffnung, doch die anderen reagieren mit höhnischem Gelächter. Da fällt schon ihr Stichwort auf der Bühne. Der Inspizient schubst sie ins Licht hinaus zu den Kollegen. Sie schaut in erwartungsvolle Gesichter und weiß immer noch nicht, was sie sagen soll. Verzweifelt wendet sie sich zur Bühnenkante, um die Souffleuse zu sehen. Aber da fällt ihr ein, dass es schon lange keine Souffleuse mehr gibt. Dieser Beruf ist abgeschafft. Dort, wo früher der Souffleurkasten war, bauen die Bühnenbildner eine Plattform für einen Musiker, der die E-Gitarre quietschen lässt und den man überschreien muss. Was Liane zu gerne tun würde, aber sie weiß immer noch nicht, was sie zu sagen hat. Plötzlich fallen alle um. Theaterblut quillt unter ihnen hervor. Was ist das für ein Stück? Gehört das jetzt zur Handlung? Sollte sie auch umfallen? Wie geht es weiter? Sie müsste nur den richtigen Text sagen, dann wäre alles gerettet!

An diesem Punkt ist Liane schweißgebadet aufgewacht. Sie musste raus aus dem Bett. So leise wie möglich, um Mirkan nicht zu wecken.

Es gibt verschiedene Zeiten, denkt Liane jetzt, *sie verlaufen parallel und wenn ein Mensch dazwischengerät und von einer Zeitebene in die nächste rutscht, hat er gute Chancen, verrückt zu werden.*

Liane wehrt sich gegen diese pragmatische Analyse. *Ich will nicht verrückt werden!*

Sie zwingt sich, durchs Fenster hinaus in die Wirklichkeit zu schauen.

Dann dreht sie sich um und schaut zu Mirkan, der völlig entspannt im Bett liegt und tief schläft. Sein Gesicht ist so vertraut. Liane liebt jede Linie darin. Sie streicht ihm gerne diese eine widerspenstige Haarsträhne aus der Stirne. Ihm zu begegnen, macht sie immer wieder glücklich. Sie hätte nie gedacht, dass ihr das noch mal passieren könnte. Liane fühlt sich geborgen bei ihm, der Mann ist so lieb. Spätestens morgen wird sie jedoch ohne ihn auf der Autobahn Richtung Süden rasen, ja, sogar, ohne sich von ihm verabschiedet zu haben. So ist ihr Plan.

Antonia fährt mit ziemlichem Tempo auf der Autobahn Richtung Wien.

Beim Autofahren redet es sich leichter, denkt sie und startet den ersten Versuch, mehr von Julie zu erfahren.

»Haben Sie schon mit Ihrer Mutter telefonieren können?«

»Nein. Warum wollen Sie das wissen?«

»Wegen der Wohnung.«

»Was meinen Sie?«

»Ignaz sagt, dass in die Wohnung Ihrer Mutter eingebrochen wurde und sie sich deshalb so aufgeregt …«

»Moment, Moment, was redet der? Da war kein Einbruch.«

»Er war sich ja auch nicht sicher, vor allem, weil nichts fehlt. Normalerweise werden Wohnungen ausgeräumt, wenn sie aufgebrochen werden.«

Julie muss lachen, sie schüttelt den Kopf.

»Das ist alles so absurd.«

Julie schielt auf den Tachometer – 150 km / h, immerhin. Sie muss wieder lachen. Sie kann's nicht verhindern. Wenn andere weinen, muss sie lachen. Wie lang wird sie diese Anspannung durchhalten? Sie kann gar nicht benennen, was das für ein Gefühl ist. Sie spürt nur ein Zittern innen drinnen, das nicht aufhören will.

»Geht's?«, fragt Antonia besorgt.

»Glaub schon. Sie müssen mir nicht zuhören wollen. Gut? Ich will mich niemandem anvertrauen oder so. Sie sind Polizistin, Ihnen vertraue ich sicher nicht.«

»Warum?«

»Tja, weil: Wie weiß ich, wem ich vertrauen kann? Ganz ehrlich. Ha?«

Antonia antwortet nicht gleich und das ist keine Taktik, keine bewusste Gesprächsführung, sondern ehrliche Ratlosigkeit. Julie misstraut ihr, ganz grundsätzlich.

»Im Lauf der Zeit kriegt man eine Art inneren Kompass, aber, ganz ehrlich, mir fallen zehn Beispiele ein, bei denen ich mich damit geirrt hab. Schwer, sehr schwer zu sagen.«

Schweigend fahren sie weiter, an der Stadtgrenze beginnt der Stau, Julie wippt hin und her. Es ist wohl Angst um die Mutter, die sie so unruhig macht.

»›Vertraue mir!‹ hört sich für mich wie eine gefährliche Drohung an«, fügt Julie hinzu.

Antonia lässt diesen Satz einfach so stehen und bleibt beim Thema. »Wieso sind Sie so sicher, dass nicht in die Wohnung eingebrochen worden ist?«

»Weil ich etwas gefunden habe«, antwortet Julie und schweigt. Sie wippt nervös mit den Knien.

Nach weiteren zwei Minuten neben diesem Zitterwesen steckt Antonia Ranik das Blaulicht aufs Autodach und überholt eine lange Kolonne. Julie lächelt dankbar.

Nach der letzten Donaukanalbrücke fließt der Verkehr wieder, die Sirene ist nicht mehr nötig, das Blaulicht wird eingeholt.

»Entschuldigen Sie, das hab ich nicht verstanden. Was haben Sie gefunden?«, fragt Antonia.

»Den Brief.«

Es kostet Antonia einige Überwindung, nicht sofort nachzufragen, aber Julie redet tatsächlich weiter. »Da hat niemand eingebrochen. Meine Mutter hat wohl etwas gesucht. Sie hat im Schlafzimmer damit begonnen und am Ende scheinbar die ganze Wohnung auf den Kopf gestellt. Das hab ich förmlich sehen können. Gerade sie, diese irre Ordnungsfanatikerin, die für jedes Ding einen Platz hat, der nicht verändert werden darf, gerade sie hat nicht gewusst, wo die Tasche war.«

»Ich verstehe es immer noch nicht, tut mir leid.«

»Ich hab als Kind mit dieser Tasche gespielt, wenn ich allein war. Irgendwann hab ich unabsichtlich den Träger abgerissen: Chaos, Unordnung! Das hätte einen Krach mit meiner Mutter gegeben. Also hab ich die Tasche bei meinen Puppenkleidern versteckt. Meine Mutter hat nie danach gefragt und ich hab sie vergessen.

Jetzt hab ich die Tasche in meinem alten Puppenkoffer wiedergefunden. Ich hab den über all die Jahre in meinem Schrank aufbewahrt. Im Seitenfach der Tasche war dieser Brief. Den hat meine Mutter gesucht, sie muss sich erinnert haben, dass der in ihrer Tasche war. Als kleines Mädchen war er mir egal, weil ich noch nicht lesen konnte. Aber jetzt kann ich lesen.«

Die Häuser rauschen vorüber, plötzlich wirken die vielen Autos auf der vierspurigen Straße wie rollende Wellen, die auf und nieder wogen. Antonia sieht immer wieder zu Julie hinüber.

»Den Brief hat meine Mutter geschrieben, als ich noch in ihrem Bauch war. Sie bittet Mateo darin, sein ›Nein‹ zu überdenken, und fragt, ob er sie nicht doch lieben könnte, für das Kind. Für mich.« Julie schnieft kurz.

»Na bitte, ich hab's gewusst.« Antonia beißt sich auf die Lippe, das hätte sie nicht sagen sollen. *Fehler, Toni, großer Fehler!*

Julie schaut sie erschrocken an. »Was?«

Antonia ist einfach genauso ehrlich wie die junge Frau, die sich ihr gerade anvertraut hat. »Ich hab vermutet, dass Sie es wissen.«

»Was?« Julie verliert beinahe die Nerven, am liebsten würde sie sofort aus dem Auto springen. »Sie kennen meine Mutter nicht und Mateo auch nicht. Der war tot, wie Sie ins Theater gekommen sind, wie können Sie wissen, dass ich … Wer hat es Ihnen verraten?«

»Sie sehen Herrn Ander so ähnlich.«

Über der Fahrbahn erscheint die Hinweistafel für die Einfahrt zu den Tiefgaragenparkplätzen des Krankenhauses. Die beiden steigen in der Tiefgarage aus und Antonia folgt Julie. Die weiß den Weg durch die endlosen Flure und auf den Förderbändern des Monsterkrankenhauses. Vor der Schleuse zur Intensivstation wird Julie langsamer. Antonia ist dicht hinter ihr.

»Ich warte hier auf Sie, gut?«

»Was?«

»Ich werde da nicht reindürfen, meine ich.«

»Sie sind Polizistin, Sie müssen sicher nur Ihre Marke, oder wie man das nennt, herzeigen.«

»Wollen Sie denn, dass ich Sie begleite?«

Julie schüttelt den Kopf und erinnert sich, warum die Polizistin überhaupt hier ist. »Ah, Ihr Termin!«

»Der ist abgesagt … nein … das stimmt nicht. Ich hab gelogen.«

Julie verdreht die Augen. »Super, alle lügen mich an. Super.«

Antonia redet weiter, in der Hoffnung, dass Julie ihr doch noch zuhört. »Ich, ähm, ich dachte, vielleicht kann ich helfen.«

Julie wird wütend. »Und vielleicht kann ich die kleine hysterische Schauspielerin während der Fahrt so nebenbei ein bisserl aushorchen? Ja? Haben Sie sich das vielleicht gedacht?«

Antonia bleibt bei ihrem Beschluss, ehrlich zu Julie zu sein. »Ja, so in etwa.«

Julie überlegt: *Sie weiß also, dass Mateo Ander mein Vater ist. Na und? Aber sie ist Polizistin! Na und?*

Und dann geht Julie durch die Schleuse zur Intensivstation.

Der Streifenpolizist Berger ist ein unauffälliger Mensch, das ist gut fürs Unsichtbarsein. Er ist auf Anordnung seiner Chefin zum Theater gefahren, hat das Polizeiauto weiter weg abgestellt und ist durch den Wald, also von hinten, zum Theater gegangen. Sophie und Alfred kommen soeben vom Zuschauerraum hinter die Bühne.

Berger schiebt sich in Liane Blaus Garderobe, die er ja als »Befragungsraum« kennt. Er steht da und hört durch die offene Klappe ein Gespräch zwischen Sophie Stein und ihrem Angestellten und Vertrauten Alfred Militsch. Sophie ist hörbar nervös.

»Es ist so, ich hab dich angelogen.«

»Wie meinst du das?«

»Bevor ich jetzt mit allen Ensemblemitgliedern darüber spreche und sie überrede, muss ich dir die Wahrheit sagen.«

»Sophie? Warum redest du so gestelzt? Ich bin's, der Alfred!«

Sophie Stein lässt eine kurze Pause und schließt die Augen dabei.

»Wir haben keine Rücklagen.«

»Ich weiß.«

»Wir haben nicht nur keine Rücklagen, Alfred, was schon illegal ist, wir haben auch ein riesengroßes Loch, ein Minus, einen ›Wir gehen in Konkurs‹-Rote-Zahlen-Posten.«

»Sophie, bitte, für die ganz Blöden! Was ist los?«

»Ich hafte. Mit allem, was ich besitze. Mit meiner Wohnung, mit meinem Auto, mit dem Schmuck meiner geliebten Großmutter.«

»Du hast dich wieder verschuldet?«

»Ja.«

»Wegen der Flugmaschine?«

»Ja.«

Berger steht versteckt ungefähr einen Meter entfernt von Alfred Militsch und Sophie Stein, kann jedes Wort gut verstehen und denkt: *Es geht, wie immer, ums Geld. Verflucht noch mal.*

»Wir hätten komplett ausverkauft sein müssen«, stellt Alfred fest.

»Damit hab ich spekuliert.«

»Aber warum?«

»Die Schulden? Na ja, Mateo hat einfach das Wunder verkündet: Die Flugmaschine, die sonst niemand hat, um die uns alle Sommertheater beneiden werden, und er hat sie bauen lassen.«

»Ich war von Anfang an dagegen. Er hat dich eiskalt erpresst.«

»Alfred!«

»Warum erzählst du mir das jetzt?«

»Weil ich die Truppe bitten werde, die Premiere und alle Vorstellungen zu spielen.«

»Sophie?«

»Die Journalisten erwarten bei der Pressekonferenz grausliche Details über Mateos Tod. Wenn ich sie mit der Premiere von *Sommernachtstraum reloaded* überrasche, müssen sie darüber schreiben. Alle.«

Alfred denkt kurz nach, dann nickt er. »Wir könnten uns keine Werbung für die Premiere leisten … Also, wir haben keine Chance, aber wir nützen sie!«

Berger wartet in seinem Versteck vergeblich auf Sophies Antwort. Was auch immer die Chefin Alfred bedeutet hat, die beiden gehen zur Bühne. Wenig später folgt Berger nach.

Die Intendantin sitzt auf der Bühne, die Gaukler im Zuschauerraum, eine verkehrte Welt.

»Bitte überlegt es euch. Es tut mir leid, aber die Entscheidung muss bald, also, bis halb drei heute Nachmittag getroffen sein.« Sophie schaut in ratlose Gesichter.

Die meisten wollen die Entscheidung nicht selbst treffen, sie wollen keine Verantwortung übernehmen, sonst wären sie nicht im Ensemble, sondern Solokünstler, Regisseurinnen oder Theaterleiter. Sie werden nicht vor Sophie reden, das wird ihr jetzt klar, deshalb ruft sie: »Seid mir nicht bös, ich muss zur Kassa. Komme gleich«, und geht davon. Eine hektische Diskussion beginnt.

Da ein Polizist in Uniform in den Theaterraum tritt, enden die Gespräche abrupt. Berger nickt einen Gruß und erklärt, dass er Sophie Stein sprechen muss. »Ich warte natürlich«, sagt er zu Alfred und steht da wie bestellt und nicht abgeholt.

Dieser Krimineserjob ist nichts für mich, denkt Berger. *Ich geh den Leuten so ungern auf die Nerven.* Er sieht sich um und spürt fast körperlich, wie fehl am Platz er hier ist. Deshalb sehnt er sich nach einem Mauseloch, in dem er verschwinden könnte, und lenkt sich mit der Frage ab, ob er in diese Shakespeare-Premiere gehen würde. *Ausgerechnet ich, der noch nie im Theater war? Neugierig wäre ich schon, ob das lustig wär?*

Jetzt hofft er, dass er mehr von der internen Diskussion der Theaterleute mitkriegen wird. Er findet sie interessant, gerade weil sie ihm so unendlich fremd sind. Sie scheinen vom Tod des Regisseurs sehr mitgenommen zu sein. Sind das ihre echten Gefühle? Oder spielen die Gaukler das, weil man traurig ist, wenn jemand stirbt, den man näher kannte?

Berger fragt sich, wie es ihm gehen würde, wenn ein Kollege oder seine Chefin sterben würde. Manchmal kommt der Tod eben zum Arbeitsplatz. Deswegen kann man ja nicht gleich die gesamte Firma zusperren. Während Berger weiterhin wartend herumsteht, beginnen die Theaterleute, leise zu diskutieren. Berger erinnert sich an den Kollegen Gruppeninspektor Herbert Zorn.

Ganz am Anfang war Berger als Frischg'fangter nach der Polizeischule zum Außendienst eingeteilt. Er musste mit einem erfahrenen Kollegen eine Frau zur Einvernahme abholen und auf den Posten bringen. Dieser Kollege Zorn, den Namen wird Berger wohl nie vergessen, Zorn also stand kurz vor der Pensionierung. Bei dieser Fahrt beschwerte er sich fluchend, weil er fand, dass die Jungen solche »Sachen« übernehmen sollten. Altgediente Polizisten wie er, mit seinen plattgelatschten Füßen und Kreuzweh hätten es sich verdient, hinterm Schreibtisch zu bleiben.

Berger kann sich noch an den Tonfall erinnern, in dem Zorn über seinen Vorgesetzten wetterte: »ein fester Trottel, völlig ungeeignet für diese Funktion«. Da brauche man den Überblick und Liebe zu den Kollegen. Wenn man ihm, dem Zorn, das überlassen hätte, dann müssten Polizisten zwei Jahre vor der Pension nicht mehr raus in den »Dreck«. Ein Berufsleben lang habe er mit dem Abschaum, mit dem »Ruaß« zu tun gehabt und heute muss er schon wieder »so eine« fahren. Berger schaute zu der Frau am Rücksitz: Sie war ganz offensichtlich nicht von da – heutzutage sagt man, ein Mensch mit Migrationshintergrund. Sie war vierzig Jahre alt, wahrscheinlich schon einige Jahre im Land, österreichische Staatsbürgerin und verstand das Geschimpfe des Polizisten sehr gut.

»Na, hören'S, die Frau ist doch ka Dreck, find ich!«

Berger hatte es leise gesagt und leichthin, sodass die Frau es nicht hören konnte und Zorn von seinem

Gekeife herunter hätte kommen können. Aber der Zorn wurde bösartig.

»Sogamol, wüst du glei wieda rausfliagn bei uns? An Vorgesetzten in Anwesenheit einer Delinquentin anschmiean? Wer hot da denn des gleant?«

»Aber ich wollte doch nur …«

»Gar nix und vua ollem net jetzt.«

Der Zufall oder das Schicksal hatten bestimmt, dass der geschiedene Mann dieser Frau, der nach drei Wegweisungen in Gewahrsam genommen wurde, noch im Wachzimmer saß, als Berger und Zorn die Frau hereinführten. Der Mann schrie seine Ex an, Berger tippte auf Türkisch, was sich später als falsch herausstellte. Er hätte Tschetschenisch aber auch nicht verstanden. Und so blieb er instinktiv stehen. Dann ging alles sehr schnell. Nach dem ersten Schreck wurde die Frau auch sehr laut. Plötzlich ging der Mann auf seine Ex los. Die Wut in Inspektor Zorn kochte über, so was würde er sich auf seinem Posten aber sicher nicht bieten lassen! Er ging dazwischen, riss die Frau an der Schulter zurück und wollte den Mann mit dem Sicherungsgriff außer Gefecht setzen. Aber dieser Mann wich zurück. Inspektor Zorn griff daneben, seine geballte Kraft schoss ins Leere, er rutschte aus, knallte mit der linken Schläfe zunächst gegen einen metallenen Aktenschrank und krachte dann mit dem Hinterkopf gegen die scharfe Kante seines Schreibtisches, ehe er zu Boden donnerte. Berger hatte es knacken gehört. Obwohl er noch nie auch nur annähernd Ähnliches erlebt hatte, »wusste« er: Der Zorn war tot.

Am nächsten Tag stand ein kleines Blumensträußchen mit einer schwarzen Schleife auf Zorns Schreibtisch. Irgendwer sagte, das Schicksal habe Zorn falsch verstanden. Der hätte am Schreibtisch sitzen wollen bis zur Pensionierung und nicht tot drunter liegen, noch vor seinem letzten Arbeitstag. Sie lachten ein bisschen. Alles am Posten ging den normalen Gang.

Eine Woche später kam eine mitteljunge Frau Inspektor als Zorns Nachfolgerin. Sie ließ das vertrocknete Blumensträußchen noch einen Tag am Rand des Schreibtisches stehen und dann war auch diese letzte Spur von Zorn verschwunden.

So ist das Leben.

Berger steht immer noch vor der Bühne rum, als Alfred Pizzakartons bringt und verteilt.

Die Intendantin Sophie Stein kehrt zum Ensemble zurück, Berger geht sofort auf sie zu und bittet sie, noch einmal für eine Aussage zur Verfügung zu stehen. Er tut dies laut und bewirkt, erwartungsgemäß, dass alle zuhören. Sophie Stein reagiert genauso, wie Berger es sich gewünscht hat: Sie bittet ihn, zu warten.

»Wollen Sie nicht eine Pizza mit uns essen?«

Berger hasst Pizza, aber er kann bleiben und vielleicht noch erfahren, wie sich die Schauspieler entscheiden werden.

Gerry Falk übernimmt die Rolle des Ensemblevertreters: »Ich hab fast das Gefühl, dass er irgendwie noch da ist und auf die Gefahr hin, mich lächerlich zu machen, ich höre ihn sagen: Leute, ab jetzt könnt ihr den Mateo Ander vergessen, das Stück gehört euch. Macht das gut!«

»Was sagt denn Elisabeth dazu?«, wirft Hans pizzakauend ein.

»Sie stimmt zu, unter einer Bedingung: dass sie nicht anwesend sein muss. Sie möchte nie wieder ins

Theater gehen, hat sie gesagt«, erklärt Sophie und Gerry fügt hinzu: »Tja, Kollegen, spielen oder nicht spielen, das ist hier die Frage!«

Antonia fährt wieder mit hohem Tempo in die Kleinstadt zurück, um pünktlich zur Pressekonferenz zurück zu sein. Julie neben ihr ist erleichtert und viel ruhiger, weil sie kurz mit ihrer Mutter reden konnte.

»Ich hab nix gesagt, was sie aufregen könnte. Sie hat nur ›hab dich lieb‹ geflüstert und ist wieder eingeschlafen.«

»Das ist doch gut, es wird ihr bald besser gehen«, zeigt sich Antonia zuversichtlich. Sie hat endlich den richtigen Ton gefunden. Julie braucht ja doch wen zum Reden.

»Ich hab zwei Tage lang einen Vater gehabt.«

Julie lässt den Satz nachklingen und versinkt kurz in ihren Gedanken. *Hätte sie, mit welchem Sinn auch immer, schon früher erahnen können, dass da ihr Vater im Regiestuhl saß? Der Mann, den sie so vermisst hat, seit sie denken kann. Sie hat sich tausend Geschichten ausgedacht, sie hat ihm Briefe geschrieben, die sie nie abschicken konnte. Sie hat Fantasiereisen mit ihm unternommen. Das war die perfekte Vorbereitung auf den Beruf als Schauspielerin.*

»Glauben Sie, das hängt irgendwie zusammen? Bin ich Schauspielerin geworden, weil mein Vater Regisseur war? Wird so was vererbt?«

Na ja, Zufälle gibt's nicht, sagt Dr. Freud, denkt Antonia und weiß nicht, was sie antworten soll. Lieber stellt sie die Frage:

»Haben Sie versucht, Mateo Ander zu sagen, dass Sie es wissen?«

Tränen kullern über Julies Wangen, sie wischt sie rasch weg. Antonia spürt den Impuls, dieser jungen Frau neben sich über den Kopf zu streichen, so wie sie es bei ihrer eigenen Tochter ab und zu gemacht hat, als die noch jünger war. Das geht natürlich nicht.

Julie lacht unvermittelt: »Ja, und er hat zu mir gesagt: ›Du bist einfach nur die Schauspielerin, die ich für das *Sommernachtstraum-reloaded*-Projekt engagiert habe. Wir machen hier keine Familienaufstellung. Deine Mutter wollte nicht, dass du mich kennst, lassen wir's dabei. Kein Drama, junge Dame!‹«

Antonia nimmt die Abfahrt zur Kleinstadt, konzentriert darauf, ihre Gefühle nicht zu zeigen. *Junge Dame? Kein Drama?*, fragt sie sich. *Zu seiner Tochter? Das glaub ich jetzt nicht.*

»Das hat Ihr Vater gesagt?«

»Ja.«

»Oh … das hat sicher sehr weh getan, es braucht Zeit bis man so was …«

Julie schneidet Antonia das Wort ab: »Glauben Sie echt, ich will Ihre guten Ratschläge hören?«

»Entschuldigen Sie.«

Julie ist wütend geworden. »Gratuliere, Frau Bezirksinspektor!«

»Wozu?«

»Sie haben mich ja doch ausgehorcht.«

Julie hat recht, Antonia nickt. Das ist nun mal ihr Job. Glücklicherweise ist sie endlich am Hauptplatz direkt vor dem Rathaus angelangt. Sie hält an und Julie steigt aus.

Beim Weiterfahren zum Parkplatz sieht Antonia im Rückspiegel, dass Ignaz hinzukommt und Julie umarmt. Gut, sie ist versorgt.

* * *

Der Bürgermeister hat sein Rathaus für das außergewöhnliche Medienereignis »herrichten« lassen: mit Blumenschmuck, Getränken, einem kleinen Buffet – und zusätzlichen Stühlen.

Antonia ist eine der Letzten, die noch in den Stadtsaal reinkommt. Sie wird stehen müssen. Die Journalisten sind bereit, die Kameraleute stehen dicht gedrängt und die Fotografen kämpfen um die Plätze, von denen aus man gute Fotos schießen kann.

Der Bürgermeister ist zufrieden, es war doch gut, Podeste aufzustellen. Man würde Sophie Stein sonst nur vorn von den ersten Reihen aus sehen. Sie ist zart und klein. Aber zäh. Der Bürgermeister bewundert Sophie. Die anfängliche Skepsis ihr gegenüber ist in den letzten Jahren auch bei allen Gemeinderäten in schlichte Begeisterung übergegangen. Das Sommertheater-Festival ist ein Wirtschaftsfaktor geworden.

Vergangene Nacht saßen die Gemeinderäte bis zum Morgengrauen zusammen, um die Situation zu besprechen und zu bewerten. Keiner weiß, wie es weitergehen soll. Die Stimmung im Raum würde Antonia als »gedämpft« bezeichnen.

Kurz erscheint Alfred in der Tür zum Nebenraum. Antonia fragt sich, womit er die vergangenen Stunden verbracht hat. *Was hat ihn beschäftigt? Wie geht's ihm?*

Jetzt jedenfalls dreht er sich zu Sophie und bedeutet ihr, rauszugehen. Sie atmet noch einmal tief durch und tritt dann hinaus auf das Podest. Es ist ein klassischer Auftritt, bloß applaudiert niemand.

»Guten Tag, sehr verehrte Damen und Herren, Herr Bürgermeister, werte alle. Kennen Sie unser Theater? Es ist etwas ganz Besonderes.«

Während Sophie Steins Rede streifen Antonia Raniks Augen suchend durch die Reihen der Zuhörer. Nach drei Runden ist sie sicher: Die Witwe ist nicht da. Will sie nicht hören, was Sophie gerade über ihren verstorbenen Mann erzählt?

»Mateo Ander hat meine Begeisterung für diesen speziellen Spielort sofort verstanden. Er hat gewusst, was ich meine, mit diesem Kraftzentrum, das sich mitten auf der runden Bühne befindet, sobald Menschen auf den Tribünen sitzen und zuschauen. Mateo Ander hat in den folgenden Jahren immer etwas Besonderes abgeliefert, heuer nun unsere Flugmaschine! Ich hätte mich das nicht so getraut, aber Mateo hat uns alle mit seiner Begeisterung angesteckt und ab heuer können wir fliegen!«

An dieser Stelle ertönt auf einmal Applaus von den Teilnehmern der Pressekonferenz. Antonia sieht sich erstaunt um: Das ist doch beachtenswert, dass bei so einem Anlass applaudiert wird! Noch kann Antonia Ranik nicht sagen, wohin die Intendantin ihr Publikum führen will. Alle hatten, in bedrückter Stimmung, eine Schilderung des »Vorfalls« erwartet. Die wenigen, die nicht bei der Generalprobe waren, wollen einen schockierenden Bericht über den spektakulären Todesfall, der sie wie ein Horrorfilm fasziniert. Die Chefredakteure der Lokalzeitungen haben Titelseiten reserviert und jetzt … applaudieren die Leute? Seltsam.

Antonia nützt die Unterbrechung der Rede, um beiläufig auf ihr Handy zu schauen, das in ihrer Jackentasche vibriert hat. Berger schickt Fotos! Er ist offensichtlich noch im Theater –und macht Bilder von der Unterbühne hinaus in den Zuschauerraum. Sie wird ihn später anrufen.

Jetzt möchte sie Sophie Stein zuhören, die mit fester Stimme Mateos Arbeitsstil beschreibt.

»Hinter dem Regiepult ist Mateo selten … Er springt auf, spielt eine Passage vor, läuft zur Bühne und mischt sich immer und überall ein. Keine Ahnung, woher er die Energie nimmt.«

Die Leute lachen! Sophie Stein schafft das in einer Trauerrede, und dorthin muss sie ja jetzt endlich kommen.

»Alle, die in der Generalprobe waren, werden mir das bestätigen: Wir haben dieses Jahr eine sensationelle Produktion, oder? Spannend, saukomisch, berührend.«

Die meisten im Raum waren ja wirklich bei der Generale dabei und sofort sehen alle den toten Regisseur vor ihrem inneren Auge. Das war ein Schreckensmoment, das muss Sophie nicht wiederholen.

Stattdessen sagt sie: »Ich selbst habe das nicht erlebt, meine Damen und Herren, ich war an dem Abend nicht da! Irgendein Schicksalsteufel hat mir ein Intendantinnentreffen auf den Terminkalender gesetzt. Das empfinde ich im Nachhinein wie eine Bestrafung. Ich war erst am nächsten Morgen im Theater, da hatte man den Toten schon abtransportiert. Wir Theaterleute denken ja, dass er noch irgendwo um uns herum da ist, dass wir ihn irgendwie spüren und dass er noch ein bisschen Zeit braucht, bis er endgültig … gehen kann. Er hat dieses Stück für Sie, für sein Publikum geschrieben und inszeniert. Er war mit dieser Arbeit fertig. Ich bin überzeugt davon, dass wir die Produktion nicht einfach vergessen und verschwinden lassen dürfen. Und, meine Damen und Herren, ich bin Gott sei Dank nicht allein mit dieser Idee. Mein gesamtes Team, alle in unserer Truppe, denken so. Sie werden mich bei diesem Plan unterstützen, heißt, sie werden auf die Bühne gehen. Darf ich euch bitten, zu mir zu kommen!«

Auf dieses Stichwort haben alle Ensemblemitglieder im engen Nebenraum gewartet und gehen nun hintereinander auf die Bühne.

»Wir laden alle ein, am Donnerstag wieder ins Theater zu kommen, in die Premiere und wir spielen selbstverständlich auch alle angesetzten Vorstellungen. Das ist unsere Art, dem großen Regisseur und wertvollen Ensemblemitglied Mateo Ander die letzte Ehre zu erweisen. Kommen Sie zu uns. Ich danke für Ihre Aufmerksamkeit!«

Kurze Stille und dann langer Applaus. Sophie Stein hat es geschafft. Im Saal beginnen viele Gespräche, es herrscht ein beinahe fröhliches Treiben, obwohl es um die Verabschiedung eines recht tragisch aus dem Leben Geschiedenen geht.

Antonia verlässt ihren Beobachtungsplatz am Rand des Raumes und geht durch die Sitzreihen, schnappt Gesprächsfetzen auf. Mateo wird als guter Regisseur bezeichnet.

Bis jetzt haben sich alle, ausnahmslos, in Einzelgesprächen mit Antonia oder Berger negativ über ihn geäußert. Gilt das nicht mehr, wenn sie in so eine Veranstaltung gehen? Ist das so ein »Wir repräsentieren das Theater«-Reflex? Oder sind sie wirklich ein Team? Halten sie wirklich zusammen? Heucheln sie? Und wenn ja, warum?

Dass die Premiere gespielt werden sollte, hat Antonia ja auch gedacht. Alfred kommt gerade auf sie zu.

»Gratuliere, dass die Premiere stattfinden wird.«

»Kommst du?«

Kurz ist Antonia irritiert durch dieses Du. Aber es stimmt schon, sie waren per Du …

»Ja, natürlich. Macht ihr vorher Proben?«

»Ja, sicher.«

»Würdest du mir den Probenplan weiterleiten?«

»Ähm … ja, wenn Sophie einverstanden ist. Gib mir deine E-Mail-Adresse.«

»Wir müssen wieder Sie sagen.«

Alfred nickt.

»Ich möchte noch einige Ensemblemitglieder befragen, wissen Sie.«

»Ja?«

»Sie zum Beispiel.«

»Pah, was soll ich da sagen?«

»Ich hab noch deine Jacke.«

Alfred schaut Antonia groß an. Dieser Blick sollte nie enden. Sie sollten einfach so weiter ineinander hineinschauen dürfen, bis sie alles gesehen haben.

»Magst du sie mir heute Abend zurückgeben?«

»Wo?«

»Na dort.«

»Bei der Parkbank?«

Sophie ist vom Podest heruntergestiegen. Ein junger Mann vom privaten Bundesland-TV hält ihr ein Mikro vors Gesicht: »Wir waren nicht alle bei der Generalprobe, was genau ist passiert?«

Sophie seufzt. »Mit dem Verlust eines so engen, langjährigen Mitarbeiters umzugehen, ist für uns alle sehr schwer. Wir konzentrieren uns auf die Arbeit, das hilft über die schlimmsten Momente hinweg. Sie wissen ja, dieses Jahr wird im Sommertheater-Festival geflogen. Ja, wir haben eine ganz herausragende Flugmaschine. Da werden Sie staunen. Danke, dass Sie mich gefragt haben.«

Sophie hält sich genau an das, was sie mit Alfred trainiert hat: »Egal was die fragen, du sagst nur, was du sagen willst.«

Sie lächelt tapfer und dreht sich zur nächsten Kamera um, ehe eine weitere, bohrende Frage von dem jungen Mann kommen kann.

Nun erblickt der Redakteur Antonia und geht forsch auf sie zu.

»Sie sind doch die Polizistin, die den Amokläufer beruhigt hat, ja genau, jetzt weiß ich's!«

Antonia weicht instinktiv zurück, weil der Kameramann schon zu filmen beginnt.

»Was macht denn die Kripo hier?«

»Ich gebe kein Interview.«

Der Kameramann ignoriert Antonias Statement und der junge Journalist hält ihr sein Mikro ganz nah vors Gesicht. Reflexartig stößt sie es von sich und hält die andere Hand vor die Kamera.

»Lassen Sie mich in Ruhe!«

Antonia verlässt rasch den Saal. Sobald sie draußen ist, beginnt sie zu telefonieren.

Ferdinand Berger öffnet gerade eine Flasche Grünen Veltliner und schenkt zwei Gläser voll, seine Frau Conni sitzt beim Küchentisch. Sie ist fröhlich.

»Dass du amal Zeit hast.«

»Ich? Wer hat dauernd Seminare und Schulungen?«

Bergers Handy liegt am Tisch und bimmelt. Er reagiert nicht.

»Heb doch ab!«

Er schüttelt den Kopf und wartet, bis die Mailbox anspringt.

»Es gibt Dienstzeit und Freizeit und Dienstpläne, die beides einteilen.«

»Aber es ist deine Chefin!«

»Die muss auch wissen, was Dienstschluss heißt.«

»Vielleicht will sie dich nur was fragen, ruf sie zurück.«

»Genau darum geht's. Sie gibt mir den Auftrag, irgendwen zu befragen, aber sie erklärt mir nie, worum es ihr wirklich geht. Dann steh ich da wie der Depperte. Leute ausfratscheln ist nicht meins.«

»G'hört aber zum Job.«

»Jeder soll machen, was er gut kann.«

»Oder was Neues lernen.«

»Ja, eh.«

Conni nimmt Ferdl das Weinglas ab.

»Aber du sagst doch, dass sie sympathisch ist und dass du gern mit ihr arbeitest.«

»Ja, eh.«

Conni trinkt einen Schluck, streckt ihren Arm hoch und zieht ihren Mann zu einem Kuss zu sich herunter.

»Nach dem Führungskräfteseminar tät ich sagen, sie motiviert nicht genug.«

»Ah so?«

»Und dass sie dich mehr in ihre Arbeit einbinden sollte.«

»Aber ich will nicht zur Kripo.«

»Was nicht ist …«

»Bei den Theaterleuten weiß ma nie: Spielen die jetzt oder sind's echt so aufgeregt? Der eine, der König, der wird von einer Sekunde auf die andere so zornig und ich weiß nicht, meint er das so? Oder sagt er grad den Text aus dem Stück auf? Normal weiß ich, wenn einer lügt. Aber bei den Schauspielern ist das anders.«

»Die sind auch nur ganz normale Menschen.«

»Na …«

Conni schaut ihren Mann an. Meine Güte, manchmal schaut er so jung aus. Sie sind jetzt neun Jahre verheiratet und der Ferdl hat sich überhaupt nicht verändert. Da ist noch keine Falte dazugekommen. Conni hat unlängst das erste weiße Haar auf ihrem Kopf entdeckt. Seit diesem Morgen arbeitet sie noch intensiver auf den nächsten Karriereschritt hin. Sie spezialisiert sich gerade auf die »direkte Kundenbetreuung«, da kann man Boni verdienen, wenn man gut ist.

»Weißt du, dass die Theaterbetriebsgesellschaft alle Konten bei uns hat?«

»Nein.«

Berger steht auf, die romantische Stimmung zwischen ihm und seiner Frau ist verflogen. Er will nicht hören, was sie weiß. Obwohl er sich vorgenommen hat, mehr über die finanzielle Situation des Theaterunternehmens herauszufinden, seit er die Intendantin über Schulden reden hörte. Aber er weiß definitiv, dass es nicht erlaubt ist, Infos, Zahlen und Fakten von der eigenen Frau abzufragen. Schon gar nicht, wenn sie dieses Wissen auch illegal erworben hat.

»Du kannst doch nicht in irgendwelche Konten hineinschauen, nur weil die in deiner Filiale eröffnet worden sind.«

»Ja, ich weiß, aber manchmal kann man ja eine Ausnahme machen. Ich kann dir sagen, die Konten vom Theater sind komplett leer geräumt, im Minus, absolut rote Zahlen. So was sieht man selten.«

»Die haben auch keine Rücklagen.«

»Ja genau. Woher weißt du das?«

Ferdl zuckt mit den Schultern, er kann seiner Frau ja nicht gut erzählen, dass er sich in der Garderobe versteckt hat, um Leute zu belauschen.

Conni redet weiter. »Die haben einmal Gehälter ausgezahlt und jetzt ist alles weg. Nur ein Schauspieler hat einen Vorschuss gekriegt.«

»Conni! Bitte, du darfst mir das gar nicht sagen!«

»Aber du weißt es ja eh.«

»Ich hätte das nur nicht so erfahren dürfen, wie ich es erfahren habe.«

»Sag, Ferdl, warum bist du so kompliziert?«

»Weil ich kein Kriminalpolizist bin, Himmelherrgott noch mal!«

Sie trinken beide und versuchen, sich zu beruhigen. Am ersten Abend seit Wochen, den sie miteinander haben, darf doch nicht gestritten werden. Der Junior ist noch zwei Stunden beim Basketball. Man könnte ins Bett schlüpfen und wieder mal Sex haben.

»Du, sag, der Schauspieler, der so viel ausgezahlt bekommen hat, ist das der West?«

»Ignaz West, genau. Aber ich hab dir nix gesagt.«

»Ich hab auch nix gehört. Dieser West ist ein schräger Vogel. Die Witwe hat meiner Chefin erzählt, dass er …«

»Das sollst du *mir* jetzt nicht erzählen, glaub ich.«

»Nein, aber könntest du dir das Konto von dem West anschauen? Nur theoretisch? Ob der im Minus war? Weil dann …«

Conni steht auf, legt Ferdl die Hand auf den Mund und schubst ihn aufs Sofa.

»Sei jetzt still, sonst machen wir uns so superstrafbar, dass du mich verhaften musst.«

»Ich würde dich aber sehr gern verhaften.«

»Wie bitte?«

»So richtig, mit Handschellen.«

»Ferdl?!«

»Tschuldige. Zu viel Wein und müd. Tschuldige.«

»Nein, mach ma das. Komm.«

»Sagen Sie, Ranik, was wollen Sie von mir?«

Antonia steht vor dem Schreibtisch des Chefinspektors Hufnagl. Sie hat den Kopf schiefgelegt und steht breitbeinig da. Es wird wohl einen längeren Vortrag des Chefs geben, da will sie bequem stehen. Sie hat ihn um das Gespräch gebeten, denn sie braucht mehr Zeit, aber jetzt geht das Gespräch in eine falsche Richtung.

»Wir haben da ein paar nette Delikte, zum Beispiel eine nicht ganz legale Bühnenkonstruktion, da hat die zuständige Behörde ein bisserl weggeschaut und das könnte angezeigt werden, wenn wer denen was Böses will. Die Finanzer werden vielleicht ein paar Ungereimtheiten in der Buchhaltung finden. Das würden sie aber immer, weil ohne ein paar kleine Tricks kann so ein Unternehmen gar nicht überleben, und dann ist da was nicht in Ordnung mit dem dicken Schauspieler und seinen Mädchen. Vielleicht, sehr wahrscheinlich sogar ist das was für die Sitte, kann sein. Aber wir?«

Antonia sieht zu Boden, sie hat kein Gegenargument. Hufnagl lässt ihr Zeit und fragt dann: »Sagen Sie mir, was die Kriminalpolizei an der Sache interessieren könnte.«

»Geben Sie mir noch zwei Tage.«

»Warum sollte ich das tun?«

»Ich muss mir die Premiere unbedingt anschauen.«

»Ins Theater gehen können'S ja eh.«

»Schon, aber nicht so, wie ich das will. Bitte, schließen wir noch nicht ab. Viele Morde werden nie aufgeklärt, weil niemand genau nachfragt.«

»Ranik? Kommen'S mir nicht mit Statistik. Ein Toter macht noch lange keinen Mord!«

»Was sind zwei Tage?«

Wenn Hufnagl nicht erlebt hätte, wie Antonia mit dem Waffennarren umgegangen ist, wie mutig sie da war und effizient, würde er sie anders behandeln. Aber seither hat er Respekt.

»Vor Montag gibt's eh keinen Endbericht von der Pathologie, bis dahin ...«

»Nein, Ranik, ich bin Ihr Vorgesetzter, ich muss auf die Arbeitszeit achten, ich muss die Überstunden im Aug haben und ich bin verantwortlich für sinnvolle Ermittlungen! Die Theatersache ist sinnlos. Das ist kein Fall.«

»Nein, hören Sie, wenn ich wenigstens noch bis zum Ergebnis der Pathologie …«

»Nein, Sie hören mir zu: Verbeißen'S Ihnen net in was, was nix ist. Wir schließen ab.«

Antonia geht zur Tür, sie kämpft gegen ihre Wut.

»Was sag ich dem Kollegen Berger?«

»Wie hat er sich denn angestellt?«

»Bisserl stur und langsam, aber eigentlich gut. Er wird wissen wollen, was los ist.«

Hufnagl schielt zur Uhr. Ranik wird ungehalten.

»Na ja, wenn's wurscht ist, kann ich ja meinen Abschlussbericht schreiben.«

»Der da lautet?«

»Ich finde einige Ungereimtheiten in dem Fall, aber mein Vorgesetzter möchte, dass ich mich nicht weiter damit beschäftige. Der Kollege Berger hat mir vorhin Fotos geschickt und weiter recherchiert, aber das ist jetzt alles wurscht. Da ist halt einer auf der Unterbühne zu Tode gekommen. Wurscht. Gut, ich setz mich morgen an den Schreibtisch, schreibe das alles nieder und erledige die Bürokratie. Dann ist der Fall abgeschlossen.«

Die Tür fällt krachend hinter der Ranik ins Schloss. Hufnagl ist unschlüssig: *Drei Morde in meiner Dienstzeit und alle drei aufgeklärt. Das ist eine gute Bilanz, oder? Was hat die Ranik nur mit dem Theater? Was ist, wenn sie vielleicht doch recht hat?*

Sophie Stein sitzt neben der Regieassistentin am Regietisch, den sie auf die andere Seite der Tribünen getragen haben. Bloß nicht an der Stelle sitzen, wo Mateo immer gethront hat. Der Stuhl, auf dem seine Frau immer saß, ist auch verschwunden. Die Ensemblemitglieder wollen mit dem zweiten Teil nach der Pause starten. Da gibt es unsichere Passagen. Die Musiker spielen endlich live, die Flugmaschine ist getestet und gut vorbereitet und die Schauspieler haben den Text gemeinsam »durchgeklopft«.

Äni erklärt, wie Mateo den Beginn nach der Pause wollte. Sophie schüttelt den Kopf.

»So geht das nicht. Wir starten mit der Musik, holen die Zuschauer aus der Pause ab und wenn alle sitzen, wird die Musik auf Zeichen leiser. Erst dann: Licht auf Puck, Bühne frei und Abflug! Alle Aufmerksamkeit auf Puck. Die Zuschauer müssen sofort wissen, wo es losgeht.«

Gerry Falk strahlt. Na endlich, Sophie versteht was von Regie. Wie oft hat Gerry versucht, den Regisseur davon zu überzeugen, dass er im vollen Licht losfliegen muss? Sophie spürt jedoch eine seltsame Atmosphäre rund um sich und sieht Äni fragend an.

»Du machst genau das Gegenteil von dem, was Mateo immer wollte.«

»Ja, mag sein«, antwortet Sophie, »aber ich werde nichts so belassen, nur weil *er* es so gewollt hat. Es muss für *uns* passen. Bevor wir da stundenlang diskutieren, lasst es uns ausprobieren! Theater kommt von Tun! Los geht's!«

Äni hat so lange mit Mateo gearbeitet, dass sie ziemlich sicher weiß, was er gesagt hätte, wie er eine Szene geführt hätte, was er verlangt und was er verspottet hätte. Aber jetzt läuft alles so, wie die Intendantin es angesagt hat. Sie ist jetzt die Spielführerin. Gerry fliegt über die imaginären Zuschauer, kreischt, landet perfekt und lässt seine Flüche vom Stapel. Er reißt alle mit. Die gesamte Truppe lacht.

»Moment, halt, stopp!« Sophie wedelt mit beiden Armen. »Habt ihr das Lichtzeichen zum Abflug gut gesehen?«

»Ja!«

Sophie zwinkert Äni zu: Sie haben ein rotes Blinklicht auf der Unterbühne anbringen lassen, welches Bea, die »Unterbühnenchefin«, vom Schaltpult aus für die Hebebühne betätigen kann. Keiner muss da unten mehr mit der Taschenlampe herumhüpfen und die Einsätze werden alle nur mehr von Bea gegeben. Das bringt Sicherheit.

»Gut, alles auf Anfang – tut mir leid, Gerry, aber wir müssen das noch mal machen. Wenn alle so weit sind, geht's los. Macht das schön!«

Die Probe läuft eine lange Distanz lang gut, aber dann passiert es: Vor dem großen Finale verheddern sich die Schlingpflanzen, die an Titanias Villa hochkriechen und diese am Schluss gänzlich verschlingen sollen.

Alfred ruft sein Team zusammen. Alle Schauspieler müssen von der Bühne runter, Arbeitslicht springt an, der ganze schöne Drive, den die Szene gerade noch hatte, ist dahin.

Um die Techniker bei der Reparatur nicht zu stören, läuft Liane von der Bühne die schmale Treppe auf die

Unterbühne hinunter. Die Hebebühne bleibt im zweiten Teil hochgefahren, sie ist Teil des Bühnenbodens, deshalb ist es dunkel und heiß unter der Bühne. Liane will rasch durchlaufen, bleibt jedoch plötzlich wie angewurzelt stehen. Sie ist zum ersten Mal wieder hier unten. Sie hätte sich auf diesen Moment vorbereiten sollen. Stattdessen war sie bis jetzt damit beschäftigt, möglichst nicht an Mateo zu denken und den Abend der Generalprobe aus ihrer Erinnerung zu löschen.

Direkt über ihr, auf der Bühne, laufen die Techniker mit dröhnenden Schritten. Liane kriegt plötzlich keine Luft. Eine dunkle Gestalt kommt auf sie zu. Ist das ein Mann? Er hat breite Schultern, ist groß und sicher sehr kräftig. Liane hebt abwehrend die Hand, sie will diesen Mann wegschieben. Doch er greift nach ihr, hält sie fest. Sie will schreien, aber die Angst schnürt ihr den Hals zu. Sie versucht mit aller Kraft, diesen Mann loszuwerden, sie sieht sein Gesicht nicht. Er hat helle Haare, sind die weiß? Ist das Mateo? Dann verliert sie das Bewusstsein.

Antonia geht im Hotelzimmer auf und ab. *Was hab ich übersehen?*

Sie hält inne: *Diese Fotos vom Kollegen Berger! Warum hat er mir die geschickt? Und warum verdammt noch mal ist er nicht erreichbar?*

Antonia muss sich eingestehen: *Ich hab mich zu wenig für ihn interessiert. Ich weiß nichts über ihn, außer dass er verheiratet ist und ein Kind hat. Glaube ich. Wer will, dass der Mitarbeiter auf den Dienstschluss pfeift, muss aufmerksamer sein und wissen, wo seine Stärken sind.*

»Die werden den Regisseur mit einem schönen Begräbnis verabschieden und dann wird er eingeäschert und niemand wird sich mehr fragen, was da passiert ist«, hat der Berger gesagt.

Aber trotzdem!, denkt Antonia. *Auch ein fieser Typ hat ein Recht auf Wahrheit und Gerechtigkeit.*

Da ist zum Beispiel die Frage nach der Taschenlampe. Wo ist die Taschenlampe, die Mateo Ander der Bühnenarbeiterin Bea auf der Unterbühne weggenommen hat, um selbst das Lichtzeichen für den Start des Puckflugs zu geben? Wo ist die? Antonia schaut in die Mondnacht hinaus: *Was mache ich da? Der Chef hat den Fall abgeschlossen, bevor er ihn überhaupt eröffnet hat.*

Ihr Handy bimmelt.

»Antonia Ranik, hallo?«

»Wir sind fertig.«

»Ähm, ja?«

»Ist es dir zu spät?«

»Was?«

»Ist es Ihnen zu spät, Frau Bezirksinspektor?«

»Ach du bist es … nein!«

»Sie haben noch meine Jacke.«

»Wann?«

»Zwanzig Minuten?«

»Gut.«

Ignaz und Julie sitzen vor dampfenden Spaghetti-Tellern. Beide sind erschöpft vom Proben.

Es ist weit nach Mitternacht, aber sie sind so hungrig, sie müssen essen.

»Liebe, seit wir in der Wohnung deiner Mama waren, bist du echt gaga. Was ist?«

Julie schaut Ignaz an: Kann sie ihm vertrauen? Will sie dieses intimste Geheimnis mit ihm teilen? *Ich kenne ihn doch gar nicht richtig! Und trotzdem will ich ihm alles erzählen. Er, gerade er soll wissen, was mir passiert ist.*

Julie holt ein Briefkuvert aus ihrer Jackentasche. Sie hat es die ganze Zeit dabeigehabt. In ihrer Jacke! Und jetzt legt sie es auf den Tisch. Ignaz liest.

»Retour zum Absender: Oda Marte?«

Julie zieht einen Brief aus dem Kuvert und liest:

»Lieber Mateo, heute hat man es gesehen. Unser Kind ist ein Mädchen. Ich hab das kleine Herz pochen gesehen und mir gewünscht, Du wärst bei uns. Bitte – kannst Du nicht versuchen, mich zu lieben? Für unsere Tochter? Und mit uns zusammenleben? In Liebe Oda
PS: Mateo! Als Mutter Deiner Tochter kann ich nicht länger die heimliche, weggeschickte Geliebte sein. Deine Frau muss wissen, dass Du Vater wirst.«

Ignaz schaut Julie verdutzt an. »Du bist seine Tochter?«

»Ja. Das hat meine Mutter wenige Monate vor meiner Geburt an Mateo Ander geschrieben.«

Julie streicht mit drei Fingern über das Briefpapier. Sie ist da gemeint. Ihr kleines Herz hat da gepocht. Ihr Vater hätte ihretwegen die Frau lieben sollen, die ihre Mutter ist.

Sie sieht Ignaz an und erzählt die Geschichte fertig: »Mateo hat ihr den Brief zurückgeschickt und eine Karte dazugelegt, schau:

Sehr geehrte Frau Oda Marte,
wir ersuchen Sie höflich, uns in dieser Angelegenheit nicht weiter zu belästigen.
mhG Elisabeth und Mateo Ander
PS: Mateo wird selbstverständlich alle Zahlungen, zu denen das Gesetz einen Vater verpflichtet, leisten und seine Tochter unterstützen, wo immer es nötig ist.

Jetzt erinnert sich Ignaz an den Tag, nachdem sie in der Wohnung von Julies Mutter waren. »Du hast Mateo beim Frühstück drauf angesprochen.«

»Ja. Er wollt nix zu tun haben damit.«

»Ich hätte ihm doch eins in die Fresse hauen sollen.«

»Wozu? Igi, was hätte das gebracht?«

»Ja nix. Außerdem: Er ist ja tot.«

»Ja, genau.«

Es ist so was Ernstes in Julies »genau«. Ignaz streicht über ihre Wange:

»Du bist so lieb! Wie kann der dich so behandeln?«

»Er ist tot! Ignaz, der fiese Typ ist tot! Wir müssen nie wieder über ihn reden.«

Antonia kommt zur Parkbank, wird langsamer, alles ist furchtbar kompliziert. Sie würde Alfred so gern so viel erzählen, von ihrer Begeisterung für das Theater, ihrem

Verdacht und ihrem Frust mit dem Chef. Aber das geht Alfred ja nichts an. *Man muss die Dinge trennen!* Die Polizistin ist einem potenziellen Zeugen eines potenziellen Verbrechens keine Rechenschaft schuldig. Wenn es der Aufklärung dient, kann sie alles erzählen oder verschweigen oder verkehrt herum darstellen. Sie darf Dinge, die ihr anvertraut wurden, nicht offen benützen, aber es gibt Möglichkeiten, etwas anzudeuten. Okay, sie muss ihr berufliches Ich von ihrem privaten Ich trennen.

Am besten wäre es, gar nichts Privates mit einem potenziellen … ja, genau.

Dann stehen sie einander gegenüber. Alfred sieht müde und abgekämpft aus, trotzdem lachen seine Augen, wenn er Antonia ansieht. Der Mond ist voll, die Nacht ist hell.

»Kommst du, entschuldige, aber jetzt bin ich zu müde für dieses Per-Sie-sein-Spiel, kommst du zur Premiere? Ich check dir eine Karte.«

»Danke.«

Es ist so heiß und trotzdem fröstelt Antonia. Alfred muss ihr die Jacke wieder umlegen. Und dann kann sie doch nicht widerstehen und fragt.

»Hat die Probe bis jetzt gedauert?«

Alfred erzählt von den verdammten Schlingpflanzen. »Eine Katastrophe. Ich kann ja nicht zwischen die Schauspieler hüpfen und den Blätterwald wieder in Gang bringen, praktisch ist diese Konstruktion ein Wahnsinn. Da kannst du dich aufhängen, auf der Unterbühne.«

Antonia muss lachen: »Noch ein Toter auf der Unterbühne?«

Alfred berichtet von Lianes Nervenzusammenbruch. Sie hat wohl stundenlang nichts getrunken, auf der Unterbühne war es stickig, sie hat panisch gewirkt und als Hans ihr helfen wollte, ist sie furchtbar erschrocken und zusammengeklappt.

»Ich hab geglaubt, die ist tot, stell dir das vor: Liane Blau – als zweite Tote im Theater. Der Horrortrip. Ich war aber ganz ruhig und hab nur gedacht, wie ich den anderen diesen Anblick ersparen kann, weil die mir sonst auch umkippen! Die Notärztin ist sehr bald da gewesen und hat Entwarnung gegeben. Liane war nur dehydriert, muss aber eine Nacht ins Krankenhaus. Alle waren besorgt um die Blau. Beim Warten auf die Rettung lehnte Liane, die inzwischen wieder zu sich gekommen war, an Hans und sagte: ›Muss man erst in Ohnmacht fallen, um von den Kollegen bemerkt zu werden? Na, das hättet ihr früher haben können!‹«

Antonia lacht.

»Wieso lachst du?«, fragt Alfred.

»Weil ich sie versteh, ich kann mir das so gut vorstellen.«

Alfred lacht.

»Und warum lachst du jetzt?«

»Weil du irgendwie gar keine Polizistin bist. Du bist wie vom Theater.«

»Ich bin ja selber auf der Bühne gestanden.«

Alfred sieht sie fragend an: »Wie meinst du?«

»Ich war am Wiener Volkstheater! Ja, tatsächlich. Eine Schulfreundin hat ein Vorsprechen für die Tochter von *Liliom* gemacht, du weißt schon, *Liliom* von Molnar, da wurde eine junge Statistin gesucht für die Tochter von Liliom, für die er alles riskiert und letztlich stirbt.

Die ist im Stück vierzehn Jahre alt und der Regisseur wollte nicht, dass wieder eine doppelt so alte Schauspielerin dieses Kind spielt. Meine Freundin war so nervös, da bin ich mit ihr auf die Bühne und hab ihr den Text eingesagt … Sie wurde nicht genommen, aber ich! Acht Probenwochen und dreißig Vorstellungen lang hab ich Bühnenluft geschnuppert, ich war fasziniert von dieser fremden Welt. Aber wirklich gut gespielt hab ich nicht, ich glaub, das Schauspielerinnengen hab ich halt doch nicht. Dann bin ich meinem Ex begegnet, hab meine Tochter gekriegt und da wollt ich was Vernünftiges, so bin ich Polizistin geworden«, sagt sie jetzt bestimmt und denkt: *Eigentlich kann ich dem Hufnagl auch dankbar sein, dass er mich zurückgepfiffen hat.*

Wenn es im Theater keinen Fall mehr gibt, wenn nichts ermittelt und aufgeklärt werden muss, kann sie Antonia Ranik sein und erkunden, wie das mit Alfred Militsch privat so sein könnte. Und mit ihm auch wieder ein bisserl im Theater sein. Aber jetzt ist Vernünftigsein angesagt.

»Ich muss ins Bett.«

»Ich auch. Wenigstens ein paar Stunden schlafen.«

Wie gerne würde sie jetzt sein Gesicht in beide Hände nehmen und ihn küssen. Seine Haut berühren, ihn riechen. *Stopp.*

»Bis morgen. Wenn du dich nicht bedankst, darf ich schon toi, toi, toi wünschen?«

»Ja, wird schon schiefgehen.«

Und damit gehen sie rasch davon. Erst im Hotel wird Antonia bemerken, dass sie Alfreds Jacke wieder nicht zurückgegeben hat.

Alfred fällt müde in sein Bett. Antonia schlüpft fast zeitgleich unter ihre Decke, schließt die Augen und freut sich aufs Einschlafen. Wenig später steht sie allerdings doch wieder auf.

Alfreds Schilderung der Probe geht ihr im Kopf herum. Dass Schauspieler empfindsame Wesen sind, ist eine Binsenweisheit. Aber dass Liane Blau panisch geworden ist und Angst vor Hans hatte, ist doch eigenartig. Antonia loggt sich ins Zeitungsarchiv der Kriminalpolizei ein. Dort liegen digitalisiert die Jahrgänge der wichtigsten Tageszeitungen zum Nachschlagen. Das wird wieder eine lange Nacht.

Bis jetzt hat sie keinerlei Hinweise darauf, dass Mateo und Liane einander schon gekannt haben. *Sommernachtstraum reloaded* war ihre erste Zusammenarbeit. Vielleicht war das Lianes Pech. Sie traf völlig unvorbereitet auf diesen tobsüchtigen Regisseur, der sie als Demonstrationsobjekt benützte, um allen zu zeigen, wie unangenehm es wird, wenn man sich mit ihm anlegt. Er kultivierte sein »Unberechenbarsein«. Und Äni hat erzählt, dass er gesundheitlich angeschlagen war, dass ihn oft Magenkrämpfe plagten und er grau im Gesicht war. Seine Frau sagt, dass er mit sich selbst unzufrieden war.

Wie passt das wieder zusammen? Er ist mit dem Älterwerden nicht klargekommen. Alfred hat gemeint, Mateo war so ganz grundsätzlich enttäuscht, dass er nicht die Karriere gemacht hat, die er seiner Meinung nach unbedingt hätte machen müssen.

»Warum hat er nicht aufgehört zu arbeiten?«, notiert Antonia auf einen Zettel.

Alt genug war er. Weil er ohne Arbeit nicht leben konnte? Weil ihm das Theatergetriebe ein Gefühl von Lebendigkeit gab und die innere Leere damit kaschiert war? Oder konnte er es sich schlicht nicht leisten, in Pension zu gehen? Er war nicht gesund. Er dürfte ganz schön viel Alkohol getrunken haben.

Antonia öffnet eine Flasche Mineral aus der Minibar und schaut beim ersten Schluck auf die dunkelrote Ledermappe: *Liebeselfen – Theaterstück von Gerry Falk.*

Hm. Antonia schlägt die erste Seite auf, liest ein paar Zeilen. Das nächste Mal wird sie zwei Stunden später auf die Zeitanzeige ihres Computers schauen. Gerrys Stück ist toll.

Oje, die helle Vollmondnacht wird bald vom ersten Morgengrauen abgelöst werden. Höchste Zeit, wenigstens noch ein bisschen zu schlafen.

Conni und Ferdl Berger haben sich gemeinsam erinnert, warum sie geheiratet haben, wie der Junior entstanden ist und warum sie doch immer noch zusammen sind. Das war ganz einfach superguter Sex. Da ist eine große Vertrautheit und es gibt nichts, was man besprechen müsste. Lass die Körper reden, die finden schon eine gemeinsame Sprache.

Conni schläft tief und fest, Ferdl hingegen ist hellwach. Die Theatergeschichte spukt in seinem Kopf herum. Seine neue Chefin ist irgendwie ansteckend mit ihrer Neugier und der Aufmerksamkeit für die Theaterleute. Oder sollte Berger lieber Liebe sagen? Antonia Raniks Liebe zum Theater? Berger ist nicht so der große Psychologe, aber irgendwie nimmt er wahr, dass seine

Bezirksinspektorin eine besondere Verbundenheit zu dieser verrückten Welt hat. Angesteckt hat sie ihn aber vor allem mit der Neugier. Er klickt sich durch dreißig Jahre alte Zeitungsartikel. »Recherchieren« klingt viel besser als das »Nachfragen«. Die Ranik sagt, dass sie das leidenschaftlich gern macht. Das sei das halbe Leben bei der Kripo.

Antonia ist noch vor dem ersten Patient bei Dr. Langer. Die Theaterärztin ist noch verschlafen, schlürft den ersten Schluck Kaffee und bedeutet Ranik, doch endlich Platz zu nehmen.

»Ich kann wirklich später …«

»Herrschaftszeiten, Sie kommen nicht später wieder, jetzt haben Sie mich schon überfallen, ich hab heute hundert Patienten. Also los! Was fehlt Ihnen denn?«

»Mir? Ah so, nein, mir geht's gut, ich frage für einen Bekannten.«

»Ah ja und Sie sagen mir den Namen nicht.«

»Nein.«

»Alter?«

»Achtundsechzig.«

»Groß, klein, dick, dünn?«

»Groß, kräftig.«

Dr. Langer nickt und sieht Antonia erwartungsvoll an.

»Er hat sich in letzter Zeit verändert. Er ist so ungeduldig. Er wird zornig, wenn man seine Erklärungen nicht gleich beim ersten Mal versteht. Er kann ansatzlos zu schreien beginnen, und es ist ihm egal, wer zuhört oder wen er anschreit. Er hat wahnsinnig viel Energie, braucht nie eine Pause und dann wieder sitzt er da und ist unansprechbar.«

»Trinkt er?«

»Ja, schon, so einiges, er ist das gewöhnt.«

»Arbeitet er noch?«

»Wahnsinnig viel sogar. Er macht nie Pausen oder Urlaub.«

»Hat er irgendwelche Wehwehchen?«

»Magenschmerzen, glaub ich, und grau ist er im Gesicht. Er weigert sich, einen Hörtest zu machen, obwohl er schlecht hört. Er ist misstrauisch und glaubt, dass hinter seinem Rücken gegen ihn intrigiert wird. Das ist wie ein Verfolgungswahn. Seine Stimmungen wechseln permanent, er ist unberechenbar.«

»Nimmt er Medikamente?«

»Nein?«

»Hm …«, meint Dr. Langer. Antonia befürchtet, dass die Ärztin nichts mehr sagt.

»Ich will keine Diagnose, Frau Doktor, aber haben Sie vielleicht eine Vermutung?«

»Genau das ist eine … Ferndiagnose, und die ist unzulässig.«

»Können Sie's nicht versuchen?«

»Wenn Sie mir versprechen, dass Sie mit ihm zum Arzt gehen.«

Antonia weicht Dr. Langers Blick aus. Das kann sie nicht versprechen.

»Ich hätte doch gerne einen Kaffee.«

Dr. Langer steht auf, schenkt eine Tasse voll und stellt sie vor Antonia hin. Während sie Zucker und Milch holt, denkt sie laut.

»Vielleicht hat dieser Bekannte Angst, nicht mehr gebraucht zu werden oder seine Macht zu verlieren. Älterwerden ist nicht so leicht, vor allem für Männer, die immer sehr aktiv waren, in einer leitenden Position, meine ich.«

»Passt alles.«

»Vielleicht ist es eine Melancholie oder eine depressive Verstimmung. Das kann man gut behandeln, wenn der Betreffende es selbst will.«

»Erklärt das die Wutausbrüche?«

»Hat er Gedächtnislücken? Vergisst er, wie Bekannte heißen? Oder welcher Tag gerade ist?«

»Nein, im Gegenteil, er hat ein erschreckend gutes Gedächtnis, berichten seine Mitarbeiter.«

»Dann würde ich sagen, er nimmt die Medikamente heimlich. Was Sie beschreiben, deutet auf massiven Medikamentenmissbrauch hin. Gefühlsaufheller, Schlaftabletten und Schmerzmittel können helfen, aber wenn man sie unkontrolliert und zu oft einnimmt, bewirken sie das Gegenteil, sie können den Körper vergiften. Magenkrämpfe deuten darauf hin. Er sollte sich unbedingt behandeln lassen.«

»Das geht nicht. Aber danke, das hilft mir weiter.«

Antonia steht auf, schüttelt Dr. Langers Hand zum Abschied und geht. Sie steht schon in der Tür, da fragt Dr. Langer:

»Sagen Sie, sind Sie mit diesem Bekannten verheiratet?«

»Ich? Nein! Nein. Ich lebe allein, ich bin seit einiger Zeit geschieden.«

»Gut, das beruhigt mich.«

»Warum?«

»So wenig, wie Sie über diesen ›Bekannten‹ wissen, wär das eine ziemlich kaputte Ehe.«

Antonia verlässt die Praxis der Theaterärztin. Pünktlich wie eine Schweizer Uhr ruft Berger zu Dienstbeginn an.

»Guten Morgen, ich hab mich gestern nicht mehr gemeldet, weil Sie sich nicht gemeldet haben, und dann war Dienstschluss. Ich hab schon einen Verweis, wegen der Überstunden.«

Der ist aber gut ausgeschlafen, denkt Antonia grantig, weil sie das enorme Schlafmanko gerade sehr stark spürt. Die Morgensonne streichelt ihr Gesicht, die Luft ist schon sommerwarm, sie könnte sich auf der Stelle auf die Wiese legen und einschlafen. Aber der Kollege hält sie wach.

»Ich hab aber recherchiert und einige Ergebnisse herausbekommen. Ich bin am Posten, wir könnten uns im Café treffen und dann leg ich alles vor.«

Antonias Lebensgeister erwachen wieder. »Gut, ich hol Sie ab, ich möchte in die Pathologie, und Sie berichten mir auf der Fahrt.«

Berger sitzt neben der Chefin am Beifahrersitz und beschreibt die Fotos, weil sie die ja gerade nicht anschauen kann.

»Die Bühne war für den Beginn des ersten Teiles vorbereitet. Ich hab mir das noch einmal angeschaut: Eine schwere Dekowand steht oben auf der Bühne. Die wird erst im letzten Umbau vor der Pause … Umbau heißt in diesem Fall …«

»Ich weiß, was ein Umbau beim Theater ist, Berger, kommen'S auf den Punkt.«

»Vor dem Umbau sieht man von unten in den Zuschauerraum hinaus, die Beine der Zuschauer, bis zu den Knien, um genau zu sein.«

»Ja, und?«

»Da ist ein schmaler Durchgang.«

»Berger?«

»Man könnte bis zu dem Umbau auch von dieser Seite auf die Unterbühne kommen. Also nicht nur durch den schmalen Gang von hinter der Bühne. Herr Gerry Falk kommt dort wahrscheinlich nicht durch und ich tät mir auch schwer, weil es nicht sehr hoch ist, aber jemand, der kleiner ist, könnte rauslaufen.«

»Oder hinunter.«

»Ich weiß jetzt nicht, warum das irgendjemand hätte tun wollen, aber es wäre möglich gewesen.«

Ranik und Berger hängen beide für einen Moment ihren Gedanken nach.

»Der Lichttechniker hat mir erklärt, dass bis zu dem Moment mit dem gläsernen Steg, der da rauffährt, kein Kunstlicht verwendet wird. Da ist es am Schluss fast finster im Bühnenraum. Ich denke mir halt, man könnte von der Seite auf die Unterbühne laufen und wieder rauskommen, ohne dass es jemand sieht.«

»Wer sollte das tun? Warum?«

Berger schweigt unsicher, Motive hat er sich nicht überlegt. Gut, dass sie beim Bezirkskrankenhaus angekommen sind.

Viele Tote werden gar nicht obduziert, deswegen bleibt so mancher Mord unentdeckt. Immerhin hat Antonia erreicht, dass Mateo Anders Leiche in der Pathologie gelandet ist. Nur wie soll sie weiter vorgehen?

Dr. Distler schließt gerade die Leiche von Mateo Ander wieder. Antonia und Berger beobachten die Pathologin bei ihrer Arbeit. Sie referiert:

»Die Leber ist auffällig, hätte der so weitergemacht, hätte er irgendwann weiße Mäuse gesehen. Der Magen war auch kaputt und das Herz ebenso. Ein fescher Trinker«, diagnostiziert Dr. Distler, »kurz vor dem endgültigen Zusammenbruch.«

Berger hat noch nie einen Menschen so hingelegt und zugenäht gesehen. Der Geruch ist penetrant, Berger kämpft gegen Übelkeit und weicht etwas zurück. Antonia hingegen tritt näher.

»Wieso wissen Sie das?«

Dr. Distler nimmt Antonia tatsächlich ernst. Sie glaubt, dass sie nicht weiß, wie man einen Alkoholiker erkennt. Das freut Distler, weil sie die junge Polizistin belehren kann, und der ist es gelungen, von der Frage »Wozu das Ganze?« abzulenken. Dann fragt Antonia nach:

»Könnte die Leber auch so ausschauen, wenn der Verstorbene nicht getrunken hätte? Alkohol meine ich.«

»Nein, eher nicht.«

»Ja, aber wäre es nicht möglich, dass Medikamente den Leberschaden angerichtet haben?«

»Sehr unwahrscheinlich. Diese Substanzen, so sie überhaupt noch nachweisbar sind, findet man im Blut. Es sei denn, er hat sie überdosiert eingenommen, sehr überdosiert, dann wird die Leber in Mitleidenschaft … Der kaputte Magen tät passen, aber, Ranik, was wollen Sie?«

»Ich will wissen, ob König Alkohol das einzige Gift war, das seinen Körper kaputt gemacht hat.«

Berger zieht die Augenbrauen hoch.

»Ich entnehme ein bisschen Blut und wir wissen Bescheid.«

Antonia winkt plötzlich ab. »Na ja, ich bin auch nicht sicher, ob …«

»Aber Sie haben einen Verdacht.«

»Ja.«

»Ob ich mir die Leber anschau oder das Blut, ist eigentlich wurscht!«

Ranik fährt, während Berger erzählt, was er von seiner Frau über das Konto von Ignaz West weiß. Er erwähnt natürlich nicht, dass Conni ihn heute Morgen von der Bank aus angerufen hat, und auch erst einmal nichts von den Konten des Theaters.

Ignaz West hat die Gage vom Sommertheater-Festival zur Gänze abgehoben, das Geld ist also weg. Er hat als Einziger so viel bekommen. Das passt zu dem, was die Witwe erzählt. Und dann hat Berger sich den Verein von Ignaz' Eltern angeschaut: Ein Zeitungsbericht erwähnt einen großzügigen, anonymen Spender.

»Er hat sich also vielleicht von Mateo Ander Geld ausgeliehen, weil er mit seiner Gage die Eltern unterstützt?«

Berger schaut wieder so unsicher. »Könnte doch sein, oder? Ich hab mir gedacht: Wenn der Regisseur nicht unglücklich gestürzt ist, dann schau ich, wer gerne gehabt hätt, dass es ihn nicht mehr gibt.«

»Sie haben ein Motiv gesucht! Fangen wir noch einmal ganz von vorne an: Was ist während der Generalprobe passiert?«

Berger antwortet: »Der Regisseur ist auf die Unterbühne gelaufen, aber keiner kann damit rechnen, dass der das macht. Also kann auch keiner planen, dass ihm dort unten etwas zustößt. Wir reden also nicht von einer vorsätzlichen Tat. Wenn's überhaupt eine gibt. Stimmt's?«

»Genau. Wie lange wird er gebraucht haben von seinem Regiepult bis dorthin, wo er auf die Eisenstange gefallen ist?«

»Drei Minuten dreißig.«

»Wie bitte?«

»Die Regieassistentin hat mir gesagt, wann er weggelaufen ist.«

»Und dann sind Sie hinuntergelaufen?«

»Zweimal. Ich bin ungefähr so groß wie der Regisseur. Drei Minuten dreißig.«

»Berger! Sie haben Kripobegabung!«

Berger strahlt. Antonia fährt rechts ran und hält an.

»Sie fahren. Ich möchte mir die Fotos anschauen und den Plan von der Bühne. Und die Zeitungsartikel lesen. Sie fahren rasant, das ist ein Befehl!«

Berger gibt Gummi. So rasant hätt's aber dann für Antonias Geschmack auch nicht sein müssen.

Die Sonne brettert auf das Theater herunter, um die Mittagszeit bewegt sich kein Lüftchen.

Liane ist aus dem Krankenhaus zurück, wo sie die Nacht verbracht hat. Ihr geht es wieder gut, die Probe kann stattfinden.

Die Schauspieler sind fast alle versammelt, sie stehen stumm im Kreis auf der Bühne. Sophie und Alfred sind unten, in der ersten Reihe einer Zuschauertribüne, und beteiligen sich dort an dieser »Schweigeminute für Mateo«. Im Technikerkammerl herrscht auch Ruhe und die Musiker haben zu spielen aufgehört.

»Schluss mit der Heiligkeit! Ich halt das nicht mehr aus, lasst uns lachen und spielen und nur ja alle Pointen punktgenau servieren. Vielleicht hat es sich schon herumgesprochen, das ist eine Komödie!«

Gerry Falk rettet damit die anderen vor allzu großer Rührseligkeit und weil er die letzten Worte genauso wie Mateo gerufen hat, können auch alle lachen, der Bann ist gebrochen. Sie werden jetzt proben.

Antonia und Berger erreichen wieder den Hauptplatz. Es ist so irre heiß, Bergers Uniformhemd ist durchgeschwitzt. Antonia erklärt, was sie plant.

»Sie setzen sich heut Abend ins Technikerkammerl und filmen mit dem Handy die Szenen direkt vor dem Vorfall mit. Von dort oben haben Sie einen super Überblick!«

»Ja? Na gut.«

»Die Intendantin muss noch zustimmen, dass wir die Premiere so beobachten, aber das …«

Antonia beendet den Satz nicht, sondern brütet vor sich hin.

Berger hat das Gefühl, dass die Chefin bedrückt ist.

»Frau Bezirksinspektor Ranik, was ist los mit Ihnen?«

Was soll sie sagen? Ihr fällt keine glaubwürdige Ausrede ein. *Wenn du lügst, bleib möglichst nahe an der Wahrheit.* Antonia gibt sich einen Ruck.

»Ich hab ein Problem mit dem Chef.«

Berger versteht.

»Der will immer alles ganz schnell geklärt haben und es darf nix kosten. Er hat mir schon die Überstunden gestrichen. Ich muss Ersatzurlaub nehmen, für die, die bis jetzt angefallen sind.«

»Oh, das tut mir leid.«

Antonia ist erleichtert, Hufnagl hat den Berger noch nicht informiert. Er hat es wirklich ihr überlassen. Sie bemerkt, dass da etwas aus dem Berger herauswill.

»Na?«

»Das Theater ist total pleite. Die Intendantin hat wieder einen Kredit aufgenommen.«

»Aha?«

Berger erzählt vom drohenden Konkurs und dass Sophie mit ihrem Privatvermögen haftet.

»Woher wissen Sie das alles? Haben Sie einen Spion in der Bank?«

Berger wird kreidebleich. Er knöpft hektisch seinen Hemdkragen weiter auf.

»Jössas, Berger, was ist denn?«
»Die Hitz!«
Aber dann hat er die rettende Idee.
»Sie haben doch gesagt, ich soll mich umhören und dabei nicht auffallen. Und das hab ich halt gemacht.« Damit bleibt er bei der Wahrheit.
»Na bitte, Sie haben eine Kripobegabung.«
»Geh, das sagen Sie nur, damit ich weiter mitmach.«
»Ja, stimmt, Berger. Aber wollen Sie es nicht auch wissen? Ich nehm mir heute Abend Urlaub.«
»Na gut.«
Antonia nickt, legt die Hand an eine imaginäre Kappe und »salutiert«.
Beide müssen lachen. »Bis heut Abend.«

Antonia und Sophie stehen vor dem Theaterzelt. Die Polizistin sieht die Intendantin fragend an, die schüttelt den Kopf und erklärt: »Sie können gerne im Zuschauerraum sein, wo immer Sie wollen. Aber auf der Unterbühne haben fremde Personen nichts verloren.«
»Wenn ich mich auf dieses Steinbänkchen unter der Treppe setze, bemerkt mich keiner.«
»Das glauben Sie! Da läuft ein ausgetüfteltes, oft geprobtes Ballett aus Bühnenarbeitern und Schauspielern zwischen Umbauten, Umzügen, Auf- und Abgängen hin und her. Das kann gefährlich werden, wenn Sie da im Weg rumstehen.«
»Deshalb würde ich sitzen, mit hochgezogenen Beinen.«

»Nein, ausgeschlossen. Das geht nicht.«

Antonia geht mit Sophie Stein ein paar Schritte weiter vom Theater weg und spricht leise.

»Wir gehen davon aus, dass Herr Ander auf der Unterbühne zu Tode gekommen ist, weil er unglücklich gestürzt ist.«

»Ja?«

»Jetzt hab ich aber im Bericht der Ärztin und im Bericht der Pathologin stehen: Fremdverschulden ist nicht auszuschließen. Da gibt es also eine Unschärfe. Wir können jetzt spekulieren und vermuten. In den meisten Fällen müssen wir das. Mein Chef besteht aber auf den exakten Fakten. Der lässt mir Vermutungen nicht durchgehen.«

»Sie meinen, Sie wollen sich anschauen, wie das da unten abgelaufen sein könnte.«

»Das ist eine großartige Chance, die ich normalerweise als Ermittlerin nicht habe.«

»Die werden Sie diesmal leider auch nicht haben.«

»Wenn ich …«

»Es geht leider nicht.«

»Grund für den Sturz könnte auch ein Problem in der Bühnenkonstruktion sein. Vielleicht ist die zu unsicher.«

»Was?«

»Mein Chef sagt auch, das geht uns als Kripo nichts an. Das ist Sache der Baubehörde. Da könnte dann eine Anzeige kommen. Aber wenn ich zuschaue und berichte, dass sein Sturz wohl an Herrn Anders Alter oder seiner Unbeweglichkeit und einem kleinen Ausrutscher lag, dann überprüft niemand die Bühnenkonstruktion.«

Sophie Stein sieht die Polizistin einigermaßen ungläubig an, die meint das aber so.

»Ich glaube, ich werde mich geirrt haben müssen. Sie können heute Abend während der Probe selbstverständlich auf dem Steinbankerl auf der Unterbühne sitzen und alles beobachten. Bis zur Pause.«

Die Durchlaufprobe soll exakt so wie die Premiere ablaufen. Sophie hat Zuschauer eingeladen. Die ersten Zuschauer, die in diesem Theater nichts bezahlen müssen, die Tribünen sind halb voll.

Ein Blick hinter die Bühne: Äni, die Regieassistentin, verteilt bunte Fahnen für den ersten Auftritt und ruft: »Drei Minuten! Toi, toi, toi, lasst es krachen!«

Sophie kommt hinzu: »Vergesst mich bitte nicht, wenn irgendetwas passiert, sind Alfred und Äni hinter der Bühne, Bea steht auf der Unterbühne, ich bin im Zuschauerraum! Unsere Handys sind an. Wir sind da. Und noch was: Ihr kennt ja Antonia Ranik, die Bezirksinspektorin. Aus versicherungstechnischen Gründen wird sie heute bis zur Pause auf der Unterbühne sein. Lasst euch nicht irritieren. Ausnahmsweise wird heute auch der Polizist, der Ferdl Berger, im Technikerkammerl sein und von dort aus zuschauen. Das ist alles okay. Looos geht's!«

Während Sophie ihre Ansprache an das »Vorpremierenpublikum« hält, da oben auf der Bühne, geht Äni langsam außen herum. Es ist gut, dass die Intendantin über die Zukunft spricht und nicht über den Toten.

Wenn wir uns alle die Augen ausheulen, wird er ja auch nicht mehr lebendig. Jeder ist ersetzbar. Das ist ein tröstlicher

Gedanke. Wir leben, wir arbeiten weiter. So ist das, im Theater und im Leben, denkt Äni.

Applaus.

Äni gibt das Zeichen, die Trommel schlägt, die anderen Instrumente setzen ein: eins, zwei, drei, vier und alle stürmen auf die Bühne. Fächer flattern wie Schmetterlinge auf den Tribünen rund um die Arenabühne. Es ist heiß, die Luft steht. Puck und Oberon eröffnen und ernten Auftrittsapplaus.

Für Liane wiederholt sich die Leichtigkeit der Generalprobe. Sie »schwebt« durch die Szenen, die ihr in den schrecklichen Probenwochen so unendlich lang erschienen, alles läuft schnell ab. Sie ist schon fast beim letzten Abgang, ehe sie noch einmal vor der Pause durch den Zuschauerraum auftreten wird.

Am längsten dauert die Zeit für Antonia auf der Unterbühne. Sie sieht die Leute vor sich hin und her eilen. Jeder hat seinen Weg, seine Handgriffe, seine Positionen und seine Aufgaben. Schrecklich lange dauert das Zuschauen. Und Sophie Stein hat recht: In dem Schummerlicht vor dem Steinbankerl unter der Treppe sieht man zunächst mal gar nichts, und alles, was sich da oben auf der Bühne abspielt, dröhnt nur wie dumpfes Donnergrollen herunter. Und da ist noch etwas: Der große Granitfelsen, der freigelegt wurde und den Boden der Unterbühne bildet, ist kalt! Sogar jetzt, an diesem sommerheißen Vollmondabend. Antonia hat längst die Beine untergezogen. *Es ist so bitterkalt!*

Jedes Mal, wenn die Hebebühne herunterfährt, fällt die heiße Luft des Theaterrunds hinunter auf die Unterbühne. Herrlich. Man hört die Zuschauer lachen, spürt die ausgelassene Stimmung und es wird heller. Man kann besser unterscheiden, wer da was tut. Antonia hätte nie erwartet, dass die Mannschaft hier unten so viel zu tun hat.

Praktisch jeder Szenenwechsel geht von hier aus. Die Hebebühne wird abgeräumt, sobald sie herunterschwebt und mit anderen Möbeln bestückt, Schauspieler springen auf, ehe sie wieder hochschwebt. Die spielen dann direkt oben die Szene weiter. Antonias Augen gewöhnen sich an das Halbdunkel. Sogar von der Unterbühne aus kann man jetzt spüren: Da oben tut sich Zauberhaftes. In Änis Regiebuch steht, dass der letzte Umbau vor der Pause auf der Unterbühne eine Stunde und vierzig Minuten nach Beginn der Vorstellung erfolgt. Doch die hat mit Verspätung begonnen und die Zwischenapplause verzögern den Ablauf noch mehr.

Immer wieder späht Antonia an der Hebebühne vorbei, hinaus in den Zuschauerraum. Berger hat das gut beschrieben: Man sieht wirklich die Beine der Leute bis zu den Knien. Fast jeder könnte da herunterkommen oder hinauslaufen. Das könnte Bea vorn beim anderen Eingang vor ihrer Kommandozentrale unmöglich sehen. Außerdem erlebt Antonia, was Bea alles zu tun hat. Es ist faszinierend, ihr zuzusehen, wie sie Lichtzeichen an die Musiker für den Einsatz macht und gleichzeitig, ohne sich umzuwenden, ein Handzeichen an Hans gibt, der die Möbel von der herabschwebenden Hebebühne gegen bunte Tücher und Teppiche austauscht. Die wird Titania in der nächsten Szene in ihrem

»Schlafzimmer« so drapieren, dass Oberon sie nicht erkennt. Während die Hebebühne hochfährt, läuft Hans als Oberon mit einer Weinflasche in der Hand die schmale Treppe hoch und steht, wie von Geisterhand bewegt, vor Titanias Bett.

Antonia beobachtet die Handwerkerdarsteller, die sich mit den Kollegen oben auf der Bühne über die Lacher mitfreuen. Der Zettel-Darsteller wartet gespannt und zeigt »Daumen hoch«, Hans hat gerade wieder Szenenapplaus gekriegt. Nun poltern die Handwerker die schmale Treppe hinauf und lassen ihre derben Sprüche vom Stapel.

Das Notlicht erlischt, es ist vollkommen dunkel. Antonia kann die Hand vor ihrem Gesicht nicht mehr sehen. Da erkennt sie einen grauen Ring über sich. Das fahle Licht im Zuschauerraum ist zu sehen, weil die Hebebühne abgesenkt wird. Sobald sie stoppt, stehen Bea und Äni parat und installieren den durchsichtigen Steg: Als Erstes wird die Eisenstange in der dafür vorgesehenen Halterung fixiert. In der Mitte der Hebebühne ist dafür ein perfekt passendes Loch. Die durchsichtige Röhre wird drübergestülpt und dann wird der durchsichtige Steg darauf montiert. Er hat in der Mitte ein Loch, durch das die eiserne Stange hochragt. Hoch genug, um einen Menschen zu durchbohren. An der Eisenstange entlang wird die gesamte Konstruktion hochfahren, bis die Stange nicht mehr herausragt. Antonia bleibt die Spucke weg: *Wie machen die Mädels das?* Jeder Handgriff sitzt, alles geht so schnell. Sie spannen sogar noch Sicherheitsbänder um die Hebebühne.

Doch da blinkt Antonias Handy. Das ist Berger. Genau jetzt ist Mateo losgelaufen, um das Lichtzeichen für den ersten Puckflug höchstpersönlich zu geben, weil es am Vorabend nicht funktionierte. Ab jetzt werden die drei Minuten dreißig heruntergezählt!

Bea ist zu ihrem Schaltpult zurückgekehrt und Äni verlässt die Unterbühne. Antonia sieht sich um: Hier ist niemand, sie ist allein.

Über Antonias Kopf beginnt ein ohrenbetäubendes Gehämmer: Titania steht unmittelbar über ihr und stampft mit ihren goldenen High Heels auf den Bühnenboden. Titania donnert die schmale Treppe herunter. Kaum dass sie die Treppe verlassen hat, zieht Liane die hohen Hacken von den Füßen, schlüpft in bequeme Gummischuhe, die hier für sie bereitstehen und ihr ermöglichen, trotz Dunkelheit und engen Wegen so rasch wie möglich durch den schmalen Gang an Bea vorbei hinauszulaufen und zu ihrem letzten Auftritt vor der Pause durch den Zuschauerraum zu gelangen. Sie hat dafür sehr wenig Zeit, sie wird einigermaßen außer Atem auf der Bühne stehen.

Mateos Wunsch wird erfüllt: In diesen Momenten, einige Augenblicke lang, gibt's im Theater kein Kunstlicht. Der Raum ist dunkel. Sogar die Notbeleuchtung erlischt.

Ein rotes Licht beginnt über Antonia zu blinken. Das wird von Bea auf ihrem Schaltpult bedient. Es ersetzt das Lichtzeichen, das Mateo mit der Taschenlampe hätte geben wollen. Man hört Puck kreischen, der erste spektakuläre Puckflug beginnt.

Auf Antonias Uhr sind die drei Minuten dreißig genau jetzt abgelaufen. Hier unten ist niemand, außer ihr! Laute Rockmusik setzt ein, die Scheinwerfer schicken gleißendes Licht auf die Unterbühne. Die Hebebühne gleitet hoch und Antonia kann sehr gut beobachten, wie das gläserne Rohr an der Eisenstange hinaufgleitet und Titania mit bloßen Füßen über den durchsichtigen Steg auf Oberon zugeht. Für die Zuschauer schwebt sie über dem Abgrund. Was dort oben gesprochen wird, kann sie nicht wahrnehmen, auch wenn hier unten jemand schreien würde, wäre die Musik zu laut. Niemand würde es hören.

Kurz darauf schiebt Alfred die Dekowand in den schmalen Gang. Jetzt gibt es nur mehr einen Zugang zur Unterbühne: den Gang, der vom Backstagebereich hierherführt. Bea sieht jeden, der da ein und aus geht, und könnte es folglich auch bezeugen. Die Musik wird leiser, man kann Puck ganz deutlich kreischen hören und dann klatschen die Leute begeistert.

Der erste Teil ist zu Ende, Antonia steht auf. Sie ist ganz eingefroren und ihre Zähne klappern. Sie muss raus in die heiße Sommernacht.

Die Schauspieler lachen in der Pause, Spielfreude hat sich endlich eingestellt. Theaterleute sind wie kommunizierende Gefäße, bei so einer Probe spüren alle, was die anderen gerade tun. Die Energiepegel werden auf gleicher Höhe gehalten. Personen, die nicht auf die Bühne gehen, die auch backstage nicht dazugehören, können das nicht spüren. Die können nur staunend danebenstehen und sich von diesem Wunder beeindrucken lassen.

Der Berger kommt schweißüberströmt bei seiner Chefin an.

»Was macht man nicht alles, wenn man in Urlaub ist.«

Antonia schmunzelt, der Berger hat ja auch Humor. Er hat mitgefilmt, ist aber nicht sicher, ob der Restlichtverstärker seines Handys stark genug ist, um in dem Schummerlicht etwas Brauchbares aufzunehmen.

»Schicken Sie's mir. Irgendwas sieht man sicher.«

»Wie war's unten?«

»Saukalt.«

»Aha.«

»Ich hab auch Videos. Wir schauen uns das gleich an.«

Die beiden gehen zum Polizeiauto, um ihre Laptops anzuwerfen und die Videos nebeneinander ablaufen zu lassen. Berger hat von Äni die Kopie des Regiebuchs bekommen. Das wird die Arbeit erleichtern.

»Danke, Berger!«

Antonia sagt wieder mal zu oft Danke, findet sie.

»Ich möchte abschließen, Berger, jetzt bringen wir diese Sache zu Ende.«

Sie hat Sache und nicht mehr Fall gesagt.

Bergers Video ist schummrig, düster, mit viel Fantasie und den Eintragungen im Regiebuch folgend, kann Antonia die Wege der einzelnen Spieler verfolgen. Sie bestätigt Bergers Vermutung: Da ist nichts Unrechtes passiert. Es muss ein Unfall gewesen sein.

»Und das werden wir noch heute beweisen.«

Für die Theaterleute kommen die großen Aufgaben erst noch: Die letzte, fast zerstörerische Schlacht zwischen Anele und Leander, die nur deshalb nicht tödlich endet, weil auch ein Troll ein Herz und eine gute Seite in sich hat. Puck wird den beiden in letzter Sekunde eine Versöhnungsdroge servieren. Was das wohl ist? Grüner Veltliner und Blaufränkischer.

»Guter Wein mit Freude genossen, ist auch in großen Mengen wunderbar.«

Dann wird Titanias Villa dem Erdboden gleichgemacht. Die Handwerker brauchen ja weiterhin Arbeit! Sie werden das Gebäude von Grund auf »sanieren«. Das verdoppelt ja angeblich den Wert der Immobilie. Wie das funktioniert, muss Mateo in hellseherischer Weitsicht von österreichischen Bauunternehmen abgeschrieben haben. Die Handwerker werden am Schluss profitieren. Um präzise zu sein, der Handwerker Zettel wird der Gewinner sein, weil er im richtigen Moment eine Firma gründet, die alle Aufbauaufträge übernimmt, nachdem er und seine Kumpel die Villa erst mal zerstört haben. So läuft das.

Zettel wird Millionär. Bis die Natur zurückschlägt. Üppige, fettig grüne Schlingpflanzen werden aus dem Boden hochschießen, alles überwuchern und zuletzt beherrscht ein Urwald die Bühne. Alfred und Äni sind nahe am Nervenzusammenbruch und beten, dass sich heute, ausnahmsweise, bitte, nur heute, keine einzige Schlingpflanze verheddert.

Der zweite Teil von *Sommernachtsraum reloaded* läuft ohne jede Panne. Der präzise gespielte Ablauf wird nur durch Szenenapplaus verzögert.

Antonia und Berger kommen kurz vor Schluss zurück und beobachten die Szenen. Berger will so gern wissen, ob Anele und Leander doch noch zusammenkommen.

Die beiden stehen im Gang zwischen zwei Tribünen, Gerry Falk kommt hinzu, gerade hier muss er auf seinen letzten Auftritt warten.

Antonia kann sich nicht beherrschen: »Sie waren super, ich hab so gelacht!«

Falk lächelt kühl. »Ah ja?«

»Ich hab Sie nicht ausgelacht! Sie sind so wahnsinnig lustig. Ein Spitzenkomiker eben.«

Gerry freut sich ja doch über Antonias Begeisterung und sie kann's wieder nicht lassen: »Warum haben Sie das Stück, das Sie geschrieben haben, zurückgezogen?«

Gerry hebt fragend die Augenbrauen.

»Sophie Stein hat es mir erzählt, ich hab Ihr Stück gelesen. Es ist super.«

Gerry weiß nicht, wie er reagieren soll.

Antonia erklärt: »Es lag in Elisabeth Anders Wohnung, *Liebeselfen*, ich hab sehr gelacht.«

Der Schauspieler überlegt kurz. »Mateo hat mich erpresst: Wenn ich es nicht zurückgezogen hätte, wäre die Presse über meine persönlichen Liebeselfen informiert worden. Verstehen Sie? Dass ich ›was Grausliches‹ mit jungen Frauen habe … Das klebt an dir, wie Taubenscheiße, das wirst du nie wieder los und keiner spielt dein Stück.«

Antonia ist kurz sprachlos.

»Und noch was, Frau Bezirksinspektor! Sprechen Sie nie wieder einen Schauspieler während der Vorstellung an, er könnte den Auftritt verpassen!«

Damit läuft Gerry auf die Bühne, knapp, aber er kommt auf Stichwort.

Es ist schon wieder kurz vor Mitternacht, aber Antonia konnte die Intendantin überzeugen, gemeinsam mit einigen Ensemblemitgliedern für eine letzte Befragung zu bleiben.

»Dann werde ich Sie wirklich nie mehr belästigen«, verspricht sie.

Sophie Stein stimmt nur zu, weil der Theateranwalt in der Probe war. Er wird dabei sein.

Alfred Militsch, Sophie Stein und ihr Anwalt Dr. Moser sitzen in der ersten Reihe der Tribüne, Ignaz, Julie, Liane und die Kostümbildnerin Marion haben dahinter Platz genommen. Ihr Beschützer fehlt. Hans, der sich immer vor die Truppe stellt, wurde nicht gebeten zu bleiben, ebenso wie die Handwerkerdarsteller, weil die erwiesenermaßen zum Zeitpunkt von Mateos Tod im Cateringwagen versammelt waren. Ihr folgender Auftritt kommt erst nach der Pause, sie treffen sich zu der Zeit immer auf ein Bier. Jeder kann das für jeden bezeugen. Gerry war bereits im Flugapparat und die anderen Mitarbeiter haben Zeugen dafür, dass sie unmöglich auch nur in die Nähe der Unterbühne hätten kommen können. Die technische Leiterin der Unterbühne, Bea, kann man nicht verdächtigen. Dass sie ihn hätte stoßen oder sonst irgendwie zu Sturz bringen können, ist natürlich möglich. Sie ist sehr kräftig. Aber dass sie die Leiche dann mit der Hebebühne hochgefahren hätte, ist doch einigermaßen abwegig, findet Antonia. Sie steht vor den Theaterleuten und schließt damit ihren Bericht über Bergers Videos und die Positionen, die sie nachvollziehen möchte, ab. Sophie steht auf.

»Verstehe ich das richtig? Sie wollen jetzt herausfinden, ob einer von meinen Leuten auf der Unterbühne war, als Mateo zu Tode gekommen ist?«

»Ja.«

»Dann glauben Sie, dass wir hier einen Mörder unter uns haben?«

»Nein.«

»Wie bitte?«

»Glauben heißt nicht wissen. Deshalb glaube ich nie etwas. Wir von der Kripo brauchen Indizien, Fakten und Beweise.«

»Also das ist doch … nein, das lasse ich nicht zu. Ihr müsst gar nichts sagen.«

»Sie haben doch Ihren Anwalt, Dr. Moser, genau. Der passt auf, dass niemand sich selbst belastet oder so. Keine und keiner muss etwas sagen. Aber vielleicht wollen Sie das sogar? Ignaz West, darf ich Sie etwas fragen?«

Auf dem Video haben Ranik und Berger deutlich gesehen, wie Ignaz die Bühne verlässt. Als Leander vollführt er akrobatische Kunststücke vor den Tribünen, nachdem Puck ihm eine Droge verabreicht hat. Die macht den Burschen exzessiv hyperaktiv. Ignaz verliert sich auf dem Video immer wieder im Dämmerlicht und verschwindet gänzlich, wenn Hans Haberle als Oberon im Vordergrund die Positionen wechselt. Das heißt, wäre Ignaz durch den kleinen Gang hinuntergelaufen, der zu dem Zeitpunkt der Vorstellung noch offen war, hätte das zumindest niemand verwundert. Im gesamten Bühnenraum ist zu der Zeit noch dazu sehr viel los, man verfolgt da nicht die Wege eines Einzelnen, sondern erfasst immer wieder verschiedene Figuren.

»Ignaz West hätte also genügend Zeit gehabt, um runterzulaufen, Mateo zu stoßen und wieder zurückzukommen, ohne dass irgendjemand es bemerkt hätte«, erörtert Antonia.

»Das stimmt nicht, ich war nicht unten!«, protestiert Ignaz mit wachsender Wut. »Ich hab nicht mal gewusst, dass es da einen Gang gibt. Wir benützen den ja nie. Ich laufe immer nur direkt auf die Bühne, auf der Unterbühne bin ich ein einziges Mal im zweiten Teil, weil ich bei einem Umbau mithelfen muss. Das ist Wahnsinn, warum unterstellen Sie mir so was?«

Ignaz kann sich nicht beruhigen. »Dürfen Sie mich einfach so beschuldigen?«

»Nein. Ich beschuldige Sie nicht. Ich stelle Fragen und denke, hohe Schulden machen Menschen nervös und sie reagieren mitunter aggressiv.«

Ignaz stößt einen Wutschrei aus. Julie erschrickt, er reißt sich zusammen: »Gut. Es geht niemanden was an, aber okay, wenn das jetzt alle wissen müssen. Ich habe hohe Schulden und Mateo hat mir ausgeholfen. Aber deswegen bringe ich ihn nicht um!« Und weil Julie ihn so entsetzt ansieht, fügt er noch hinzu: »Das Geld war für meine Eltern! Ich hab ihren Verein unterstützt, ich war nicht im Casino oder so!«

Julie streckt ihre Hand nach ihm aus.

Die Nächste, die Antonia genauer auf dem Video verfolgt hat, ist Julie als Anele. Kurz bevor der Regisseur hochgesprungen und hinter die Bühne gelaufen ist, schaut Anele Richtung Technikerkammerl. Während der Generalprobe stand dort der Regietisch und dahinter war das Regieteam. Julie dreht sich kurze Zeit später abrupt um, weil der kugelrunde Feentroll Puck, Gerry Falk, auf dem Weg zur Flugmaschine bissige Spötteleien gegen die verliebte Anele abschießt, die sie sehr zornig machen. Deshalb läuft auch sie zur anderen Seite, zu den gegenüberstehenden Tribünen, sie springt von der Bühne und wettert Puck ein paar Entgegnungen hinterher. Dann verschwindet sie für kurze Zeit hinter der Dekowand, die im ersten Teil Titanias Villa, um genauer zu sein, ihren Salon darstellt. Diese prächtig bemalte Wand zieht Alfred wenig später von der Bühne herunter und schiebt sie auf die Unterbühne. Auch Anele ist ein Puzzlestück vom dunkler und mystischer werdenden Bild.

»Und deshalb wäre es Julie Marte auch möglich gewesen, auf die Unterbühne zu laufen und ...«

Julie schreit dazwischen: »Sind Sie verrückt? Ich war nie da unten. Ich habe ein Motiv, diesen Mann *nicht* zu töten. Wer bringt denn seinen Vater um?« Julie laufen Tränen über die Wangen, aber sie braucht jetzt keinen Trost. Sie ist so wütend auf die Polizistin. »Ich habe ihn nicht umgebracht!«

Antonia nickt.

Ignaz nimmt Julie in die Arme und die anderen starren sie an: Dass Julie Mateos Tochter ist, hat keiner gewusst. Das muss erst noch verarbeitet werden.

Antonia spricht nun die Kostümbildnerin Marion an. Sie hat während der Generalprobe bei komplizierten Kostümwechseln mitgeholfen. Vor der Premiere sind die zumeist hektisch und müssen sich erst einspielen. Bei der Generalprobe waren einige Kostümteile zum ersten Mal da, also herrschte ziemliches Chaos hinter der Bühne. Niemand kann genau sagen, wo Marion wann war, und deshalb gerät sie auch ins Visier der Ermittlerin. Marion ist schlank und relativ klein. Sie hätte durch den Gang hinunterlaufen können.

Die Kostümbildnerin sitzt wie versteinert da. Auch als Antonia höflich nachfragt, antwortet sie nicht.

Natürlich sind alle Blicke auf sie gerichtet. Sie könnte jetzt sagen, dass sie Mateo geliebt hat und dass sie ihm niemals etwas hätte antun können. Alle wissen, dass sie die Geliebte dieser Produktion war.

Anwalt Dr. Moser geht dazwischen. »Sie will hier nicht vorgeführt werden. Das tun Sie nämlich, Frau Bezirksinspektor! Das wird Konsequenzen haben, versprochen!«

»Ich hab das nicht gemacht, ich war nicht da unten«, stößt Marion hervor. »Fragen Sie die Garderoberin! Wir waren den ganzen Abend zusammen.«

Im letzten Teil des Videos hat sich Antonia auf die Dekowand konzentriert. Die wird von der Bühne heruntergezogen und schließlich darunter verstaut. Man kann Alfred gut erkennen. Er hätte aber auch auf der Unterbühne gewesen sein können, denn er hatte eine längere Wartezeit neben der Bühne. Der Umbau darf nicht zu früh erfolgen, weil das Lichtzeichen für den Puckflug dann verdeckt wäre, wenn er aber zu spät ist, funktioniert die Szene mit der Begegnung zwischen Oberon und Titania am gläsernen Steg nicht. Sie müssen einander direkt anschauen können und loslaufen, ohne nach links oder rechts zu schauen.

Alfred widerspricht sofort: »Ich war nicht unten, ich habe gar nicht mitgekriegt, dass Mateo vom Regietisch weggelaufen ist! Im Gegensatz zu ihm bin ich immer dort, wo es ausgemacht ist. Ich hab meinen Ablauf und ich will nicht, dass sich ein anderer verletzt. Hören Sie, ich hab drei kleine Kinder! Ich hab den Mann nicht unbedingt gemocht, aber das ist noch lang kein Grund, ihn umzubringen.«

Es ist nicht leicht für Antonia, aber sie fragt trotzdem: »Vielleicht sind Sie ja runtergelaufen, um dem

Regisseur zu sagen, dass er da nicht bleiben kann. Wenn Mateo Ander sich von einem Bühnenarbeiter, also von Ihnen nichts sagen lassen wollte und Sie beiseitegeschoben hat, dann könnten Sie ihn ihrerseits doch weggestoßen haben. Vielleicht sind Sie dann ganz einfach hinaufgelaufen, um den Umbau zeitgerecht zu machen? Vielleicht haben Sie gar nicht mitgekriegt, dass der Regisseur gestolpert, abgerutscht und nach hinten gestürzt ist?«

»Nein, nein, so war das nicht! Ich lüge nicht. Auch wenn es keiner gesehen hat, ich war die ganze Zeit hier oben, neben der Bühne! Ich hab es nicht gemacht!«

»Halt! Aufhören. Aufhören! Alfred hat gar nichts gemacht!«

»Was?«

»Alfred hat nichts gemacht.«

»Wieso wissen Sie das?«

»WEIL ICH MATEO GESTOSSEN HABE!«

Liane Blau sitzt auf einer Pritsche in der Arrestzelle des Polizeipostens. Sie schaut zu Bezirksinspektorin Antonia Ranik hoch, Kollege Berger räuspert sich.

»Frau Blau, nach Ihrem Geständnis eines Kapitalverbrechens werden Sie die Nacht hier in Gewahrsam verbringen und morgen werden'S dann in die Justizanstalt nach Wien überstellt.«

Da Liane nicht reagiert, nickt Berger ihr zu und verlässt die Zelle. Antonia wartet, bis die Schauspielerin sie anschaut.

»Die Schuhe müssen'S ausziehen und geben'S mir bitte Ihr Handy.«

Die Angesprochene befolgt die Anordnung wie ferngesteuert, doch plötzlich hält sie inne.

»Ich muss den Mirkan anrufen, bitte, ich will's ihm sagen, bitte.«

Antonia nickt und bleibt stehen.

Liane wählt Mirkans Nummer. Dass Antonia zuhört, ist ihr egal. »Schatz? Hallo, ich weiß, du bist im Studio, der Soundtrack muss fertig werden … Du hebst nicht ab, ich weiß, aber ich will unbedingt, dass du's von mir hörst. Ich hab dich lieb … und es tut mir unendlich leid … Ich hab dir nie was erzählt, weil es so scheiße beschämend war. Aber bei der Abendprobe hast du Mateo ja erlebt. So war's die ganze Probenzeit. Und schlimmer. Das ist keine Entschuldigung, aber es war unerträglich, ich hab ihn gehasst. Ich hab halt immer gedacht, das stehe ich durch und irgendwann ist es vorbei. Aber bei der Generalprobe … ich war auf dem Weg zu meinem letzten Auftritt im ersten Teil von der Unterbühne hinaus. Ich muss da laufen, damit ich von draußen rechtzeitig wieder auftrete. Genau da ist Mateo mir entgegengekommen, da unten im Halbdunkel … Er steht plötzlich vor mir und hat die Taschenlampe in der Hand. Die Musik ist so laut. Ich schreie ihn an, was er da will, und er beschimpft mich, dass ich schon wieder viel zu pathetisch war. Ich hab das nicht mehr ausgehalten, bei der Generalprobe! Da muss er mich doch endlich in Ruhe lassen. Ich krieg Panik, dass er mich nicht durchlassen will. Ich presse mich an die Wand und rutsche an ihm vorbei. Er spottet und ich drehe mich um und stoße ihn mit aller Kraft von mir weg. Ich weiß nicht genau, wo ich gestanden bin, ich hab auch nicht mitgekriegt, dass er gestolpert und dort hinuntergefallen ist. Ich bin nur weggelaufen.«

Liane erzählt, was seit fast einer Woche in ihrem Kopf herumgeht. Sie hat es wieder und wieder durchdekliniert. Sie hätte davonlaufen sollen, aber irgendwann schien es ihr weniger gefährlich, einfach dazubleiben und weiterzuarbeiten, wie alle anderen. Ein Fehler?

»Er hat mich immer wieder runtergemacht, aber ich hab's zugelassen. Das ist alles meine Schuld. Ich … es tut mir so … Verzeih!«

Liane Blau beendet das Telefonat und übergibt das Handy an Antonia, die denkt: *Lieber still sein! Jetzt ist jedes Wort falsch.*

Berger und Antonia trinken im Aufenthaltsraum des Polizeipostens Kaffee. Antonia hadert:

»Wie soll das abgelaufen sein? Liane Blau war laut Regiebuch längst draußen, als der Regisseur auf die Unterbühne gekommen ist. Ich hab das doch heute auch gesehen. Ich war allein auf der Unterbühne, als er da hinuntergekommen sein muss. Wo sollen die einander begegnet sein?«

Berger grübelt, sucht eine Erklärung. »Vielleicht hat meine Zeit nicht gestimmt? Oder der Ablauf insgesamt war bei der Generalprobe ein bisschen anders?«

»Sie ist wesentlich kleiner als Mateo Ander, wie soll diese zarte Person den großen Kerl gestoßen haben? Quer durch die Unterbühne? Da stimmt doch etwas nicht.«

»Aber wenn sie es so sagt?«

Antonia nickt und versucht sich zu konzentrieren.

»Ich informiere die Witwe.«

Antonia fragt sich: *Wie macht man so was?* Sie hat in ihrer Ausbildung gelernt, wie man Hinterbliebene eines Mordopfers informiert, wie man einem Vater sagt, dass seine Tochter gestorben ist. Es gibt Sätze, die da gut funktionieren, und es gibt typische Reaktionen, mit denen man dann umgehen muss. Wichtig ist immer, das Gegenüber nicht zu drängen. Die Menschen wollen in solchen Situationen oft nicht angeschaut werden. Viele berichten später, dass sie ab einem bestimmten Moment einfach nichts mehr gehört haben. Aber jetzt muss sie einer Witwe erklären, dass ihr Mann keinen Unfall hatte, sondern umgebracht wurde. Von einer Frau, die sie gut kannte.

Elisabeth hat der Schauspielerin jedenfalls immer wieder stundenlang bei der Arbeit zugesehen. Da lernt man einen Menschen schon kennen.

Antonia fragt sich, wie man so kaltschnäuzig sein kann: Liane Blau hat die Gedenkminute für Mateo mit den Kollegen eingehalten, hat mitgestimmt, als es darum ging, die Premiere in Mateos Namen zu spielen. *Was für eine Heuchelei!* Antonia ist einigermaßen irritiert. *Ich hab sie nie verdächtigt. Ich hab Mitleid gehabt mit ihr. Ja, die Blau hat mir leidgetan.*

Antonias einzige, kleine Rechtfertigung für diesen Kardinalfehler ist, dass sie vom ersten Augenblick an den Eindruck hatte, Liane Blau sei immer distanziert und würde nie zeigen, was wirklich in ihr vorgeht. Aber sie ist nicht eiskalt. So wie sie das heute erzählt hat, ist da nichts Bösartiges. Sie hat sich nicht kaltblütig gerächt. Es ist wohl eher so, dass die Schauspielerin da hineingeraten ist. Dass sie genau wie alle anderen zunächst unter Schock stand und dann nicht wahrhaben wollte, was passiert war. An der Art, wie das in dem Telefonat alles aus ihr herausgebrochen ist, kann man erkennen, wie schuldig sie sich gefühlt haben muss. Sie wollte verhaftet werden. Wenn sie wirklich kaltblütig wäre, hätte sie, so wie alle anderen vor ihr, abstreiten können, dass sie Mateo Ander dort unten begegnet ist.

Ich hätte es ihr geglaubt, muss Antonia sich eingestehen, *und mit mir alle anderen.*

Wie wird Elisabeth Ander reagieren? Antonia hört förmlich schon, wie das Gespräch ablaufen wird: »Es tut mir sehr leid, Frau Ander, aber ich muss Ihnen mitteilen, dass Ihr Mann Opfer eines Verbrechens geworden ist.«

»Wie bitte?«

»Es war kein Unfall, sondern Mord.«

»Was?«

»Ihr Mann wurde umgebracht.«

»Aber … wer macht … wer hat ihn umgebracht?«

»Liane Blau. Die Schauspielerin hat den Mord gestanden.«

Und dann? Wie wird sie reagieren? Antonia sieht in Bergers ratloses Gesicht. Sie wissen beide nicht, wie sie mit dem Geständnis umgehen sollen.

Im Hotelzimmer angekommen, entsorgt Antonia die Galerie der Schauspielerfotos, die sie seit Tagen angeschaut hat, und die Verbindungslinien zu den anderen

Theaterleuten, das Spinnennetz rund um Mateo Ander. Sie lässt nur sein Foto hängen und sieht es sich an.

Irgendetwas stimmt da nicht.

Sie klickt den Computer an und lässt die Pressefotos des Regisseurs vorüberziehen. Er war nie allein, seine Frau Elisabeth war immer bei ihm, hinter ihm, immer da.

Berger hat doch eine Beobachtung gemacht, was war das?

Antonia blättert in Bergers Berichten. Du meine Güte, eine Formulierung verdrehter als die andere. Nur ja alles korrekt niederschreiben! Da: Antonia findet die Stelle. Berger hatte eine Wahrnehmung notiert, dass der Schauspieler Hans Haberle die Witwe umarmt hat und die beiden immer sehr vertraut wirken.

Hans Haberle – Elisabeth Ander – Mateo Ander – kein Ergebnis.

Antonia schaut sich nur die Männer an und gräbt tiefer zurück in die Anfangszeit der beiden. Sie sind gleich alt und haben einander kurz nach dem Karrierestart kennengelernt. Antonia bemerkt schon wieder nicht, dass sie die Nacht durcharbeitet. Sie hat ein paar Mosaiksteinchen gefunden. Irgendwann kippt sie vornüber und schläft am Schreibtisch ein. Die Kirchenglocken wecken sie, wie jeden Morgen um sechs Uhr mit langem Gebimmel. Bald muss sie das Gespräch mit der Witwe führen.

Auf dem Weg zu Elisabeth Ander geht Antonia beim Café vorbei. Sie hat vergessen, Änis Regiebuch zurückzugeben. Die Regieassistentin ist wie immer sehr früh beim Kaffee, sie reagiert ziemlich abweisend mit einem knappen »Danke«.

»Darf ich Sie noch etwas fragen?«

»Nein.«

»Ich verstehe, dass Sie hinter dem Regietisch bleiben mussten, als Herr Ander mitten in der Generalprobe hinuntergelaufen ist. Eine muss ja den Überblick behalten. Aber wieso ist seine Frau ihm nicht nach? Sie ist doch die Einzige, die ihn immer wieder beruhigen konnte. Warum ist sie sitzen geblieben?«

»Das ist sie nicht.«

»Was?«

»Ich hab keine Ahnung, was sie gemacht hat. Bei der Generalprobe sitzt sie immer gegenüber, irgendwo im Publikum, um die Perspektiven zu checken.«

»Sie war doch immer hinter ihrem Mann, ich hab selbstverständlich gedacht, dass sie …«

»Da haben Sie sich eben auch geirrt.«

Äni vertieft sich in eine Zeitung.

Antonia verlässt das Café. Ihr Handy vibriert. Es ist der Chef.

»Ja?«

»Ich hätt Sie suspendieren wollen, Ranik, aber jetzt muss ich Ihnen gratulieren. Ich sag es nicht gern, aber … Entschuldigung! Ich hätt Ihnen besser zuhören sollen und mehr vertrauen. Aber wurscht, Tschuldigung, wurscht wollen Sie ja nicht, weil nix wurscht ist, ich weiß. Also, ein Mord ist aufgeklärt und alles andere lass ma gut sein. Gratuliere.«

»Ja.«

Antonia klickt das Gespräch weg. Für sie ist nämlich gar nichts gut und diese Gratulation ist unangenehm.

Sie hat von Anfang an gesagt, dass hier ein Mord passiert sein könnte. Sie hat den Vorfall zum Fall hochgehoben, in dem man ermitteln musste. Sie hat recht behalten. Aber sie ist so überhaupt nicht zufrieden.

Wenig später spricht Antonia mit der Witwe, die seltsam gefasst ist, nach außen hin ruhig. Antonia hat jeden Satz gut vorbereitet, das Gespräch läuft wie erwartet, nur in dem Moment, in dem Elisabeth wirklich begreift, dass die Schauspielerin ihren Mann umgebracht hat, reagiert sie ungewöhnlich: Sie setzt sich zunächst hin, wie eine Marionette, der man die Fäden durchgeschnitten hat, und schaut ins Leere. Sie lächelt, immer breiter und breiter und lacht schließlich. Antonia lehnt an der Tür zum Flur und fühlt sich unbehaglich.

Wird das jetzt ein Nervenzusammenbruch? Muss ich den Arzt holen? Oder soll ich die Frau lieber alleine lassen? Oder könnte ein Whisky helfen?

In der Küche steht sicher noch eine Flasche. Den *Good Night Cup* nimmt sie jetzt alleine, hat sie gesagt.

Das Lachen verklingt. »Entschuldigen Sie.«

Antonia bemerkt, dass sie die Frau ziemlich fasziniert angestarrt hat. So etwas hat sie noch nie erlebt. Aber es ist extrem unhöflich, so zu glotzen.

»Sie müssen entschuldigen. Soll ich Sie allein lassen?«

»Nein. Nein.«

»Brauchen Sie etwas? Wollen Sie vielleicht einen … Vormittagsdrink?«

»Wenn Sie auch einen nehmen.«

Antonia geht in die Küche und tatsächlich, da stehen eine halb volle Whiskyflasche und zwei Gläser. Ist das die Macht der Gewohnheit? Elisabeth hat wahrscheinlich seit vielen Jahren immer zwei Drinks gemacht. Vielleicht hat sie sich noch nicht daran gewöhnt, dass sie alleine trinken muss. *Trinkt sie Mateos Drink einfach mit?*

»Wissen Sie, es stimmt eigentlich doch, dass hier alles ein bisschen unwirklich ist.«

Elisabeth steht hinter Antonia, ihre Stimme ist verändert. Während sie weiterspricht, übernimmt sie das Einschenken, die Gläser werden randvoll.

»Ich habe dieses Haus ja so nie bewohnt.«

Antonia lugt ins Wohnzimmer und versteht: Die Möbel der Vermieter stehen wieder an ihren Plätzen. Die scheußlichen Vorhänge verdecken die Fenster zur Hälfte und machen den Raum düsterer. Geschmacklose Vasen und Porzellanfiguren dekorieren die leeren Bücherregale. Ein klappriger Schreibtisch aus den Fünfzigern schlägt sich mit der billigen Möbelmarkt-Sitzecke.

»Was für ein Unterschied!«

»Ja. Es ist doch sehr scheußlich. Nicht wahr? Normalerweise räume ich die Möbel nicht mehr zurück. Liane Blau hat ihn umgebracht. Aber wie?«

»Sie sagt, sie hätte ihn mit ganzer Kraft von sich gestoßen.«

»Was passiert jetzt?«

»Die Freigabe der … also wir müssen erst alles … wie soll ich sagen …«

»Sagen Sie ruhig Leiche. Ich habe mich daran gewöhnt. Es ist sogar leichter, als dauernd seinen Namen sagen zu müssen. Da, an der Wand, fehlt nur noch ein Bild. Helfen Sie mir?«

»Ja, gern. Die Freigabe der Leiche wird sich ein bisschen verzögern. Aber ich versuche es so schnell wie möglich durchzuziehen.«

»Ich fahre trotzdem heute weg.«

Antonia nickt und beobachtet, wie Elisabeth den Drink hinunterschüttet. Das macht sie öfter. Das sieht man. Antonia folgt Elisabeth wieder in den Keller, der so ungewöhnlich hell und sauber ist, dass man ihn nicht vergisst. In einer Ecke lehnt tatsächlich ein hässlicher Ölschinken, die unvermeidlichen Meereswellen und ein paar Möwen. Es ist gar nicht so leicht, das Ungetüm hochzutragen, einmal donnern sie gegen ein Regal, die Putzmittel purzeln herunter, Antonia stellt sie wieder in Reih und Glied. Elisabeth lacht, diesmal aber schon dieses leicht angeschickerte Lachen, das Antonia kennt.

Das Bild hängt nun wieder im Wohnzimmer. Elisabeth bittet die Polizistin zu gehen, sie sagt, sie muss nachdenken. Antonia ist froh, wegzukönnen. Ihr ist der Gesprächsstoff ausgegangen.

Antonia verlässt das hellblaue Haus und geht an den Blumenbeeten vorbei zum Gartentor, das immer offen steht. Sie fragt sich, wie wohl sie selbst diesen Mateo erlebt hätte? Er steht seit Tagen im Zentrum all ihrer Überlegungen. Sie wird ihm nie begegnen. Ob er wohl ihr gegenüber auch so arrogant und abschätzig gewesen wäre?

Was hast du nur für verdrehte Gedanken im Kopf? Toni? Bist du betrunken? Nein! Mit Sicherheit nicht.

Der arme Gummibaum im Wohnzimmer wird wohl bald die Blätter hängen lassen. Antonia hat ihren Whisky wieder dort hineingekippt.

Ihr Handy bimmelt.

»Distler, guten Morgen, Pathologie. Folgendes, Ranik, es war nicht ganz einfach. Weil ja fast alles ausgeblutet ist, hab ich nur sehr wenig Substanz, aber da ist tatsächlich was überaus Spannendes drin … Ranik? Hallo?«

»Ja, bin da, ich höre zu.«

»Passen'S auf! Da lassen sich keinerlei Medikamentenbestandteile nachweisen, aber … ich hab erstaunlich deutliche Spuren von Thallium gefunden. Dazu passt, dass der Mann einen chronisch entzündeten Darm und Magengeschwüre kurz vor dem Durchbruch hatte. Sein Herz war auch schon in Mitleidenschaft gezogen, ein Aneurysma in der Aorta war bereits in lebensbedrohendem Zustand. Ein paar Tage noch und … also, nageln Sie mich jetzt bitte nicht fest, aber … Ranik?«

»Was ist Thallium?«

Berger sitzt mit Conni und dem Junior bei einem späten Frühstück, er hat sich heute freigenommen. Ein Mord ist aufgeklärt. Conni nickt ihrem Mann anerkennend zu.

Bergers Handy piept: die Chefin. Na ja, sie ist nicht mehr seine Chefin. Aber vielleicht hat sie eine Frage. Berger nimmt an, schaut bald recht verwirrt, steht auf und erklärt seiner Frau:

»Ich muss mich ›in Dienst stellen‹. Jetzt sofort, und ich bin wieder im Ermittlungsteam.«

»Wieso das denn?«

»Sie hat die fehlenden Mosaiksteine, sagt sie, und dass jetzt alles zusammenpasst und ein Bild ergibt!«

Mehr als Augenbrauenhochziehen bleibt seiner Frau nicht übrig und der Junior spürt, dass sein Papa gerade sehr wichtig ist.

Rund um das Theater herrscht Ruhe. Kein Mensch ist da, nur die Geräusche der Natur dröhnen hier ins Ohr. Ein weiterer heißer Sommertag, die Hitze flirrt schon, kein Lüftchen regt sich. Berger betritt den Bühnenraum. Er war schon so viele Stunden hier, es fühlt sich vertraut an. Er mag das Theater inzwischen, erstaunlicherweise. So wie es die Chefin ihm aufgetragen hat, geht er zur Tribüne F, genau gegenüber der Tribüne A, wo Mateos Regietisch immer stand. Berger bückt sich unter die Sitzreihen, geht zur Bühne und unter der ersten Reihe findet er die Taschenlampe. Und jetzt muss er sich beeilen!

Antonia Ranik steht vor dem Gartentor, das immer offen ist und wartet. Elisabeth Ander verlässt gerade das hellblaue Haus und zeigt sich überrascht.

»Haben Sie was vergessen?«

»Ich muss Sie bitten, noch nicht loszufahren, Frau Ander.«

Elisabeth stellt zwei hübsche, bunte Reisetaschen ab.

»Ich habe alles organisiert. Ich muss nicht auf die Beerdigung warten. Das habe ich Ihnen doch gestern schon gesagt.«

»Darum geht es nicht. Könnten Sie bitte mit mir ins Haus gehen?«

»Nein, das werde ich nicht tun. Ich hab keine Zeit mehr, ich fahre jetzt los.«

»Ich muss Sie doch darum bitten.«

»Was soll das? Sie können mich nicht zwingen.«

»Das kann ich, wenn ich muss.«

Elisabeth mustert Ranik von oben bis unten und beginnt zu lachen. Sie steht da in ihrem duftigen, geblümten Sommerkleid, mit einem hübschen Strohhut auf dem Kopf und lacht.

Berger fährt mit dem Polizeiauto vor und stellt es direkt vor Elisabeths Auto ab. Er steigt aus und kommt rasch näher. Elisabeth sieht Antonia forschend an.

»Erklären Sie mir, was das wird?«

»Sie begleiten uns jetzt ganz einfach ins Haus, sonst muss Sie der Kollege verhaften.«

»Sind Sie verrückt?«

Berger seufzt und legt die Hand auf Elisabeths Schulter. »Kommen'S.«

Elisabeth schüttelt Bergers Hand ab und geht den Polizisten voran ins Haus.

Im Wohnzimmer angekommen, setzt Elisabeth sich.

»Ich erzähle Ihnen jetzt, wie ich Ihre Geschichte sehe. Gut? Der Herr Kollege Berger hört zu und nimmt alles auf.«

Elisabeth steht auf und geht entschlossen zur Tür. Berger stellt sich ihr in den Weg.

»Ich pass auf, dass hier alles korrekt läuft, Frau Ander. Ganz sicher.«

Antonia wartet, bis Elisabeth sich wieder gesetzt hat.

»Für mich setzt sich jedes Bild aus vielen kleinen Mosaiksteinen zusammen, wissen Sie, und für Ihr Bild, Ihren Fall habe ich jetzt alle beisammen.«

Elisabeths Blick ist nach draußen gewandert.

»Ihre Geschichten und Mosaiksteine interessieren mich nicht. Lassen Sie mich gehen.«

Antonia legt einen ausgedruckten Zeitungsartikel auf den Tisch. »Das war vor dreißig Jahren:

Hans H., Lizzy E. und Mateo A., der geniale Regisseur – das neue Burgtheater-Dream-Team!

Sie erinnern sich doch sicher. Lizzy E., das sind Sie. Hans Haberle war damals nicht nur ihr Partner auf der Bühne. Sie waren verlobt. Und dann kam der Shootingstar Mateo Ander dazwischen. Damit wurde alles anders. Die Premiere fand später mit einer ganz anderen Truppe statt. Ein gewisser Tobias M. begann da seine Karriere. Sie sind kurze Zeit später Frau Mateo Ander geworden und sind nie wieder auf die Bühne gegangen. Hans H. ist nach Deutschland. Hannover, glaub ich.«

»Ja. Und?«

»Hans Haberle wiederzubegegnen, hat Sie an die junge Schauspielerin erinnert, die gerade eine richtig gute Chance bekommen hat, nicht wahr?«

»Ich war nicht gut genug.«

»Sagt wer?«

»Ich. Wenn ich schon nicht an mich geglaubt hab, wer hätte das sonst …«

Antonia unterbricht Elisabeth: »Wir haben Fingerabdrücke mit DNA-Spuren auf der Hand Ihres Mannes.«

»Die sind sicher von mir«, lächelt Elisabeth. »Aber seit wann sie da sind, können Sie nicht beweisen.«

Antonia nickt. *Elisabeth hat recht, das sagt leider noch gar nichts, für sich genommen.*

Die Witwe wird ungeduldig.

»Sagen Sie mir jetzt bitte, was Sie von mir wollen?«

»Sagen *Sie* mir, wie Ihr Mann wirklich gestorben ist!«

Elisabeth schaut Antonia fast mitleidig an: »Frau Bezirksinspektor, was ist mit Liane? Die Schauspielerin hat meinen Mann umgebracht. Sie hat gestanden. Was wollen Sie von mir?«

»Ich bin sicher, Sie wissen es besser. Sie waren während der Generalprobe auf der Tribüne gegenüber vom Regieplatz in der ersten Reihe, Perspektive checken, stimmt's? Das machen Sie immer bei Generalproben.«

»Ja.«

»Sie haben gesehen, wie Ihr Mann aufgesprungen ist. Sie haben gewusst, dass er mit Bea unzufrieden war, weil dieser Umbau am Vorabend nicht geklappt hat. Von der ersten Reihe aus haben Sie ihn gesehen. Dort unten, meine ich, ungefähr konnten Sie ihn jedenfalls erkennen. Vielleicht haben Sie auch das Zusammentreffen mit Liane Blau in ihrem hellen Kleid gesehen? Sie mussten sich nur etwas vorbeugen, Sie kennen sich aus auf dieser Bühne.«

Ein Grinsen huscht über Elisabeths Gesicht.

Antonia fährt fort: »Sie waren bei der Bauprobe anwesend und auch bei den Besprechungen mit der Bühnenbildnerin dabei.«

»Wovon reden Sie?«

»Liane Blau hat ausgesagt, Ihren Mann an der Schulter von sich gestoßen zu haben, um zum Auftritt zu kommen. Er ist so viel größer als Liane Blau, sie konnte ihn gar nicht umstoßen. Er ist unbeirrt weiter vorgegangen, zur Hebebühne.«

Elisabeth hört kopfschüttelnd zu.

»Sie, Frau Ander, wollten Ihren Mann beruhigen und sind hinuntergelaufen. Er hat sich aber nicht beruhigen lassen. Er war wütend. Er ist da unten in der Dunkelheit nicht trittsicher gewesen. Er hatte in letzter Zeit öfter Gleichgewichtsstörungen. Das wussten Sie und haben ihm die Taschenlampe aus der Hand genommen, damit er sich abstützen kann. Aber er schwankt, rutscht ab, verliert das Gleichgewicht, taumelt, will sich an Ihnen festhalten und Sie stoßen ihn weg.«

Elisabeth unterbricht. »Was? Sind Sie verrückt?«

Antonia spricht ruhig weiter. »Er zuckt zusammen und fällt rücklings auf die Eisenstange. Er starrt Sie fassungslos an, streckt die Hand nach Ihnen aus, will sich aufrichten, aber Sie laufen davon. Wieder hinaus. Auf Ihren Platz.«

»Wahnsinn, das ist ja ein Thriller, hui, da ist die Fantasie leider mit Ihnen durchgegangen. Mein Mann war ein großer, breitschultriger Koloss, doppelt so schwer wie ich. Er hätte nicht mal gewackelt, wenn ich ihn gestoßen hätte.«

»Stehen Sie bitte auf.«

Elisabeth tut dies lächelnd und steht nun vor Berger, ihr Kopf ist auf seiner Brusthöhe. Er ist ungefähr so groß wie Mateo.

»Wenn Sie den Arm ausstrecken, trifft Ihre Hand seine Magengrube. Genau da hatte er Geschwüre, das muss sehr wehgetan haben.«

»Wenn Sie das sagen.«

Antonia lässt sich durch die spöttische Bemerkung nicht beirren.

»Sie wissen seit dreißig Jahren, was Ihr Mann gegessen und getrunken hat, welche Krankheiten er durchgemacht hat und unter welchen gesundheitlichen Problemen er litt. Besser als jeder betreuende Arzt wissen Sie, was Ihrem Mann wehgetan hat. Weil Sie einige Leiden selbst ausgelöst haben.«

Elisabeths Ton wird nun schärfer, sie will sich das alles nicht mehr anhören.

»Sie sind verrückt.«

»Die letzten Jahre mit Ihrem Mann waren die Hölle für Sie. Er hat Sie beschimpft und gedemütigt. Seine cholerischen Wutträusche und Brüllanfälle waren aber ziemlich sicher durch starke Schmerzen ausgelöst, die er überspielen wollte. Statt Schmerzmittel hat er lieber Whisky getrunken. Und in jedem *Good Night Cup* waren ein paar Kügelchen Thallium.«

»Was ist das denn?«

»Warten Sie bitte kurz … ich muss in den Keller.«

Antonia verlässt eilig den Raum, Berger macht einen Schritt auf Elisabeth zu, sie hebt die Hände.

»Jössas, ich rühre mich nicht von hier weg, Herr Kommissar!«

Antonia läuft schnell die Stufen zum Keller hinunter. Im Regal mit den Putzmitteln steht ein kleiner, brauner Karton. *Immer noch da, Glück gehabt,* seufzt Antonia erleichtert und rennt wieder hoch in die Wohnung.

Elisabeth sieht die Polizistin erwartungsvoll an.

»Was kommt jetzt?«

»Ich hab nicht mehr dran gedacht, aber wie wir vorhin das große Ölbild raufgetragen haben, sind die Putzmittel runtergefallen und da habe ich die Schachtel wieder bewusst wahrgenommen: *Ratstop* mit dem Totenkopfsymbol und daneben eine Ratte.«

Antonia stellt die *Ratstop*-Schachtel auf den Tisch, sie ist halb leer.

»Frau Ander, Sie haben gesagt ›wir waren nicht mehr wir zwei‹ und ich denke, die Anzeige, die der Krankenhausarzt letztes Jahr gemacht hat, war kein Missverständnis! Die Geschichte von der falschen Vase ist wirklich nett. Ich denke aber, Ihr Mann hat Sie geschlagen, so wie der Arzt die Verletzungen beschrieben hat. Ihr Mann wurde handgreiflich, weil er Sie nicht weglassen wollte. Das kommt oft vor. Und das Scheidungsdrama, das im Anzeigenprotokoll erwähnt wird, hatte nichts mit dem Theaterstück zu tun. Es ging um Ihr Ehedrama und das wäre schlecht ausgegangen … für Sie.«

Elisabeth wirkt wie eine Porzellanpuppe, sie schüttelt ab und zu den Kopf.

»Rattengift ist geschmacklos und auch für Menschen tödlich. Wenn man jeden Abend ein paar Kügelchen mit Whisky trinkt, bringt es einen langsam, aber sicher um. Sie haben Ihren Mann mit seinem geliebten *Good Night Cup* vergiftet.«

Elisabeth betrachtet lächelnd den alten Zeitungsartikel, den Antonia mitgebracht hat.

»Wenn man damals gewusst hätt, wie das Leben so werden wird.«

Antonia wendet sich zum sprachlosen Berger, mit dieser Geschichte hat er nicht gerechnet. »Sie haben alles aufgenommen?«

»Ja, ja natürlich!« Berger zeigt Antonia das Handydisplay: Die Aufnahme läuft noch. Die beiden haben ganz kurz nicht zu Elisabeth Ander geschaut.

Plötzlich springt Antonia förmlich zu ihr und schlägt das Whiskyglas gerade noch rechtzeitig aus ihrer Hand, daneben liegt die geöffnete Packung *Ratstop*. Sie ist leer.

»Nein, Frau Ander, das machen Sie jetzt nicht.«

»Sie hätt einfach nur stur alles abstreiten müssen, dann hätten wir gar nichts machen können«, meint Antonia und nimmt einen großen Schluck Bier aus der Dose.

Berger lehnt neben ihr am Tresen in der Tankstelle und nickt. »Waren alles nicht wirklich Beweise, oder? … Na ja, aber dass der Regisseur sich selber vergiftet, würde doch auch niemand glauben, oder?«

Antonia lacht: »Nein, eher nicht.«

Das Neonlicht und die schunkelnde Volksmusik lassen die Situation für Antonia plötzlich einigermaßen unwirklich erscheinen. Sie hat tatsächlich einen Mord aufgeklärt! Elisabeths Versuch, das Gift zu trinken, war ihr Eingeständnis.

»Frau Ander wird jetzt in die Justizanstalt überstellt und ich hab den Anwalt von Liane Blau informiert.«

Berger wiegt den Kopf. »Wie sie wohl reagiert, wenn er ihr erklärt, dass sie keine Mörderin ist?«

Antonia leert ihre Bierdose und sieht Berger fragend an: »Noch eine Runde?«

Er nickt und erklärt: »Meine Frau holt uns ab. Gratuliere noch mal!« Die beiden prosten einander zu, Antonia hängt ihren Gedanken nach.

Der Regisseur wäre vielleicht sogar noch in der Premierennacht zusammengebrochen und verstorben. Niemand hätte überprüft, warum sein Magen kaputt war oder die Leber kollabiert ist. Es wäre alles so glatt für Elisabeth Ander gelaufen, wenn der Kerl nicht wütend geworden wäre und das Lichtzeichen auf der Unterbühne unbedingt selber hätte geben wollen.

Endlich ist es so weit: Die Premiere *Sommernachtstraum reloaded* findet tatsächlich statt: Nach sintflutartigen Regengüssen und Hagelstürmen ist es innerhalb weniger Stunden heiß geworden. Der Wald rund um das Theater dampft. Die flirrende Luft tanzt über die Zuschauertribünen, die warmen Strahlen der untergehenden Sonne treffen auf die aufgestaute Hitze, die den Bühnenraum nicht verlassen kann. Sie ist bis zur Decke unter dem Glasspitz hochgestiegen und brütet jetzt von dort oben auf die Zuschauer herunter, die schwitzend ihre Plätze suchen. So viele wie heute waren noch nie bei einer Premiere.

Ein Blick hinter die Bühne: Kurz vor Vorstellungsbeginn sind Theaterleute in Hochspannung. Sie trällern die Stimmbänder wach, springen auf und ab, klopfen auf Beine und Arme zum Aufwärmen, ziehen Grimassen und sind bereits jetzt schweißgebadet.

Äni, die Regieassi, bleibt auf dem Weg in den Zuschauerraum kurz stehen und ruft:

»Drei Minuten! Wir spielen eine super Premiere!«

Antonia Ranik, Ferdl Berger und seine Frau Conni sitzen in der dritten Reihe auf der Tribüne F. Ganz normale Zuschauer, die sich auf die Premiere von *Sommernachtstraum reloaded* freuen. Während die Regieassistentin auf Position geht, begrüßt die Intendantin Sophie Stein. Antonia hört nicht zu, sie hat Alfred Militsch neben der Tribüne gegenüber entdeckt. Seine Augen lachen. Die Trommel beginnt – der Herzschlag des Theaters.

Krimireihe um Bergpolizist Simon Perlinger

Der junge Bergpolizist Simon Perlinger muss bei mysteriösen Kriminalfällen im scheinbar idyllischen Berchtesgadener Land all seinen Spürsinn aufbringen: Bei Ermittlungen auf dem Watzmann, dem Kehlstein und in der Bergwelt rund um den Königssee stößt er auf dunkle Geheimnisse.
Autor Felix Leibrock, als Seelsorger der Bayerischen Bereitschaftspolizei mit so einigen menschlichen Abgründen vertraut, ist ein Garant für ein spannendes Lesevergnügen – für Krimifans und Alpenliebhaber.

BAND 1
FELIX LEIBROCK
MORD AM WATZMANN
368 Seiten · 13,5 × 20,5 cm
Klappenbroschur
978-3-7104-0298-2 · € 16,00

BAND 2
FELIX LEIBROCK
MORD AM KEHLSTEINHAUS
376 Seiten · 13,5 × 20,5 cm
Klappenbroschur
978-3-7104-0304-0 · € 16,00

BAND 3
FELIX LEIBROCK
MORD AUF DEM KÖNIGSSEE
368 Seiten · 13,5 × 20,5 cm
Klappenbroschur
978-3-7104-0358-3 · € 16,00

DER TEUFEL RUFT ...

... und wen er einmal gerufen hat, den holt er sich auch.
Seit dem Ableben des Dorfpfarrers geht es reichlich komisch zu in Ursprung, einer 69-Seelen-Gemeinde im Dunkelsteinerwald. Dabei sind es nicht nur brennende Stadl und heulende Wölfe, die das Landleben ins Wanken bringen. Manch einer ist überzeugt, dass hier der Teufel höchstpersönlich am Werke ist. Und auch Mano Urian, der neue Pater, hat ein seltsam anderes Verständnis vom Seelenheil seiner Schäfchen. So geht es unaufhaltsam bergab mit Pflicht, Moral und Tradition – während sich an jeder Ecke neue Versuchungen auftun.

Mit messerscharfer Ironie spürt Kultkabarettist Joesi Prokopetz menschlichen Abgründen nach und stellt dabei auf herrlich schräge Weise althergebrachte Werte und Traditionen auf den Prüfstand.

JOESI PROKOPETZ
TEUFELSKREUZ
272 Seiten · 13,5 x 20,5 cm
Klappenbroschur
ISBN: 978-3-7104-0329-3 · € 16,00

TOD EINES WIENER CASANOVAS

Rainer Caofal ist bekennender »Frauenausborger«. Er hat keinerlei Skrupel, die Frauen seiner Freunde zu verführen. Für das kurzfristige Amüsement versteht sich – denn echte Bindungen meidet er tunlichst. Doch jetzt ist Rainer tot. Hinterrücks erschlagen, wie er meint, in einer Wiener Seniorenresidenz. Hat er sich einen Feind zu viel gemacht? Verdächtige gibt es genug – vom gehörnten Ehemann bis zur liebestollen Gattin, die sich mehr von der Affäre mit Rainer erhofft hatte. Aus dem »Off« lässt Rainer die Episoden seines Frauenausborger-Lebens Revue passieren – auf der Suche nach seinem Mörder.

Ein zutiefst wienerischer Krimi vom Meister des schwarzen Humors.

JOESI PROKOPETZ
DER FRAUENAUSBORGER
ca. 240 Seiten · 13,5 × 20,5 cm
Klappenbroschur
ISBN: 978-3-7104-0344-6 · € 20,00
Erscheinungstermin: Oktober 2024